어느투자자의 고백

어느 투자자의 고백

초판 1쇄 발행 | 2013년 3월 25일

지은이 남동진
발행인 이대식

편집주간 김세권
책임편집 김화영 **마케팅** 임재홍 윤여민 **디자인** 모리스

주소 서울시 종로구 평창길 329(우편번호 110-848)
문의전화 02-394-1037(편집) 02-394-1047(마케팅)
팩스 0505-115-1037(02-394-1029)
홈페이지 www.saeumbook.co.kr
전자우편 saeum98@hanmail.net
블로그 saeumbook.tistory.com
페이스북 facebook.com/saeumbooks

발행처 (주)새움출판사
출판등록 1998년 8월 28일(제10-1633호)

ⓒ 남동진, 2013
ISBN 978-89-93964-55-4 03810

이 책은 저작권법에 따라 보호받는 저작물이므로 무단전재와 무단복제를 금지하며,
이 책 내용의 전부 또는 일부를 이용하려면 반드시 저작권자와 새움출판사의
서면동의를 받아야 합니다.

• 잘못된 책은 바꾸어 드립니다.
• 책값은 뒤표지에 있습니다.

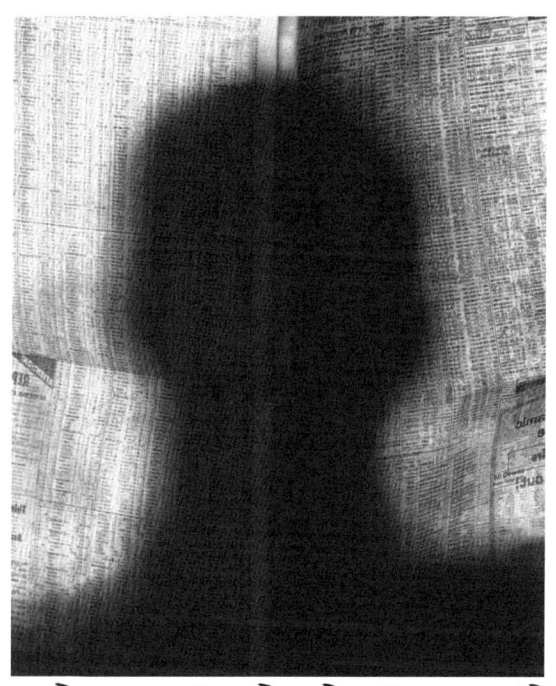

어느 투자자의 고백

남동진 장편소설

교육이라는
이 세상 최고의 투자를 해주신
부모님께 이 책을 바칩니다.

차례

작가의 말 — 10

01
운명을 겁내는 자는 운명에 먹히고,
운명에 대항하는 자는 운명이 길을 비킨다   17

02
시장경제에선 보이지 않는 손이 가격을 형성한다   32

03
시대에 적응하는 자, 우린 그를 천재라고 부른다   45

04
증권시장만큼 많은 바보가 모여 있는 곳도 없다   59

05
햇빛은 하나의 초점에 모여질 때에만 불을 피우는 법이다   77

06
투자에서 성공하는 방법은 오직 하나,
스스로 의지를 갖고 공부하는 수밖에 없다   91

07
슬픔의 눈물을 흘려본 자만이 기쁨의 눈물을 흘릴 수 있다   102

08
이해하지 않고 움직이는 것, 바로 군중의 행동이다   120

09
빈 수레가 요란하다   137

10
울지 않는 두견새는 울 때까지 기다려라   156

11
최고로 비관적일 때가 가장 좋은 매수 시점이고,
최고로 낙관적일 때가 가장 좋은 매도 시점이다   168

12
주식시장은 결코 변하지 않는다.
왜냐하면 인간의 본성은 결코 변하지 않기 때문이다   179

13
밀짚모자는 겨울에 사라   195

14
인간을 움직이는 두 개의 지혜는 공포와 이익이다   211

15
위험을 분산하지 말고, 두려움을 분산하라.
가장 큰 위험은 바로 두려움이기 때문이다   224

16
세계는 한 권의 책, 여행하지 않는 자는
단지 그 책의 한 쪽만을 읽을 뿐이다   237

17
과거를 공부하지 않은 사람들은
똑같은 오류를 되풀이하고,
과거를 공부한 사람들은
오류에 빠지는 다른 길을 찾아낸다   251

18
호황은 좋다, 하지만 불황은 더욱 좋다   266

19
19세기가 영국, 20세기가 미국의 시대였다면,
이제부터는 중국의 시대이다   281

20
삶이 그대를 속일지라도 슬퍼하거나 노하지 말라,
슬픈 날에는 참고 견디라, 즐거운 날이 오고야 말리니   290

21
정신 나간 군중이 시세를
어떻게 끌고 갈지는 정말 알 수 없다   306

22
이리의 자유는 곧 양들의 죽음이다   321

23
투자자는 태초부터 존재했던
멋진 예술가이자 훌륭한 정신적 트레이너이다   336

작가의 말

　주식 투자자들은 대부분 처음에는 돈을 벌어볼 목적으로 주식시장에 발을 담근다. 자신이 과연 옳은 길에 들어섰는지에 대한 판단은 미룬 채 단순히 돈을 벌 수 있을 거란 사실 하나만으로 시작해서, 그 사실 자체에 의미를 부여한다. 그러고는 자신의 계좌에서 돈이 변화하는 과정을 목격하면서 그때 비로소 진지하게 투자의 길을 걷게 된다. 점점 돈을 벌기 위한 궁리를 짜내게 되고, 자신의 성격과 행동을 이해하고, 그에 맞춰 자신에게 맞는 거래 기법을 향상해 나간다. 나아가 투자의 고수에 이르게 되면 거기에 철학을 부여하기까지 한다. 나는 이 과정에서 특히 마지막 과정을 거치는 사람이 있다는 사실이 놀라웠다. 물론 나 역시 처음 투자를 시작했을 때에 느꼈던 신세계의 경험이 지금까지도 시장에 머물게 만드는 원동력이 되고 있다. 하지만 역시나 본인에게 맞는 투자 방법을 찾는 일에 시간을 쏟았지, 투자와 거래에 대한 철학을 생각하는 일에까지 시간을 가져본 적은 없었다. 어려웠다거나 경시했다기보다는 그 필요성을 진지하게 고민해 보지 않았다는 게 옳은 표현일 것이다.

지금에서야 고백하건대, 난 그렇게 투자에 철학을 부여하는 이유를 알 수가 없었다. 투자에 있어서 유일한 진리란 돈을 벌어야 한다는 사실이었고, 돈을 잃는 순간 그것은 패배라고 여겼다. 그리고 그 말은 지금까지도 내게는 어느 정도 유효하게 다가온다. 하지만 그 말이 결코 백 퍼센트 옳은 게 아니라는 사실도 이 책을 집필하면서 깨닫게 되었다.

투자란 돈을 벌 목적으로 시작되지만, 철학이 존재하지 않는 이상 그 목적은 달성될 수 없다. 내가 이 사실을 깨우치게 된 건 이 책의 집필에 영감을 준 투자자를 만나면서부터였다.

그는 내게 자신이 겪었던 투자 이야기를 들려주었다. 대화 내용을 종합해 보면, 그는 한평생을 투자에만 매달리며 살아온 사람이었다. 그리고 그는 은둔의 생활을 추구하는 은둔형 투자자이기도 했다. 그는 확실히 투자에 대해 현명한 관점을 가지고 있었고 소신 있게 내 질문에 대응했다. 본인이 모르거나 어렵다고 느끼는 사항에 대해서는 솔직하게 모른다고 답변하였고, 때로는 자신의 공부가 부족하다고 말하기도 했다. 어디까지가 사실적인 내용인지는 알 수 없었지만, 분명한 것은 사실관계의 여부를 떠나 내가 느꼈던 공감과 배움이었다.

나는 의심이 많은 성격은 아니지만, 논리적 타당성과 사실관계의 명확성을 중시한다. 그렇기에 거짓된 사실이나 논리적 부적합에 대해서는 확실하게 짚고 넘어간다. 그러나 그의 말 속에는 그런 게 없었다. 그에게는 자기만의 철학이 있었고, 그 말들에는 어딘지 모르게 투자의 고전古典이 묻어났다. 그것은 그가 대화 도중 수많은 전설적 투자자들의 격언을 인용하는 모습에서도 확인할 수 있었다.

사람들은 자신이 배우고 익힌 사실을 또 다른 이들에게 알려주고 싶어 하기 마련이다. 그렇기에 인류는 교육이라는 가장 오래된 행위로 오늘날의 세상을 만들었다. 난 이와 같은 교육의 힘을 항상 존중했고, 내가 알게 된 사실을 다른 이에게 알려주는 게 얼마나 옳은 행동인지 잘 알고 있었다. 그래서 그때의 배움을 기반으로 하나의 이야기를 쓰고 싶어졌다. 그걸 통해 증권업을 학습하려는 다른 이들에게 좋은 자료가 된다면, 나 역시 증권업에서 일하는 한 사람으로서 진심으로 기쁜 일이라고 생각했다. 나 또한 그러한 교육자들의 도움으로 성장했으니 말이다.

그런 이유로 이 책은 내가 들은 이야기들을 기반으로 한, 한 편의 개연성 있는 허구이다. 그렇기에 독자들은 이 책을 읽을 때 어딘가 허구스럽다는 느낌을 떠올릴 수도 있다. 난 나도 모르는 사이에 전기적 이야기와 소설 사이를 넘나들면서 서술하고 있었기 때문이다. 따라서 독자들께서 이 책을 읽으실 때에는 이 주인공이 누구인지에 열과 성을 쏟기보다는, 책 속에서 배울 수 있는 모든 것을 배우겠다는 일념으로 읽길 바란다. 그것이 내가 이 글을 쓴 목적이기도 하니까 말이다.

책을 읽기 전에 또 하나 말하고 싶은 점은 글의 전개 방식이다. 난 이 이야기를 어떻게 전개해 나갈지 플롯을 고심하였다. 훌륭한 글의 전개 방식은 결국 독자들에게 얼마나 읽기 좋게 다가가야 하는지와 깊은 관련이 있다고 생각한다. 해서 나는 이 책에서 한 사람의 주인공을 설정하고 1인칭 주인공 시점의 형태로 글을 써 내려갔다. 주인공이 늘어놓는 다양한 1인칭 고백을 음미할 수 있도록 하는 것이 독자들에게 가장 효과적으로 의사를 전달할 수 있으리라 기대했기 때문이다. 적어도 투자란 끊임없는 스스로의 사고와 고민의 연속이니 말이다.

  이 책이 투자에 대해 철학을 가지지 않은 사람, 혹은 처음 투자를 시작하려고 하는 사람, 나아가 진정한 고수의 반열로 오르려는 사람들에게 다양한 조언을 해줄 수 있으리라 기대한다. 여기에서는 어떠한 차트 설명도 없고 특별한 비법을 알려주지도 않는다. 다만 투자의 철학과 그 속의 생동감, 투자자라는 직업을 가진 이의 사고방식을 바라볼 수 있을 것이다.

  이 책을 읽으면서 독자들은 지금껏 만나왔던 투자 서적과는 이질적이란 생각이 들 것이다. 이 책에서는 결코 언제가 매수 타이밍이며 언제 매도할지를 차트를 보여주며 설명하지 않는다. 그리고 종목을 고를 때 보는 특수한 기법은 오히려 지양하라고 말해 줄 것이다. 상반되는 이야기가 많아 놀라울 수도 있겠지만, 기법이란 항상 다채로운 모습으로 존재하기 마련이다. 투자에 있어서도 예외는 아니라고 생각한다.

대신에 이 책에서는 주인공의 다채로운 투자 인생을 낱낱이 보여주면서 그가 느꼈던 교훈들을 실시간으로 전해줄 것이다. 그리고 인간의 심리와 가격을 통해 주가의 움직임을 파악했던 전형적인 추세 추종자Trend Follower를 만날 수 있을 것이다. 무엇보다도 이 책은 당신에게 시장에서 '살아남는 법'을 알려주는 데 매우 유용할 것이다(투자자라면 이 말을 이해할 수 있을 것이다).

내가 마지막으로 신경 쓴 것 중 하나는 투자를 처음 시작하는 사람들이 읽기 쉽게 쓰려 했다는 점이다. 최대한 어려운 단어들을 배제했고 구어체 문장을 사용하였다. 이 책은 딱딱한 투자론을 알려주기를 지양했고, 생동감 넘치는 투자 이야기를 들려주는 데 집중했다. 자, 그렇다면 이제부터 이 괴짜 투자자의 고백을 음미해 보시길.

01

운명을 겁내는 자는 운명에 먹히고, 운명에 대항하는 자는 운명이 길을 비킨다

인간이란 과연 어떤 존재일까? 누구도 그것에 대해 완벽한 해답을 내놓을 순 없겠지만, 적어도 나름대로의 의견을 제시할 순 있을 것이다. 난 여태껏 살아오면서 내 나름대로 그 답을 찾아왔다.

사람마다 서로 다른 외모를 가지고 있듯이 살아가는 인생 또한 다채롭기 그지없다. 그렇기에 인간이 어떤 존재인지에 대해서는 모두가 서로 다른 대답을 내놓을 수 있을 것이다. 그 대답의 방향이 어딜 가리키든 모든 답은 각각의 의미적 측면에서 모두 옳다고 생각한다. 이는 개개인이 경험이란 도구를 통해 내놓을 수 있는 의견이며, 절대적인 답이 존재하는 물음이 아니기 때문이다.

난 인간이란 '행복한 인생을 위한 투자자'라고 생각한다. 이건 내가 지금껏 살아오면서 느낀 총체적 감상평이다. 사르트르는 "인간은 정지할 수 없으며, 정지하지 않는다. 그래서 현 상태로 머물지 아니하는 것이 인간이며, 현 상태로 있을 때 그는 가치가 없다"라는 직설적인 말로 인간의 진보적 발걸음을 중요시했다. 이 말은 분명 전 인류에게 공통적으로 적용되는 말일 것이다. 그리고 그건 나 역시 마찬가지다. 내 삶에 있어서도 이 말이 절실하게 와 닿았던 순간이 있었다. 스스로의 상태에 만족하지 못하던 그런 시기였다. 그건 바로 1976년의 지독한 여름이었다.

당시 난 시골에서 사는 얼뜨기 촌놈이었다. 보릿고개란 이름으로 가난의 시절이 역마처럼 휩쓸던 날들이 계속되었고, 그걸 극복하기 위해 모두가 피땀 흘려 일하던 시절이었다. 진정으로 '열심'이란 말을 체감하던 시기였다. 우리 집도 예외는 아니었다. 우리 집은 조그만 과수원을 꾸리며 살았는데, 이것이 우리 집의 전 재산이었다. 난 그 재산을 소중하게 다룰 의무가 있었고, 보릿고개에 휩쓸리지 않기 위해 항상 열심히 일했다.

그때 난 만 스무 살이었다. 당시의 젊은이들이 그랬듯이 나 역시 집안을 지켜야 한다는 의무를 이해했다. 가난의 탈출과 경제 부흥이라는 정부의 국정 운영에도 동감했기에 누구보다 열심히 일했다. 언제나 우리 집의 과수원 상황을 면밀히 검토했고, 작황을 최대치로 끌어내기 위해 수분 공급에 있어서도 계량화된 수치를 활용했다. 난 우수한 인력이었다.

  논리적으로 생각해 보았다. 만약 적절하지 못한 수분 공급과 벌레 대처 방안을 마련하지 못한다면 당연히 한 해의 과수 농사는 망할 것이다. 농사는 일 년을 바라보고 하는 일이었다. 일 년은 결코 짧은 시간이 아니다. 그 긴 시간을 공들여서 만들어내는 생산품을 사소한 부주의로 망친다는 것은 상상도 할 수 없었다. 난 똑똑하지 않았지만 우리 집이 한 해 농사를 망해도 상관없을 정도로 풍족하지 않다는 사실 정도는 알고 있었다. 최선을 다해 과수 농사에 참여하고 그 결과로 풍작이라는 대가를 받을 수만 있다면, 열심히 일하는 게 당연하다고 생각했다. 그렇기에 나는 언제나 과수 농사 상황을 면밀히 파악했고, 제어할 수 있는 모든 풍작 요소를 제어하면서 '대가'를 원하고 있었다.

  그렇게 내가 과수 농사에 심혈을 기울이고 있을 때였다. 언제나처럼 한국의 8월엔 무더운 여름이 있었고, 동시에 장마를 동반했다. 여름이야말로 전 세계 모든 과수원 주인이 두려워하는 계절일 것이다. 장마가 과수원을 습격하면 그 해의 과수 농사는 거지반 망했다고 봐도 무방하기 때문이었다. 설사 비를 맞지 않게 과일을 보호했다 하더라도 장마 뒤 어김없이 찾아오는 더럽고 교활한 벌레들의 습격이 우릴 가만두지 않았다. 그 녀석들은 항상 우리의 소중한 결실을 방해하는 존재였다.

분명 올해에도 각오해야 했다.

말했다시피 난 항상 내가 제어할 수 있는 모든 풍작 요소를 제어하고 있었다. 난 분명 열심히 일했고, 철저히 관리했다. 그렇게 완벽하게 준비한 상황에서 이제 풍작을 맞이할 일만 남아 있었다. 하지만 정말 놀랍게도, 내가 그토록 열심히 일했음에도 불구하고, 완벽하게 흉작을 맞이했다. 이해가 되는가? 난 열심히 일하고 완벽하게 망쳐버렸다!

잘 이해가 되지 않을 것이다. 그건 당시의 나 역시 그러했다. 난 매일같이 어떻게 하면 장마를 피하고 벌레의 습격을 막을지 고민했다. 머릿속에서 언제나 가장 실리적인 방식을 찾아다녔고, 도상작전을 펼쳐보았다. 그리고 내가 이용할 수 있는 도구들과 물품들을 선정하였고 그것들을 통해 장마와 벌레를 피할 방책을 세워두었다. 신속하게 모든 준비사항들을 실행에 옮겼다. 그렇게 난 내가 할 수 있는 모든 것을 했다. 이 모든 일을 해내면서 나름대로는 뿌듯하기도 하고 우쭐해진 것도 사실이었다. 난 자신 있었고 거기에 보답하듯이 과일들은 무럭무럭 자라나고 있었다. 겉으로만 보면 정말 풍작만이 내가 가질 수 있는 유일한 결과물이어야 했다. 그런데 1976년의 8월은 내게 흉작을 선사했던 것이다!

단 한 가지 이유였다. 자연의 위대함이 나의 조촐한 방어막을 부수었다는 사실, 그것 하나뿐이었다. 그게 맞는 표현이었다. 그 이상도 그 이하도 아니었다. 다른 이유에서가 아니라 내가 결코 제어할 수 없는 상황 때문에 모든 것을 잃어야 했다. 그해의 강렬한 폭우는 자연이 나의 주도면밀함을 단번에 무력화시킬 수 있다는 사실을 알게 해주었다. 이 호우 시절 동안 난 아무것도 할 수 없었다. 무언가라도 해야 했지만, 그 일들을 한다고 이 상황이 나아지지 않는다는 것을 알고 있었다. 내가 할 수 있는 일이라곤 과수나무에 걸려 있는 내 소중한 과일들이 썩어가는 모습을 지켜보는 것뿐이었다. 나의 모든 행동들은 이 거대한 자연 앞에서 너무도 쉽게 무너졌다.

사실 흉작을 맞는 상황도 일어날 수 있다는 걸 생각하지 않았던 건 아니다. 나 역시 내가 설치한 방어막들이 모조리 무력화될 수도 있다는 사실을 어렴풋이 떠올렸었다. 이 모든 준비들이 다 허사로 돌아갈 수도 있다는 사실을 인지하였음에도 난 묵묵히 준비를 해왔던 것이다. 그럴 수밖에 없었다. 사실 날 포함해서 모든 인간은 정작 자신이 다룰 수 없는 일에 대해서는 크게 관심을 가지지 않는다. 아니, 좀 더 정확하게 말하면 관심을 가져도 어쩔 도리가 없기에 관심 밖이 되었다는 말이 어울릴 것이다. 아버지만 해도 그러한 자연의 상황에서는 언제나 이렇게 말씀하셨다.

"이런 일은 언제나 하늘의 뜻이란다."

오, 맙소사! 하늘의 뜻이 이렇게 가혹할 줄 누가 알았겠는가? '하늘은 스스로 돕는 자를 돕는다.' 그 말을 믿은 나는 어렸을 때부터 말썽도 부리지 않고 집안일도 열심히 하는 모범적인 어린이였다. 대부분의 친구들이 했다는 과일 서리 한 번 해본 적이 없었고 친구들과 싸우지도 않았다. 집안의 사정을 몸소 이해했고 궂은일을 도맡아 했다. 동네에서는 나에 대한 소문이 퍼져 있었다. 일 잘하는 청년, 난 그 간판을 들고 일하는 멋쟁이 청년이었다. 자랑스러웠다. 난 성공, 아니 그렇게 거창한 말로 포장하지 않아도 좋다. 난 적어도 내가 믿는 그런 멋진 삶의 모습을 향해 나아가고 있다고 생각했다. 열심히 사는 내게 분명 좋은 날이 올 거라는 일념으로 쉼 없이 일했다. 그런 나에게 하늘이 준 선물이 이런 거란 말인가? 과연 이걸 선물이라고 표현해야 하는지조차 의심스러웠다.

    내가 특별히 감상적이어서 이러는 게 아니다. 나도 대부분의 사람들과 똑같은 사고방식을 가진 평범한 사람이다. 그렇기에 착하고 열심히 일하는 이에게는 하늘이 합당한 보답을 주리라 믿었다. 그게 옳다고 배웠으니 말이다. 어린 나이에 새겨진 인식은 자신만의 정의를 형성시키는 법이다. 난 열심히 일을 하면 모든 게 다 잘될 줄 알았다. 그런 믿음이 바탕에 깔려 있었기에 그토록 주도면밀했음에도 폭우라는 요소에 대해서는 더 주의 깊게 살펴보지 않았던 건지도 모른다. 그건 내가 열심히 한다고 바꿀 수 있는 게 아니니 말이다.

종합해 보면 난 그저 열심히 일할 줄만 알았다. 그게 다였다. 그리고 이번 흉작의 경험으로 더 이상 열심히만 하는 게 능사가 아니라는 사실을 알았다. 열심히 일하는 것 이상이 필요했다. 돈을 벌고 성공하기 위해서는 적어도 하늘의 뜻이라는 피상적인 대상을 상대로 하는 일을 하면 안 된다는 사실을 깨달았다. 나아가 내가 얼마나 위험천만한 업종을 선택해서 일을 해왔는지 알 수 있었다. 아무리 내가 노력하고 꼼꼼하게 살핀다고 해도 결국 폭우 한 방에 모든 것을 날려버릴 수 있는 일을 해왔던 것이다.

난 최대한 이성적으로 사고해 보았다. 쓰러진 나무와 썩어버린 과일들을 바라보며 새로운 일을 찾아야 한다는 생각이 피어나기 시작했다. 난 촌놈이었지만 세상이 어떻게 돌아가고 있는지 정도는 알고 있었다. 대한민국은 산업화 물결을 타고 나아가고 있었다. 새로운 시대의 국면을 타고 국가는 산업의 방향을 첨단 업종으로 틀었다. 새마을운동이 얼마나 힘차게 퍼지던 시절이었던가! 그런데 난 그러한 시대적 상황과는 반대로 이렇게 하릴없이 망가진 과수들을 바라보는 처지에 놓여 있었다.

난 나 자신을 용서할 수 없었다. 내가 열심히 일했던 나날에 대한 분노가 마음속에 서려 있었다. 이건 한 해 과수 농사가 망쳐졌기 때문만이 아니었다. 내가 똑같은 노력으로 다른 일. 더 신세대적인 일을 했다면 이러한 불상사가 생기지 않았을 거라는 내 선택의 문제였다. 남들이 다 한다는 직업 선택에 대한 고민을 나도 이제 하게 된 것이다. 그동안은 과수 농사가 마치 하늘이 내게 정해준 일이라도 되는 듯 생각하고 있었다. 숙명이라 생각했고, 그랬기에 그 외의 다른 일에는 관심이 없었다. 고등학교를 다니다 중퇴하고 과수 농사 일을 배운 것도 그 이유 때문이었다. 스스로 내 안의 벽을 만들었고, 그 벽 속에서 갇혀 당연하다는 듯이 생활했으며, 결국 그 벽 속에서 내가 비로소 '우물 안 개구리'로 살아왔다는 사실을 깨달을 수 있었다.

며칠간 난 진지하게 고민했다. 그리고 결론을 내렸다. 어쩌면 사춘기를 훨씬 지난 청년의 색다른 상념으로 치부할 수도 있었지만, 확실한 건 결코 이 일을 계속해서는 안 된다는 것이었다. 그리고 그 말은 곧 내가 과수 농사를 하지 않겠다는 것이고, 이는 촌 동네를 벗어나야 한다는 생각과도 그 방향이 일치했다. 결국 난 부모님께 진지하게 이 사실들을 말씀드려야겠다는 생각에 이르게 되었다.

항상 청년이 자신의 뜻을 부모님께 전달할 때에는 상당한 부담과 두려움이 따른다. 경험이 많은 이에게 경험이 적은 이가 피력하는 시비是非의 논쟁으로 비쳐질 수도 있고, 자식이 부모에게 새로운 여정을 보여주어 어쩌면 부모님께 걱정을 끼쳐

드리는 게 아닌지에 대한 막연한 두려움도 드는 게 사실이다. 이는 과수 농사가 아닌 다른 일을 선택하고 그 길을 위해 도시로 가보고 싶어 하는 한 청년에게도 유효한 생각들이었다.

 난 내 일에 대한 고민이 깊어지면서 자연스럽게 점점 더 도시로 가고 싶다는 생각을 하고 있었다. 막연하게 그려지는 영광의 나날과 그 속에서 미소 짓고 있는 주인공인 내 모습, 진심 어린 축하를 해주는 친구들의 환호와 흐뭇해하는 부모님의 모습이 끊임없이 상상되었다. 나가야 했다. 이곳을 떠나 성공해서 돌아오고 싶었다. 그게 답이었다. 그저 좋은 날씨를 기다리면서 부디 올해는 농사가 잘되길 빌고 또 빌고만 있는 내 모습은 상상하기 싫었다. 나는 내 인생을 좀 더 주도적으로 살고 싶었다. 그렇지 않으면 이번 흉작과 같은 일을 또 겪어야 할 것이었다. 주인공이 흉작을 두 번 겪는 이야기를 들어본 적이 있는가? 나는 없다. 난 주인공이 되어 성공하고 싶었다. 그럼 답은 간단하지 않은가? 난 흉작을 더 이상 겪지 않아야 했다. 즉, 모든 운명이 하늘에 내맡겨진 그런 일보다는 내 재량에 따라 확실하게 운명을 제어할 수 있는 일을 해야 한다는 게 답이었다. 내 능력만큼만이라도 성공할 수 있는 그런 삶을 살고 싶었다. 그렇다면 이제 더 이상 망설일 이유가 없었다. 말씀드려야 했다. 드디어 내 마음속에서 말씀드리는 일에 대한 부담보다 새로운 일과 세상을 만나고 싶다는 희망이 더 커진 순간이

왔다. 그리고 그 순간이 찾아온 날 밤, 난 부모님께 말씀드릴 게 있다고 했다.

"아버지, 한 가지 궁금한 게 있습니다."

"뭐냐. 지금 바쁘다. 어서 물어봐."

난 깊게 숨을 한 번 내쉰 뒤 침착한 어조로 말을 꺼냈다.

"농사라는 일은, 결코 효율적인 활동이 아니죠?"

그러자 아버지는 내 질문에 적잖게 놀라신 모양이었다. 밭을 만지작거리던 손을 멈추고 찬찬히 위아래로 날 훑어보시더니 조용히 입을 떼셨다. 내가 상상 속에서 가장 무서워하는 그 순간의 상황이 드디어 찾아오고 있었다!

"너 지금 무슨 말을 하고 싶은 거냐? 뭐, 효율? 효율적인 활동이 아니라는 게 무슨 말이냐고!"

난 지금껏 내가 속으로 삭여왔던 말을 쏟아내기 시작했다. 어떻게 그런 말이 그렇게 잘 나왔는지 모르지만, 난 마음속 두려움이란 상대와 대화하듯이 잠깐 눈을 질끈 감았다 뜨고는 말했다.

"전 지금껏 아버지를 도와 집 앞 작은 과수원에서 일했습니다. 솔직히 힘들고 괴로웠지만 우리 가족의 생계를 생각하며 묵묵히 일했습니다. 그런데 점점 일할수록 제 안에서 꿈틀대는 반발심을 지울 수 없었습니다. 제가 보기에, 농사는 무려 일 년이라는 긴 시간을 통해 결실을 맺는 활동입니다. 일 년이란 기간 동안 한 번이라도 안 좋은 일이 일어난다면, 그 말은 곧 일 년이라는 시간과 그동안의 노력 그리고 그에 따른 결실을 모두 잃을 수 있는 위험을 안고 있다는 뜻입니다. 그런데도 생각해 보면, 우리 과일이 시장에서 팔릴 때 그 값어치를 제대로 받지도 못하고 있습니다. 과일은 우리 가족이 근근이 살아갈 수 있을 정도의 돈만을 벌어다 줄 뿐인 겁니다. 심지어 우리는 올해처럼 흉작의 고통까지 짊어지기도 하는데 말입니다. 우리가 일 년이란 시간 동안 그 노력과 위험을 감수하는 대가치곤 너무 작습니다. 그렇기에 전 과수 농사가 비효율적인 일이라고 감히 말씀드리는 겁니다."

난 단숨에 이 말들을 내뱉고는 물끄러미 아버지의 얼굴을 바라보았다. 뭐, 이 정도로 잘 말했는지는 모르겠다. 하지만 분명 내 뜻은 확실했다. 난 분명 옳은 생각을 하고 있었다. 아니, 더 정확하게 말하자면 '합리적인' 생각을 하고 있었던 것이다. 난 그 당시 과수 농사로 받을 수 있는 대가가 우리 가족의 노력과 장마라는 위험성을 감수하고 받은 것치곤 턱없이 작다고 생각했던 것이다.

바로 그때부터였을 것이다. 회상해 보건대, 그때의 일이 내 생애 처음으로 해본 '투자 행위'였다. 물론 난 그 당시 투자 행위의 정의조차 몰랐을 때였다. 다만 농사를 접고서 더 위험성이 낮고 더 큰 이익을 안겨줄 대상을 찾고 있었다는 사실만으로도 이미 투자를 하고 있었던 것이다. 지금껏 살아오면서 느끼기에, 투자란 바로 이런 것이었다.

현재의 결정과 행동으로 미래에 어떤 대가를 얻으려는 모든 행위.

그렇기에 그때 내가 아버지에게 건의한 사항도 엄연히 중요한 투자 활동이었다. 분명 내가 느낀 과수 농사는 미래에 정당한 대가를 가져다주지 않았다. 정당한 대가라면 흉작에 대한 위험 요소까지 가격에 포함시켜 과일값을 매겨야 했다. 하지만 그렇질 않았다. 그렇기에 난 더 나은 미래의 대가를 위해 현재 아버지께 건의를 하는 또 다른 투자 활동을 한 것이다. 결국 난 두 가지 투자 활동을 한 셈이었다. 하나는 '자각'의 형태로, 다른 하나는 '건의'의 형태로 말이다. 내 인생에 평생토록 화두가 되었던 투자 활동이 바로 이런 식으로 첫걸음을 내디뎠던 것이다!

여담으로, 그래서인지 난 살아가면서 우리가 하는 모든 생각과 결정, 행동은 전부 '투자 활동'이라고 말한다. 왜냐하면 우리 인간들은 미래의 대가를 위해 그 같은 행동을 하기 때문이다.

예를 들어, 당신이 지금 이 책을 읽는다고 하자. 그 말은 곧 당신이 이 책을 읽는 노력과 시간을 투입해서 책을 읽고 난 후 더 나아진 당신의 지적 수준을 대가로 얻으려 한다. 이거다. 이 얼마나 재미있는 일이란 말인가! 생각해 보라. 당신이 지금까지 살아오면서 해온 수많은 투자 활동으로 인해서 지금의 당신이 되었다는 것이다. 이 말은 곧 당신이 올바르고 현명한 투자 활동을 많이 해왔을수록 당신이 바라는 '성공'에 가까워진다는 뜻이다. 훗날 나의 살아온 길을 되짚어봤을 때, 내가 아버지께 말씀드린 일은 확실히 좋은 투자 활동이었다. 왜냐하면 그때부터 내 인생은 내가 바라는 성공의 모습으로 변모해 나갔기 때문이었다.

그렇게 투자 활동을 해낸 아들의 말을 들은 아버지는 마치 망치로 한 대 얻어맞은 듯한 표정이었다. 그러더니 한동안 말없이 날 지그시 쳐다보셨다. 확실히 충격을 받으신 듯했지만 그와 함께 뭔가를 생각하시는 듯했다. 나는 떨리는 마음으로 가만히 아버지의 말씀을 기다렸다. 얼마 지나지 않아 아버지께서 쥐 죽은 듯했던 정적의 상황을 깨셨다.

"지금 네 말은 다른 일을 하겠다는 뜻이로구나."

아버지는 정확하게 보셨다. 난 속으로 됐다 싶었다.

"그렇습니다. 전 다른 일을 해서 정당한 대가의 돈을 벌고야 말겠습니다."

"오랫동안, 오랫동안 생각해 본 것이냐?"

아버지는 내게 심사숙고의 여부를 물으셨다. 난 솔직하게 말씀드렸다.

"네. 오래전부터 생각해 왔습니다."

"그래, 좋다. 네가 정 그렇게 생각해 왔다면, 어디 한번 농사 말고 다른 일로 돈을 벌어보거라."

난 솔직히 아버지가 크게 화를 내시며 내 의사를 무시할 거라 생각했었다. 그러나 아버지는 그러지 않으셨다. 오히려 내게 스스로의 판단에 대한 확고한 의지만을 재차 물어보셨을 뿐이었다. 지금 와서 생각해 보건대, 아버지도 과수 농사만으로는 지금의 가난을 구제받을 수 없다고 생각하셨던 것 같다. 그렇기에 어쩌면 나의 이 같은 반발을 기다리고 계셨는지도 모른다.

난 그날 이후로 새롭게 돈을 벌 방법을 찾아다녔다. 난 시골인 우리 동네보다 좀 더 번화한 곳에서 생활해야겠다고 생각하고 있었기에 부산으로 가기로 결정했다. 먼 친척이 부산에서 지내니 거기가 낫지 않겠느냐는 게 부모님의 의견이기도 했다. 부산까지 가는 차표 또한 결코 싼 게 아니었지만, 난 그것 또한 하나의 투자라고 생각했다. 큰돈을 벌기 위해서라면, 이 정도 차표는 아무것도 아니었다. 난 결국 내 몸과 차표 한 장, 약간의 생활비를 가지고서 부산으로 가는 버스에 올라탔다. 무모한 행동 속에 차가운 이성을 가진 젊은이의 발걸음이 그렇게 내디뎌졌다. 주변 친구들과 형님들이 걱정 반 질타 반의 목소리를 냈다. 하지만 난 여전히 그때의 내 행동을 결코 후회하지 않는다. 물론 과한 행동이었다는 생각도 하지 않는다. 현대그룹의 창업주인 고故 정주영 회장은 가난에서 벗어나기 위해 어렸을 때부터 가출을 세 번이나 했었다고 한다. 그에 비하면 난 정말 양호하지 않은가?

02

시장경제에선
보이지 않는 손이 가격을 형성한다

 부산에 도착한 나는 인근에 수산시장이 있는 바닷가 근처에 방을 하나 구했다. 그곳은 친척들이 사는 곳과도 가까웠기에 난 친척들의 도움을 받으며 그곳 생활에 안착했다. 그리고 바로 난 수산시장에서 일하기 시작했다. 내가 했던 일은 얼음을 나르는 일이었다. 확실히 과수원 농사보다는 안정된 수입이 생겼다. 무엇보다도 흉작과 같은 위험이 없다는 사실이 날 기쁘게 했다. 매일같이 나오는 일당에 난 한동안 감사해하며 열심히 일했다.

 그러나 어느 날부터 난 그 수입이 결코 큰돈이 아니라는 사실을 깨닫기 시작했다. 나는 노동의 대가만큼의 적당한 돈을 받고 있는 게 아니었다. 아니, 이 급여가 노동의 대가만큼의 적당한 것이라고 하더라도 문제는 현실적 상황에 부합하지 않는다는 점이었다. 현실은 날 압박하고 있었다. 난 내가 꿈꾸는 생활이 있었지만, 현실은 그렇질 못했다. 만약 내가 꿈꾸는 모습대로 되기 위해서는 조금 더 많은 돈을 벌어야 했다. 거기서 나의 딜레마가 나왔다. 작금의 상황으로는 이 같은 나의 생각들을 실현해 나갈 수 없었다. 이러한 생각은 내게 그 일들에 대한 열의를 저하시켰고, 결국 나는 일을 그만둔 뒤 새로운 일을 찾아 나섰다. 그러곤 닥치는 대로 여러 일들을 해보았다. 그러나 모두 날 만족시키지 못했다. 단순히 일의 어려움이나 고단함이 문제가 아니었다. 내가 바라고 꿈꾸던 앞날을 보여주질 못한다는 것, 그게 문제였다. 난 점점 초조해지기 시작했다. 부모님 앞에서 그렇게 멋지게 칼을 뽑아 고향을 떠나왔는데 무 하나 베지도 못하고 있었다. 착잡함이 이를 데 없었다. 녹록지 않았다. 가을바람은 내게 한없이 차갑게만 느껴졌다. 난 성공도, 그렇다고 실패도 아닌, 정말 볼품없는 모습으로 살아가고 있었다.

그러던 어느 날이었다. 그날도 어김없이 시장 골목에서 일을 하고 있었는데, 내 눈에 외국인 몇 명이 들어왔다. 그들은 무엇인가를 찾으며 시장 좌판을 이곳저곳 둘러보고 있었다. 적어도 내가 보기에 그들은 부자 같았다. 그 당시 내 마음속에서는 외국인들에 대해서는 맹목적으로 부의 척도를 들이댔던 것 같다. 그들의 세련된 어투와 깔끔한 옷차림, 그리고 맑고 푸른 눈과 우아한 매너까지. 난 처음 보는 외국인들에게 완전히 압도되어 일손을 놓고 멀뚱멀뚱 그들의 하는 양을 살펴보았다. 외국인들은 무언가를 사려는 것 같았다. 그들의 행동을 예의 주시하던 나는 그때 놀라운 광경을 보게 되었다. 그들은 아주 싸구려 도자기 하나를 제법 높은 가격에 사려 하고 있는 게 아닌가? 난 혼란스러웠다. 그 정도 수준의 도자기는 우리 동네에 사는 장인 할아버지가 그냥 깨부숴 버리는 정도로밖에 보이지 않았다. 보아하니 어느 작은 공장에서 대량으로 찍어낸 것 같았는데, 그런 걸 그들은 높은 가격을 지불하고 사 가는 것이다.

'어째서, 저들은 저렇게 싸구려 물건에 높은 가격을 제시하는 걸까……'

난 정말 의아스러웠다. 난 그날 일을 마치고 하숙집에 들어와 밤새도록 생각해 보았다. 그들이 바보여서일까? 아니면 돈이 남아돌아서? 아니었다. 뭔가 다른 게 있었다. 우리들과는 다른 그들만의 사고방식. 난 그게 무엇인지는 몰랐지만, 적어도 한 가지는 알 수 있었다.

똑같은 물건을 두고 한쪽은 하찮게 생각하지만, 다른 한쪽은 귀하게 생각한다.

난 이 사실에 주목하기 시작했다. 학술적으로 설명하긴 어렵지만, 적어도 사람 간의 생각 차이가 있다는 사실쯤은 나도 알고 있었다. 그렇다면 사람들 간의 생각 차이만큼 가격에 있어서도 차이가 생기지 않을까? 거기까지 생각이 들자 난 무릎을 쳤다. 바로 그 사실을 이용하면 돈을 벌 수 있을 것 같았다. 이건 당시의 나로선 정말 놀라운 발견이었다. 하지만 그것이 당시의 내게 대단한 깨달음이었다 해도 기실 그것은 이미 많은 사람들도 알고 있는 단순한 진리였는지도 모른다.

일례로 과거 네덜란드의 튤립 이야기를 보자. 네덜란드는 튤립의 나라로 알려져 있다. 네덜란드에 튤립이 많아서 그런 말이 나왔다고 생각할 수도 있지만, 네덜란드와 튤립 간에는 과거 놀랄 만큼 재미있는 경제사가 숨겨져 있다. 때를 17세기 네덜란드로 돌려보자. 당시 네덜란드는 해상무역으로 빠른 경제 성장을 해내고 있었다. 인간이 대개 그렇듯이 그들 역시 넘쳐나는 돈이 생기자 그걸 주체하지 못했다. 사교장에서는 끊임없는 부의 과시가 계속되었다. 부를 과시하면서 그들은 독특한 물건에 관심을 가지게 되었다. 터키에서 들어온 튤립은 네덜란드 여성의 마음을 사로잡기에 충분했고, 결국 네덜란드 사교계의 총아가 되어버렸다. 이 아담하기 짝이 없는 튤립 한 송이가 네덜란드 국민들에게는 부의 아이콘이 된 것이다. 튤립은 네덜란드 국내에서 빠르게 유행을 탔고, 결국 수입되는 한정된 튤립 물량에 비해 빠르게 증가된 수요는 튤립 가격의 상승이라는 메커니즘을 가동시켰다. 이때 네덜란드에서 튤립 한 송이의 가격이 무려 1,000플로린에 달하게 되는데, 희귀종인 경우 최대 6,000플로린에 달했다. 감이 잘 오지 않는가? 당시 네덜란드 노동자의 평균 연봉이 150플로린이었다고 한다. 또 튤립 한 송이 값이 집 한 채 값과 맞먹었다고 한다. 그럼 희귀종 한 송이면 집 6채 값이란 말이 된다. 오, 맙소사! 이거야말로 인간이기에 해낼 수 있는 광기의 단적인 행태가 아닌가! 터키인에게 튤립은 그저 한 송이의 꽃에 불과했다. 하지만 그게 네덜란드인의 손으로 들어가자마자 집 한 채 값과 같은 가치를 지니게 되었다. 아이러니하지만 그게 진실이다. 결국 똑같은 물건일지라도 누가 어떻게 생각하느냐에 따라 그 가치는 달라지는 것이다.

물론 내가 당시에 이 모든 지식을 섭렵하고 완벽한 이해와 판단으로 이 상황을 이용하기로 마음먹었던 것은 아니다. 다만 나는 양키들이 도자기를 바라보는 모습과 내가 그 도자기를 바라보는 모습이 달랐다는 사실만큼은 이해할 수 있었다. 완벽하진 않았지만, 시도해 볼 만한 가치는 있었다. 결국 다음날 난 몰래 고향으로 돌아갔다. 그러고는 집에는 들르지 않고 바로 옆 동네로 뛰어갔다. 그곳에 도자기 굽는 할아버지가 있었기 때문이다. 나는 할아버지에게 못 쓰는 도자기를 가져가고 싶다고 말했다. 할아버지는 어이없어 하는 눈길로 내게 물으셨다.

"요놈아, 이런 걸 어디에 쓰려구!"

"할아버지, 전 이걸로 돈을 벌 거예요. 그러니 부디 거절하지 마시고 이걸 제게 그냥 주시면 안 될까요? 아니, 제가 이것들을 사겠어요!"

한국의 도자기 장인들은 본래 자기가 생각하기에 좋지 못한 도자기들은 다 깨부수기 일쑤였다. 난 그런 죽음의 기로에 놓인 도자기들을 가져가고 싶다고 말한 것이었다. 내가 도살장에 끌려가는 저 불행한 도자기를 가져가는 선행을 펼치려는데 할아버지는 그걸 용납하지 않으셨다.

"예끼, 이 녀석! 이렇게 망쳐진 도자기는 함부로 내돌리는 게 아니다. 어서 돌아가!"

할아버지는 예상대로 나오셨다. 하지만 나도 질 수는 없었다.

"안 돼요. 꼭 가져가서 제가 생각한 사실이 맞는지를 확인해야 한단 말이에요! 전 무슨 일이 있더라도 가져갈 거예요!"

한동안 나는 할아버지를 설득하느라 진땀을 흘렸는데, 결국 할아버지는 내 고집을 꺾지 못하셨다. 난 정말로 진지했고, 또한 급했다. 아직까지 뭐 하나 뚜렷하게 해낸 게 없는 젊은이에게 새로운 기회라는 게 왔는데 어찌 그 고집이 약할 수 있겠는가? 그런 나의 진심이 통했는지 할아버지께선 돈을 한 푼도

받지 않은 채 도자기를 내주셨다. 난 행복한 웃음을 할아버지에게 남긴 뒤 도자기를 몇 점 얻어 부산으로 돌아왔다. 집에도 들르지 않고 다시 부산으로 돌아오는 길은 결코 쉽지 않았지만 난 전혀 피곤함을 느끼지 않았다. 오히려 힘이 솟았다. 이제야 뭔가 길이 보이는 듯했다. 난 망상을 하는 게 아니었다. 한쪽이 물건을 하찮게 생각하고 다른 한쪽이 물건을 비싸게 생각한다면, 난 그 사이에서 물건을 사고팔아서 이득을 챙길 수 있었다. 정확한 이유는 알 수 없었다. 중요한 건 이유가 아니었다. 중요한 건 그 사실을 파악하고서 돈을 벌 수 있다는 점이었다! 난 투자에 있어서 한 번 더 성장한 것이었다. 난 바로 그날 저녁 일기장에 단 한 줄로 그 내용을 정리할 수 있었다.

인간의 생각 차이가 가격의 차이를 가져오고, 그 차이를 이용할 줄 아는 자가 돈을 번다.

다음 날, 난 부산에서도 특히 외국인들이 자주 드나드는 거리에 자리를 잡고는 좌판을 펼쳤다. 예쁜 보자기를 구해 와서 밑에 깔고서 도자기를 올려놓았다. 도자기는 빛을 받아 아름답게 반짝였다. 난 단순히 전시만 해놓진 않았다. 인간의 심리를 이용하면 가격에 있어서 차이를 가져온다는 믿음으로, 난 그들에게 이 도자기가 귀하다는 느낌을 주기 위해 일부러 한 개씩만 전시해서 팔았다. 그렇게 하면 그들은 하나밖에 없다는 생각에 귀하다고 여길 것이었고, 또한 다른 사람이 먼저 사갈까 봐 불안해할 것이다. 그리고 그러한 불안함은 그들에게 구매에 대한 욕구를 일으킬 거라고 생각했다.

  그 같은 나의 생각은 정확하게 적중했다. 내 좌판에 외국인들이 하나둘씩 모여들기 시작했다. 그들은 웅성거리며 내 주변을 배회하면서 힐끔거리며 도자기를 쳐다보았다. 이 모습을 난 놓치지 않고 하나하나 지켜보았다. 그들은 서로가 서로에게 구매를 권유하는 듯했다. 그러면서 짐짓 거절의 손짓을 타인에게 내밀기도 하고, 손수건으로 얼굴을 닦으며 힐끔 내 도자기를 쳐다보곤 했다. 그들의 모습은 마치 도자기를 사 가려고 서로 보이지 않는 경쟁을 하는 듯했다. 난 그 모습이 재미있었다. 하지만 겉으로는 엄숙한 얼굴로 그들을 바라보아야 했다. 그래야 내가 물건에 대해 진지한 마음을 가지고 팔고 있다는 믿음을 줄 것이기 때문이다. 반짝이는 도자기와 함께 진지한 표정을 짓는 나에게 한 외국인이 말을 걸었다. 물론 난 이 허연 피부의 매부리코 아저씨가 했던 말을 알아듣진 못했다. 하지만 그의 표정이나 제스처, 주변인들의 행동을 미루어봤을 때 분명 사고 싶다는 말 혹은 흥정을 붙이는 것 같았다. 난 자연스럽게 호의적인 표정을 지으며 그에게 도자기를 가까이 가져가 보여주었다. 그러자 그 주변에 있던 '관심 없는 척'하던 사람들도 하나둘 내 주변으로 모이기 시작했다. 그때부터였다. 난 직감적으로 가격을 내 입으로 제시하지 않아야겠다는 생각이 들었다.

'만약 도자기를 귀하게 여기는 사람들이 많아지면, 진정으로 사고 싶어 하는 사람은 불안해질 것이다. 결국 더 많은 돈을 주고라도 구입할 것이다. 그렇다면 이건 경매다. 이렇게 도자기를 원하는 사람이 많은데 굳이 정해진 가격에 팔아야 하는 이유는 없다. 저 양키들끼리 경쟁해서 생겨난 가격이 진정으로 정당한 가격이 아닌가!'

내가 일했던 수산시장에서는 생선 가격을 최초로 정할 때 자주 경매의 방식을 이용했다. 그런 곳에서 일했던 내가 도자기를 파는 데 있어 경매의 방식을 취하지 않을 이유가 없었다. 이제 내가 할 일은 도자기가 더 귀해 보이도록 하는 일이었다. 난 도자기를 소중히 다루는 척하며 그들의 모습을 관찰했다. 그들은 아까보다 더 소란스럽게 외국말로 뭐라 뭐라 내게 말했다. 그즈음 누군가 지갑에서 돈을 꺼냈다. 저 푸른색의 종잇조각은 분명 달러였다. 양키의 손에서 달러가 바람에 흔들려 살랑거렸다. 달러가 내 눈 앞에 춤추며 가까이 다가오자 난 비로소 고개를 끄덕였다.

"오케이!"

그때였다. 갑자기 한쪽에서 다른 사람이 불쑥 다가왔다. 그러더니 그는 양복 깃을 살짝 만지며 멋쩍은 웃음을 지었다. 몇 초간 웃으며 바라보더니, 그는 양복 안주머니에서 지갑을 꺼내 더 많은 양의 돈을 내게 내밀었다. 그는 더 높은 가격에 도자기를 사려 하고 있었다. 난 바로 도자기를 더 높은 가격에 사려는 그에게 주었다. 그리고 내 손에는 돈이 쥐어졌다. 내 생애 처음으로 도자기에 투자해서 돈을 번 것이었다!

그때부터였다. 난 도자기를 하나씩만 꺼내놓아 그들이 제시하는 가격에 파는 장사를 하기 시작했다. 항상 하나씩만 꺼내놓는다는 나의 규칙은 도자기가 귀하다는 인상을 심어주기 충분했다. 그리고 그러한 이미지는 그들로 하여금 높은 가격을 제시하여 도자기를 사 가게 했다. 난 그걸 지켜보면서 가격이란 결코 일정하게 정해질 필요가 없다는 사실을 깨닫기 시작했다. 가격은 항상 물건에 대한 구매욕이 강한 대중들이 만들어나갔다. 파는 사람이 정하는 게 아니었다. 파는 사람은 그저 파는 사람이었다. 가격을 정할 필요가 없었다. 항상 가격은 '그들'이 만들었고, 난 그걸 이용하면 될 뿐이었다. 그게 매매였다.

그리고 난 거기에서 한 발 더 나아갔다. 나는 외국어를 못했고, 이건 내 비즈니스에 있어서 장애라는 걸 알았다. 그래서 시장 상인들을 통해 알음알음 영어도 배웠다. 그렇게 난 나름대로 한 사람의 사업가로서 이 일에 임했다. 그렇게 한 달 정도 지나자 제법 많은 돈을 벌 수 있었다. 난 땀이 밴 손으로 찬찬히 돈을 만지며 수익을 세어보았다. 거금이었다! 난 드디어 부자가 될 수 있는 방법을 알아차리기 시작한 것이었다. 이제 이 도자기만 있으면 난 항상 풍족하게 살 수 있었다.

하지만 얼마 지나지 않아 이 일에도 문제가 있음이 드러났다. 바로 구매자의 부재였다. 한 번 도자기를 구입한 외국인들은 두 번은 잘 사질 않았다. 그게 핵심이었다. 도자기를 사 간 외국인은 다음번에는 나타나질 않았다. 설령 왔다고 해도 또 사지는 않았다. 결국 내가 한 개의 도자기를 팔 때마다 한 명씩 고객이 사라지는 꼴이었다. 그 말은 곧 내 사업이 사양길을 걷고 있다는 것이고, 이제 더 이상 도자기로 돈을 벌지는 못한다는 의미였다. 사려는 사람이 사라지자 내 도자기의 가치는 매우 빠르게 떨어지기 시작했다. 그렇게 내 도자기 판매업 역시 빠르게 불황을 겪었다. 난 여기까지는 생각하질 못했다. 난 낙담했다. 이제 이 도자기 사업을 다른 곳으로 진출해서 하든지, 아니면 사업을 접고 도자기 이외의 다른 것에 투자를 해야 했다.

난 결국 도자기 판매업을 접었다. 그게 옳다고 여겨졌다. 그리고 다른 것에 투자를 감행하기로 마음먹었다. 당시 내겐 도자기를 팔아 번, 내 나름에는 큰돈이 있었다.

'지금 이 돈을 가지고서 뭔가 더 좋은 것에 투자를 감행한다면, 더욱 큰돈을 벌 수 있을 것이다. 그런데 문제는 바로 그 뭔가 더 좋은 것이 무엇인지 모르겠다는 것이다. 막연하다. 내가 이렇게 막연하다고 느끼고 잘 알지 못하는 것은 공부가 부족하기 때문이다. 결국 그 뭔가 더 좋은 것이라는 게 공부가 아닐까. 공부하는 게 현명한 행동일 것이다. 우선 공부를 해야 하고, 그를 통해 더 크고 넓은 세상을 알아야 한다. 단순히 이런 식으로 돈을 벌면 분명 한계가 있을 것이다. 지금은 공부가 우선이다!'

난 공부를 해야겠다는 생각을 했다. 이건 내가 기특한 생각을 한 것도 아니거니와, 모범생의 마음가짐을 갖고 있었기에 했던 발상 역시 아니다. 단지 난 내가 무지하다는 사실을 깨달았던 것이다. 더 크고 멀리 바라보고 싶었다. 예컨대 난 자신만만하게 신대륙을 찾아 떠나는 콜럼버스와 다름없었다. 난 거친 바다의 항해를 이겨낼 자신이 있었고, 도중에 포기하지 않기 위해 달걀까지 깨부수며 마음을 다잡을 자신이 있었다. 하지만 지도와 나침반을 볼 줄 모르는 멍청이였다. 그게 나와 콜럼버스의 차이였다. 내가 알기로 그 어떤 열정적인 항해가도 지도와 나침반 없이 열정만으로 항해를 시작하진 않는다. 마찬가지로 내 사업 역시 다음 수를 바라볼 수 있는 혜안이 없다면 시작하면 안 되었다. 난 공부에 투자를 해야 했다.

지금 생각해 봐도 공부야말로 최고의 투자처이다. 그것은 무에서 유를 창조하는 지식을 배우는 방법이자 모든 사람들이 우러러보는 소위 '능력'을 갖출 수 있는 가장 쉽고 빠른 방법이었다. 많이 배우지 못해 가방끈이 짧았던 나의 서러움까지 곁들여져 난 공부를 통해서 여러 측면에서 큰 이득을 얻을 수 있을 거라는 생각을 하게 된 것이었다.

결과적으로 난 공부를 통해서 더 많은 투자처를 생각해 볼 수 있는 계기를 얻었다. 괴테는 젊은 시절 〈파우스트〉를 쓰기로 마음먹으면서 그 작품을 완성하는 데에 평생을 바쳤다. 그리고 나도 그러했다. 난 공부를 통해 내가 평생을 바칠 투자처를 찾아 나섰다. 그리고 놀랍게도 새로운 세상을 발견했다. 마치 콜럼버스가 신대륙을 발견했듯이 말이다.

03

시대에 적응하는 자,
우린 그를 천재라고 부른다

　난 공부에 대해 진지하게 생각했다. 고등학교 중퇴자였던 나는 원한다면 다시 고등학교에 편입할 수 있었다. 하지만 내가 공부하고자 하는 것은 고등학교에서 알려주지 않았다. 내게 필요한 것은 전혀 다른 성격의 학문이었다. 난 내 전용 나침반과 지도가 필요했고, 그걸 보는 눈이 필요했다. 그리고 그건 고등학교 정규교육과는 거리가 멀었다. 이러한 생각은 내가 도자기 판매의 경험을 되살려보면서 더욱 분명해졌다. 나는 그 속에서 몇 가지 단어를 연상시킬 수 있었다. 돈, 인간, 심리, 그리고 경제. 난 학구파가 아니었다. 하지만 경험이 인도하는 질문과 호기심의 끝에는 학문의 완성이 기다리고 있었다. 내 특이한 판매 경험 속에서 나도 모르게 경제에 관한 넘쳐나는 질문과 호기심, 그리고 그에 대한 답변을 찾아내고 싶었다. 끊어진 이 실타래를 이어줄 매듭이 필요했다. 난 필연적으로 경제적 지식이라는 매듭을 생각해 냈다. 전부 다 이어야 했다. 이건 하나의 퍼즐에 가깝다. 난 완벽하게 퍼즐을 맞추고 싶었고, 그 이후에 알게 되는 퍼즐의 전체적 그림을 이해하고 싶었다. 난 그동안 지내오면서 산발적으로 일었던 다양한 질문과 호기심들을 하나하나 떠올려 노트에 기록했다. 내 노트 속 필기는 거칠고 일목요연하지 못했지만, 내 학구열로 가득 채워지고 있었다.

'고등학교 과정에도 경제 과목이 있다. 하지만 그 한 과목을 배우기 위해 모든 일을 접고 다시 고등학교에 편입한다는 건 어불성설이 아닌가.'

고등학교 편입을 접은 내게는 질문이 가득 적힌 노트가 있었다. 경제의 구조와 그 움직임, 가격의 형성과 현대의 경제 상황, 화폐와 그 가치의 차이 등…… 그 질문들에 대한 답을 찾기만 하면 되었다. 이제 내게 남은 건 그 공부를 어떤 방법으로 하느냐였다. 난 이에 대해 주변에 조언을 구했다. 일하던 가게의 사장님을 비롯한 수산시장의 어르신들에게 여쭈어보았다. 그러자 그분들은 하나같이 입을 모았다.

"도서관에 가거라. 거기서 책을 읽어. 너에겐 그게 필요한 것 같구나."

모두가 도서관을 추천했다. 학교 교육을 원치 않으면서 전문지식을 필요로 하는 내게 도서관을 추천한 것은 어쩌면 당연했다. 내가 보기에도 도서관은 괜찮은 제안 같았다. 도서관에는 수많은 책들이 있을 것이다. 그렇다면 내가 원하는 내용을 가진 책들 역시 있을 것이다. 게다가 도서관은 돈이 들지 않았다! 곱씹어 생각해 봐도 좋은 투자 결정이었다. 난 곧바로 부산에 있는 도서관을 찾아다니기 시작했다.

당시만 해도 도서관은 매우 귀했다. 난 부산에서도 가장 크다는 사립도서관을 찾아갔다. 그곳에 처음 들어설 때부터 나는 그 웅장함에 압도되었다. 매일같이 시장골목을 휘젓고 다녔던 나에게는 신선한 충격이었다. 고풍스럽고 우아한 이곳에서 사람들은 수많은 지식들을 함양해 가고 돈 되는 정보를 얻어 간다고 생각하니 한편으로 부러웠다.

'그래, 나도 언제까지 시장골목에서만 돈을 벌 순 없다. 도서관에 있는 사람들처럼 우아하고 품위 있는 생활을 영위하며 돈을 벌고야 말 테다!'

그러기 위해서는 내게 필요한 지식과 정보들을 최대한 많이 습득해야 했다. 그런 관점에서 도서관이야말로 인간이 만든 최고의 자선단체이자 투자처 중 하나일 것이다. 수많은 사람들에게 거의 무료로 정보와 지식을 나누어주는 곳이기 때문이다. 난 간단한 등록을 마친 후 바로 그날부터 도서관에서 책들을 탐독하며 공부를 시작했다.

내 궁금증과 그에 따른 답을 위해 주로 읽었던 분야는 당연히 경제 분야였다. 그 당시까지만 해도 내게 '경제'라는 말에 대한 이미지는 수많은 돈이 우수수 떨어지는 그런 광경이었다. 난 그 모습을 상상하며 도서관에서 경제 관련 책들이 모여 있는 곳에 갔다. 책들은 가지런하게 꽂혀 있었다. 난 그 책들을 하나씩 읽기 시작했다. 읽으면서 중요한 부분은 필기도 했다. 그런 식으로 한 권의 책을 다 읽으면 바로 다른 책을 읽으며 같은 행동을 반복했다. 난 정말 경제 관련 책이라면 가림 없이 모조리 읽었다. 단 하나라도 빠뜨리고 싶지 않았다. 여기서 가져가는 지식들이 나중에 내게 큰돈을 가져다줄 모습을 상상하자, 자연스레 난 책벌레가 되었다. 그리고 실제로 경제 관련 책들은 정말 재미있었다. 도서관이 닫히는 시간이 다가오면 읽던 책을 빌려서 집에 돌아가 계속 읽었다. 난 그렇게 책을 읽어나가면서 내가 얼마나 무지했는지를 깨닫기 시작했다. 무지에 대한 자각은 자연스럽게 배움에 대한 기쁨으로 이어지는 법. 난 서서히 이 세상의 경제에 대해 머릿속으로 즐기고 있었다. 마치 스펀지가 물을 빨아들이듯이, 무지했던 내 경제관념은 점차 나아지고 있었던 것이다. 그러면서 어느 순간부터 머릿속에서 하나의 거대한 그림이 그려지기 생각했다. 각 부분들이 이어졌다. 희미했던 그림판은 점점 선명해졌고, 더욱 정교하게 보였다. 그리고 각각의 부분들이 결코 동떨어진 사항들이 아니란 사실을 느낄 수 있었다. 유기적 연결고리가 보이기 시작한 것이다! 국제 유가의 폭등과 내 집세는 유기적으로 연결되어 있다는 사실을 이해했다. 그렇게 난 또 다른 세상과 만났다.

그러면서 내가 느낀 가장 큰 충격은 이 세상이 내가 알고 있는 것보다도 훨씬 더 거대하고 정교하게 일정한 '움직임' 또는 '추세'를 가지고 있다는 사실이었다. 그리고 그 세상의 흐름을 깨우치는 자들이 진정 큰돈을 벌었다는 사실을 알아차릴 수 있었다. 나는 경제 관련 책들을 읽으며 경제사와 함께 세계 역사에 관련된 책들도 읽었는데, 적어도 세계는 과거와는 다른 세상이라는 걸 느낄 수 있었다. 과거와의 가장 큰 차이점은 바로 지금이 '자본주의' 시대라는 점이다. 자본주의의 정의는 무엇일까? 다양한 의견이 나올 수 있겠지만 당시 내가 읽었던 책에는 이렇게 적혀 있었다.

사람들이 자신들의 개인적 이윤 추구를 목적으로 하는 사회. 그리고 그 이윤 추구를 위한 자본이 지배하는 사회.

난 이 말을 굉장히 인상 깊게 받아들였다. 물론 지금도 유효하다. 내가 보기에 부자인 사람들과 가난한 사람들의 가장 큰 차이는 얼마나 자본주의를 이해하고 있느냐였다. 부자인 사람들은 자본주의가 가진 의미를 정확히 이해하고 거기에 맞게 행동한 사람들이었고, 가난한 사람들은 자본주의가 가진 의미를 이해하지 못한 채 거기에 맞게 행동하지 못한 사람들이었다. 자본주의는 유구한 인류의 역사로 보았을 때 20세기 유럽에서 시작되어 21세기 미국을 선두로 피어나게 된 하나의 트렌드Trend라고 볼 수 있었다. 그리고 이 트렌드에 잘 적응한 자들이 각 세대를 대표하는 부자가 되어 있었다. 이러한 현상은 경제사에만 적용되는 특이한 상황이 절대 아니었다. 오히려 우리에게 친숙한 상황에서도 자주 나타났다.

이를테면 옷차림이 대표적이다. 예전에는 사람들에게 무시당했던 패션이나 지금껏 한 번도 보지 못했던 그런 패션이 세간에 알려지고 인기를 얻게 되는 순간부터, 그 패션은 하나의 트렌드로써 우리에게 다가오게 된다. 그러면 우리는 자연스레 그 트렌드를 좇아가며 옷차림을 변화시켜 나가는 것이다. 그 옷차림은 또 다른 트렌드에 의해 유행에 뒤처지기 전까지는 사람들 사이에서 강한 지지를 얻는다. 이때 이 트렌드에 맞게 옷을 입는 자들은 대중에게 인기를 얻고 부러움을 받는다. 하지만 거기에 상반되게 옷을 입는 사람들은 질타를 받거나 혹은 이상한 존재로 취급당하기도 한다. 그게 패션계의 흐름이었다.

혹은 직업을 가지고 생각해 볼 수도 있겠다. 요즈음 젊은이들이 가장 갖고 싶어 하는 직업에 대한 설문조사를 보고, 난 놀라지 않을 수 없었다. 요즘 젊은이들이 원하는 직업들이 과거에는 모두가 기피하던 것들이었기 때문이다. 물론 젊은이들도 그 사실을 어른들에게 들어서 잘 알 것이다. 그러고는 나름대로 푸념을 늘어놓았을지도 모른다. '내가 그 시대에 태어났으면 쉽게 그 직업을 가질 수 있었을 텐데' 하면서 말이다. 이처럼 트렌드는 모든 분야를 막론하고 우리 주변에 언제나 함께하는 존재인 것이다.

이러한 사실은 판박이처럼 경제사에도 적용되어서, 그 같은 트렌드를 읽어내서 철저히 이용한 사람이야말로 그 시대의 가장 훌륭한 자본가였다. 과거 대항해시대에는 배를 타고 무역을 했던 자들이 부자였다. 그리고 1, 2차 세계대전 당시에는 전시 공장장들과 전시 산업 주도자들이 부자의 반열에 올랐다. 이후 미국에서 본격적 산업화시대가 도래하자 석유를 팔았던 록펠러는 역사상 최고의 부자가 될 수 있었다. 즉, 시대의 흐름을 읽을 줄 아는 자가 진정한 승리자였던 것이다! 이런 점에서 볼 때 진화론의 아버지인 찰스 다윈의 이 말을 꼭 기억해야 했다.

살아남는 종은 가장 강한 종도, 가장 똑똑한 종도 아니다. 결국 살아남는 것은 그 시대에 가장 잘 적응하는 종이다.

이건 증명이 필요 없는 명제이며 진리에 가깝다고 본다. 우린 결코 앞서갈 필요도 없고, 남들보다 월등히 우수할 필요도 없다. 물론 우수하면 좋지만 그렇다고 꼭 우수해야 한다는 것은 아니다. 다만 남들보다 더 빠르고 기민하게 시대의 흐름을 읽어낼 줄만 알면 된다. 대단히 간단한 사실이었다. 적응이라는 행동이야말로 인간이 해낼 수 있는 가장 현명한 행위였다. 그러나 적응은 실제로 인간의 본성을 상당 부분 거스른다. 낯선 환경을 이해하고 거기에 맞춰 자신의 고집과 편견을 이성의 칼날로 잘라내야 하는 행동이 수반된다. 이게 중요했다. 이성적으로 쉽지만 감성적으로는 결코 쉬운 일이 아니었다.

　이런 상황을 가정해 보자. 지금 서 있는 장소는 근사한 해변이다. 이곳에서 당신은 멋지게 서핑을 즐기려 하고 있다. 부서지는 파도만을 바라보아도 기분이 좋아지는 때, 당신에게는 멋지게 타겠다는 호승심이 불타오르고 있다. 그리고 어떠한 상황에서도 그럴 수 있다는 묘한 자신감마저 샘솟고 있다. 심지어 옆에서는 친구들이 기대에 찬 환호까지 보내주고 있다. 아드레날린이 배가되는 이 순간에, 당신은 멋모르고 바로 보드에 올라타 파도로 뛰어들었다. 파도 위에 우뚝 설 자신의 모습을 상상하면서 말이다. 하지만 단박에 고꾸라지고 만다. 화가 난다. 멋쩍은 미소를 지으며 다시 한 번 파도를 향해 과감하게 달려들었다. 그러나 또다시 파도에 휩쓸려 소금물만 마시게 될 뿐이다. 분노에 몸이 뻣뻣해지기 시작하고, 추락한 자존심의 회복을 위해 더 무모하게 파도로 뛰어든다. 결국 더 세찬 파도의 보복만을 받고 포기하고 만다.

자, 그러면 여기서 무엇이 잘못된 걸까? 난 서핑에 대해 잘 알지는 못하지만 내가 알고 있는 상식선에서 보면, 서핑 전에는 반드시 파도의 흐름, 강약, 폭, 방향을 이성적으로 고려해야 한다. 단순히 용기만을 가지고 뛰어드는 순간 용기는 만용으로 변한다. 요컨대 아무리 당신이 용감하더라도 흐름을 파악하고 거기에 순응해 몸을 맡기지 않는다면 결코 재미있는 서핑을 즐길 수 없다. 다시 말해, 당신이 어떤 일을 하든지 그 일이 가지는 흐름을 파악하고 거기에 순응하지 않는다면 절대로 좋은 결과를 이끌어낼 수 없다는 것이다. 아무리 당신이 열정에 찬 사람이라도 말이다.

자, 이제 이걸 경제적 측면에 적용해 보자. 한 개인의 입장에서 당신은 큰돈을 벌겠다는 용기와 열정이 있다. 여기에 완전히 사로잡힌 나머지 모든 일을 다 잘할 자신이 있다. 그래서 현대 산업과 경제 상황을 이해하지 않아도 잘해낼 수 있을 거라고 생각한다. 그러나 안타깝게도 결과는 망하는 길밖에 없다.

여기서 내가 말하고 싶은 것은 적어도 지금의 경제 상황을 잘 이해하고 행동하는 자야말로 이 세상에서 살아남아 부자가 될 수 있다는 사실이다. 이는 나아가 예전부터 익숙하여 잘 아는 산업 분야에 진출하는 게 아니라, 자신이 느끼기에 앞으로 가장 이상적인 조류로 다가오고 있는 산업 분야에 뛰어들어야 함을 의미했다. 이미 지나간 버스가 아니라 앞으로 올 버스가 중요하다 이거다!

그때부터였다. 난 자본주의가 가져다준 특징들을 찬찬히 살펴보기 시작했다. 자본주의라는 트렌드가 과연 어떤 특징을 가지고 있고, 내가 거기서 무엇을 알아차려야 하는지만 알게 된다면, 나도 시대의 흐름이 주는 특혜를 누릴 수 있었다. 난 자본주의에 대한 책들을 계속 읽기 시작했다. 그렇게 난 이 시대의 한 자본주의자Capitalist가 되어가고 있던 것이었다.

난 오랜 독서와 고찰 끝에 지금의 자본주의 시대를 이끌어가는 트렌드를 포착할 수 있었다. 지금 돌이켜 생각해 보면 그것은 내 인생을 정말 색다른 세계로 이끌어준 존재였다. 난 그것이 지금의 자본주의 시대가 가지고 있는 가장 강렬하고 뚜렷한 트렌드라고 판단했다. 흐름이라 볼 수도 있었고 하나의 또 다른 세상이라 볼 수도 있었다. 그 속에서는 현대의 경제가 한 편의 지도처럼 펼쳐져 있었다. 이 흐름은 과거 역사상 가장 현명하고 정교한 시스템으로 고안된 체제였다. 자본주의가 만들어낸, 자본주의의 절정이라 할 수 있는 것! 그래서일까, 내가 이것을 발견했을 때 사람들이 이미 거기에 붙여준 별명이 있었다. 내가 보기에도 그 별명과 딱이었다.

자본주의의 꽃.

알겠는가? 내가 본 자본주의라는 흐름을 가장 정확히 이해한 순간이 바로 '주식시장'을 알게 되면서부터였던 것이다! 모든 금융을 이용한 재테크 중에서 역사적으로 유일하게 물가 상승률을 앞질렀던 세계 최대의 시장. 이곳이야말로 내가 좇아야 했던 트렌드의 답이었다. 이곳이야말로 날 진정 부(富)의 세계로 이끌어줄 존재였던 것이다!

'그래. 주식시장이다. 주식시장이야말로 내게 큰돈을 가져다줄 존재다!'

적어도 내가 읽은 책들에 쓰여 있는 주식시장이란 곳은 정말 놀라운 곳이었다. 우선 전 세계 모든 상장기업들의 주식을 사고파는 장소라는 점. 그리고 그에 따라 나 역시 기업의 주식을 사고팔 수 있다는 사실이 날 들뜨게 했다.

또 주식을 가지고 성공한 사람들의 글을 읽으며 난 정말 깜짝 놀랐다. 그들은 어마어마한 돈을 벌고 있었던 것이다. 물론 주식을 하면서 잃는 자들도 부지기수라고 한다. 하지만 그건 농사에서도 마찬가지였다. 아니, 내가 경험한 농사라는 행위는 어쩌면 더욱 위험한 투자였다. 게다가 실패하는 이는 어디서나 존재하기 마련이다. 난 거기에 개의치 않았다.

난 공부하면 할수록 주식시장에 더욱 호의적인 입장이 되었다. 무엇보다도 내가 가장 호의적으로 봤던 부분은 바로 주식 투자는 매우 '우아하게' 돈을 벌 수 있다는 사실이었다. 아늑한 의자에 앉아 조용히 시세를 관찰하며 몇 가지 손짓과 점잖은 말투로 매매만을 하면서 차익을 얻는다. 이 사실만으로도 그동안 힘든 노동과 요란스런 시장에서 일만 해왔던 내게 주식시장은 일종의 '우상'처럼 여겨졌다. 우아한 화이트칼라로서의 삶을 꿈꾸던 나에게 있어서 주식 투자자란 직업은 정말 멋지고 환상적인 세계로의 초대였던 것이다. 더 이상 망설일 필요가 없었다. 트렌드를 이해했으면 거기에 맞게 행동하는 일만 남았다. 난 결국 주식시장으로 발을 들여놓아야 했다. 스탕달 증후군이 바로 이런 것일까! 내 몸은 기쁨에 겨워 주저앉을 지경이었다.

이러한 일련의 생각들은 결코 저돌적이고 조급한 마음으로 받아들인 게 아니었다. 난 이성적이고 침착했다. 모든 상황과 가정을 해보았고, 답이 나왔다. 그 답이 바로 주식시장이었다. 이제 행동하는 육체의 의지만이 남아 있었다. 난 움직여야 했다. 머릿속에서 할 일은 이미 끝나 있었다. 난 그 사실을 인식했고, 다행히도 내 육체는 거기에 맞게 움직여주기 시작했다.

주식시장은 부산에 존재하지 않았다. 내가 알아본 바로는 주식시장은 서울에 있었다. 난 내게 남아 있던 돈을 가지고 다시 고향으로 갔다. 그러고는 부모님께 주식 투자를 위해 서울로 가야 한다고 말씀드렸다. 처음에 부모님은 반대하셨다. 당시의 상경은 오늘날의 간편한 가족 여행과는 판이한 관점에서 바라보아야 한다는 점을 기억해 두자. 어찌 보면 검증되지 않은 위험한 곳으로 발을 들여놓겠다는 건데 찬성할 부모가 몇이나 되겠는가? 나 역시 부모님을 이해할 수 있었다. 하지만 내 마음은 이미 주식시장으로 떠나 있었다. 누구도 날 막을 수 없는 상태였다. 난 내 운명을 스스로 짊어져야 성공할 수 있다고 믿었다. 마치 자기만의 세계를 위해 모험을 떠났던 톰 소여와 같았다. 내겐 성공을 향한 용기가 솟구쳤다. 내 머릿속에서는 두려움보다는 설렘이, 암담함보다는 찬란함이 먼저 떠올랐던 것이다. 난 당당하게 나아가고 싶었다. 로버트 프로스트의 시 〈가지 않은 길〉에는 다음과 같은 구절이 나온다.

훗날에, 훗날에 나는 어디선가
한숨을 쉬면서 이야기할 것입니다.
숲 속에 두 갈래 길이 있었다고
나는 사람이 적게 간 길을 택하였다고
그리고 그것 때문에 모든 것이 달라졌다고

말해 두지만, 자신의 인생을 스스로 개척해 나가는 것 또한 매우 어렵고 고도의 용기가 수반되는 투자란 사실을 기억해야 한다. 언제나 투자에는 용기와 자기에 대한 확신이 필요한 법이다. 난 내가 가야 할 길에 대한 용기가 있었고, 또한 그 길에서 성공할 거라는 확신이 있었다. 결국 부모님은 그 같은 나의 의지를 받아들이셨다. 아버지는 내게 약간의 돈을 주며 말씀하셨다.

"난 네가 어렸을 때부터 이곳에서의 생활을 못마땅해한다고 느꼈다. 그러니 오늘 같은 상황은 그리 놀라운 일도 아니다. 그래, 네가 해보고 싶은 방향대로 나아가거라. 우린 힘닿는 데까지 널 지원해 주마."

잠시 말을 멈추었던 아버지가 침묵 끝에 말했다.

"그래도 언제든 힘들면 다시 돌아와야 한다."

나는 굳은 의지를 드러내듯 고개를 끄덕였다.

"네, 알겠습니다. 항상 건강하십시오."

이튿날, 난 서울로 떠나는 기차에 몸을 맡겼다. 당시 나는 부산에서 번 돈과 도서관을 다닐 때 짬짬이 밤마다 일하면서 번 돈, 그리고 부모님이 주신 노잣돈을 모두 꼼꼼히 챙겼다. 이제 난 이 종잣돈Seed Money을 가지고 내 인생을 꾸려나가야 하는 것이다! 이건 멋진 행동도, 잘난 행동이라고도 표현될 수 없다. 다만 옳은 행동을 하고 있다고 표현하고 싶다.

04

증권시장만큼
많은 바보가 모여 있는 곳도 없다

    기차가 서울역에 도착했다. 난 서울역을 나와 남산을 바라보았다. 그러고는 크게 숨을 들이켰다. 만감이 교차했다. 내 주변을 지나다니는 사람들은 하나같이 부유해 보였다. 세련된 옷을 입고 있었고 세련된 말투로 대화를 하고 있었다. 난 괴리감을 느꼈지만 주눅 들고 싶지는 않았다. 내게는 성공에 대한 강한 열망이 있었다. 길을 걸으며 나는 지금부터 해야 할 일을 생각했다.

    '우선 서울의 중심인 명동과 종로1가 쪽으로 가야 한다. 그리고 그 주변에서 적당한 하숙집을 구하면 짐을 정리한 뒤 하루를 보낸다. 다음 날이 되면 증권사를 찾아가 계좌를 개설하고, 투자를 시작하면 된다.'

    나는 바로 행동에 옮겼다. 서울역에서 걸어 나와 을지로1가 쪽으로 걷기 시작했다. 그러고는 그 주변을 수소문해서 하숙

집을 찾아다닌 끝에 명동에서 조금 벗어난 을지로 근처에 하숙집을 구했다. 그곳은 증권사가 있는 명동까지 도보로 불과 10분 내외였다. 난 만족스럽게 짐을 정리하곤 일찍 잠들었다.

다음 날이 되자, 난 바로 길을 나섰다. 당시 증권에 대해 몇 가지 공부를 하고 가긴 했지만, 실상 내가 알고 있는 것은 얼마 되지 않았다. 난 심지어 주식 계좌를 개설하는 방법조차 모르고 있었다. 그러나 모른다고 못할 이유는 없었다.

명동에 도착한 나는 증권사를 찾아 들어갔다. 그곳엔 매캐한 담배 연기와 시끄러운 목소리, 그리고 넘치는 종잇조각이 휘날리고 있었다. 사람들은 저마다 떠들어대며 이야기를 나누고 있었고, 몇몇은 빠르게 뭔가를 종이에 적어서 중개인에게 제출했다. 난 신세계를 보고 있었다. 이곳은 전혀 다른 세상이었다. 내가 상상하던 우아한 모습은 전혀 찾아보기 어려웠다. 가장 우아하지 못한 상황과의 대면. 그게 내가 처음으로 느낀 증권시장의 모습이었다.

난 위축될 수밖에 없었다. 난 조심스럽게 안쪽으로 걸어 들어가 증권사 직원에게 계좌를 만들고 싶다고 말했다.

"주식 계좌를 트고 싶은데요."

분명 작지 않은 목소리로 말했지만, 상대적으로 작고 소심하게 들리지나 않았을지 염려되었다. 그러나 직원은 즉각 내 말을 알아듣고는 활짝 웃으며 대응했다. 직원은 바로 내게 주식 계좌를 개설해 주었다. 그러고는 지금 금액을 넣어 거래를 시작할 수 있다고 알려주었다. 난 상경하며 가져왔던 돈 중 생활비를 제외한 나머지를 입금했다. 그러자 증권사 직원은 더 크게 웃으며 친근한 말투로 말을 걸었다.

"정하신 종목이라도 있나요? 만약 없으시다면 제가 예전부터 보아왔던 주식이 있습니다. 그걸 한번 매수해 보세요. 몇몇 분들이 그 녀석을 통해 수익을 올리고 있어요."

그의 말은 달콤한 사탕처럼 내게 다가왔다. 난 마음이 크게 요동쳤다. 계좌를 만든 지 단 몇 분 만에 돈을 벌 수 있을 거란 생각에 흥분되었다.

"어떤 종목이죠?"

"미래건설 주식입니다. 바로 매입하세요. 지금 중동에서 엄청난 금액의 공사를 수주했습니다. 게다가 정부가 앞장서서 지원해 주기까지 합니다. 세상에, 정부가 보증하는 회사가 있다니요. 절대로 주가가 떨어질 일이 없을 겁니다. 지금 이곳에 있는 대부분의 투자자들이 그 주식을 가지고 있어요. 오늘도 벌써 3% 이상 올랐습니다."

나 역시 이전부터 신문에서 주의 깊게 살펴보았던 회사가 바로 미래건설이었다. 건설업은 1970년대 한국의 경제성장을 지휘하는 선도업종이었다. 또한 중동을 중심으로 해외에서 어마어마한 금액의 공사 건을 수주하고 있었다. 그리고 그 중심에 미래건설이 있었다. 이건 국민들이 다 아는 사실이었다. 분명 그 증권사 직원은 내게 거짓말을 하고 있는 게 아니었다. 게다가 진짜로 그 주식은 한 달 전부터 빠르게 오르고 있었다. 모든 상황이 너무나도 완벽하게 돌아가고 있었다. 그렇다면? 난 당연히 계좌 생성과 동시에 그 건설회사의 주식을 매수했다. 조금 떨리긴 했다. 하지만 떨리는 마음을 극복할 정도로 상황은 너무나 좋아 보였다. 모든 게 완벽하게 돌아가고 있었다. 게다가 내가 매수한 이후 미래건설은 수직 상승했다. 결국 그날 폐장과 함께 하루 동안 무려 6%나 상승했다. 그렇게 두근거리는 내 첫 투자는 멋지게 출발했다.

난 내가 원하는 대로 돈을 벌고 있었다. 기쁨에 겨워 크게 소리라도 지르고 싶은 심정이었다. 난 좀 더 자신감 넘치는 모습으로 이곳에서 행동해야겠다고 느꼈다. 단지 하루가 지났을 뿐인데 난 완전히 딴사람으로 변했다. 내가 한 일이라곤 고작 미래건설의 주식을 매수한 뒤 가만히 지켜보는 것일 뿐인데도 난 당당했다. 난 적극적으로 사람들과 이야기를 나누면서 그들의 생각과 경험들을 듣고 내 의견을 말하는 시간을 자주 가졌다. 그러면서 나는 점차 이곳의 생리를 이해하기 시작했다. 이곳은 물건을 사고파는 일반적인 시장과 크게 다를 바가 없었다. 다만 성비가 아주 불균형적이라는 차이가 있었다. 적어도 내가 본 주식시장은 모두 남성들로만 구성되어 있었다. 그래서 담배는 항상 필수 물품이었다. 또한 모두가 주식 이야기를 포함한 자질구레한 대화들로 대부분의 시간을 보냈다. 그도 그럴 것이, 주식을 사고 나면 할 일은 오로지 시세를 바라보면서 언제 팔지를 결정하는 일뿐이기 때문이다. 결국 상당히 많은 시간을 가만히 가격을 듣거나 보는 데 보내야 했다. 그렇기에 개장과 동시에 폐장까지 거의 하루 온종일 그곳에만 있어야 했고, 자연스럽게 이곳에 있는 투자자들은 서로가 서로를 잘 알았다. 그렇게 동질감이 형성되면서 서로 격의 없이 바로 대화를 나누는 분위기가 만들어졌다. 그러한 분위기는 나이를 초월했는데, 실제로 젊은 투자자와 나이 지긋한 투자자와의 대화도 빈번했다. 나이는 주식시장에서는 전혀 문제가 되지 않는 부분이었다. 이곳은 철저히 투자만을 위해서 존재하는 곳이었으니까. 덕분에 젊은 투자자에 속했던 나 역시 다양한 연령대의 투자자들과 빠르게 친해질 수 있었다.

난 대부분의 사람들과 이야기를 나누며 그들과 친숙해져 갔다. 그런데 한 명, 다가가기 어려운 사람이 있었다. 그는 객장에서 항상 줄담배를 피우며 매매를 하는 육십대의 어르신이었다. 사람들은 그를 '백학 노인'이라 불렀다. 그는 이 바닥에서 제법 이름이 높았다.

백학 노인은 언제나 입을 굳게 닫은 채 매매만 했다. 대부분의 투자자들은 목청껏 소리 지르며 전표에 기입해서 매매를 했지만, 그는 절대 그러지 않았다. 그래서 많은 투자자들이 그와의 대화에 항상 지대한 관심을 드러냈다. 난 몇 차례의 시도로 어렵게 그와 대화를 나눌 기회를 가졌는데, 그는 잔잔한 표정만을 보이며 내게 말을 걸었다.

"젊은이, 나이가 얼마 안 돼 보이는데 올해로 몇인가?"

"올해로 스물두 살입니다."

"뭐? 스물두 살?"

그는 진심으로 놀란 듯했다.

"여기가 뭐하는 곳인지는 알고 온 건가?"

"예. 주식을 사고파는 곳이지 않습니까?"

"반만 맞았어. 자네는 나머지 반을 아직 찾지 못했군. 내가 보기에 자네는 이곳을 관찰하는 시간을 좀 가져야겠어. 그게 필요해. 지금 가지고 있는 거 있나?"

나의 주식 보유를 물어보는 말이었다.

"네. 지금 미래건설 주식을 가지고 있습니다."

"그렇군. 그렇다면 돈 좀 벌고 있겠군. 하지만 빠르게 오르는 주식은 경계해야 해. 그만큼 빠르게 떨어지거든. 그리고 거기서 자네는 배움을 찾을 수 있을 게야."

그리고 사흘 뒤. 백학 노인의 말이 옳았다. 난 가격이 떨어지며 내 계좌가 부서지는 모습을 지켜봐야 했다. 난 아무 일도 하지 않고서 돈을 잃어가는 스스로를 지켜보는 멍청이였다.

난 분노가 치밀어 올랐다. 분노는 항상 그 대상이 중요한데, 이번에는 당연히 나 자신에 대한 분노였다. 내가 제대로 써보지도 못한 돈들이 하루 단위로 실종되고 있었다. 나는 도자기를 팔며 벌었던 돈들을 그런 식으로 아주 깔끔하게 잃었다. 결국 손해를 보고 팔아야 했다.

백학 노인의 말대로 그 손실에서 느낀 게 있었다. 그건 내가 수익을 내고 있는 동안에는 언제나 그 보유 주식을 바로 매도할 준비를 하고 있어야 한다는 사실이었다. 이 바닥에 있는 사람들 중 나를 제외한 모두가 그렇게 하고 있었다. 나 혼자 청산을 통해 수익을 현금화시키지 않고 있었다.

난 최초의 거래에서 바로 주식가격이 오르는 모습을 보았다. 그리고 그 기억은 강하게 뇌리에 박혀 있었다. 그랬기에 가격이 떨어지고 있었음에도 불구하고 다시 오를 거란 희망에 팔지 않았다. 그게 나의 문제였다. 항상 거래에 들어가면 언제 청산을 할지를 정해놓아야 했다. 그게 중요했다. 그러지 않는다면 주식이 폭락할 때도 여전히 다시 오를 거란 희망에 주식을 팔지 않을 것이다. 그리고 그건 거대한 손실을 의미했다. 또한 만약 주식이 올라 수익을 낸다면 그 오른 주식에 대해 청산 시점을 정해놓음으로써, 이후에 있을 하락에 대비하여 확실한 수익을 보장할 수 있다.

이건 분명 내가 돈을 잃음으로써 배운 사실이었고, 백학 노인 역시 내가 손실을 입고 배울 것이라 예견했었다. 이러한 깨우침에는 훌륭한 투자자의 행동을 지켜본 나의 관찰이 한몫했다. 난 항상 나 이외의 투자자들의 말과 행동을 지켜보았다. 투자를 잘하는 이의 언행과 그렇지 못한 자의 그것과는 차이가 있었다. 그 대표적인 게 바로 이 청산 시점 선정이었다. 내가 돈을 벌고 있든 아니면 잃고 있든, 항상 잘 버는 투자자들은 손실의 한계를 정해놓거나 수익의 안전 마진 시점을 정해놓았다. 그건 주식이 오르든 떨어지든 미래에 있을 불길한 상황을 대비한 도구였다. 주식은 보유하는 그 순간부터 위험을 가지고 있었다. 떨어지고 있어도 더 떨어질 수 있고, 오르고 있어도 다시 떨어질 수 있다. 항상 그걸 주의해야 했다. 그렇기에 만약 본인이 정한 청산 시점이 있다면 얼마가 떨어지든 손실이나 수익을 자기가 관리할 수 있었다. 그렇게 해서 자신의 투자 상황이 최악에 이르지 않게 하고 언제나 위험 상황을 작게 끝낼 수 있었다.

   관찰 없이 단지 나의 행동만으로 배운 사실도 하나 있었다. 그건 내가 주식 계좌를 만드는 바로 그 순간부터 투자를 하고 싶어 했다는 사실이었다. 나는 계좌를 만들자마자 일분일초가 아깝다는 생각을 했다. 당장 주식에 돈을 집어넣어서, 흘러가는 이 찰나의 시간 동안에도 변화하는 가격을 통해 이득을 챙기고 싶었다. 그리고 이러한 사고에는 '나는 결코 잃지 않고 항상 벌어들인다'는 전제가 은연중에 깔려 있었다. 놀랍게도 이건 비단 나만의 생각이 아니었다. 이곳에 지내면서 보아왔던 수많은 시장 참여자들에게 똑같이 적용되는 것이었다. 아무리 이성적인 사람이라도 이곳에만 오면 그렇게 되었다. 학력이나 재능, 지식, 자신감, 권위, 지혜를 초월했다. 이건 인간의 불안 심리를 자극했다. 투자자는 자기가 투자를 하지 않는 동안 일어날 좋은 상황, 소위 말하는 배 아픈 상황이 벌어지지 않을까 하는 불안감을 가지게 된다. 그리고 실제로 주식이 오르면 그걸 잡아내지 못했다는 이유로 자괴감에 빠지게 된다. 내가 말하고 싶은 것은 이러한 심리적 현상을 과학적으로 파헤치자는 게 아니다. 다만 이 같은 심리적 괴리감은 투자에 있어 대단히 위험한 마음가짐이며, 그 같은 마음을 가진 투자자들은 모두 돈을 잃었다는 현실이다. 투자는 실행에 옮기기 대단히 쉬운 일 중 하나이다. 중개인에게 거래 의사를 말로 표현하거나 전표에 작성해서 갖다 주면 끝이다. 그러면 당신의 소중한 자본은 주식시장이란 정글로 재빨리 투입된다. 다시 말해서, 깊은 생각 없이도 쉽게 투자를 할 수 있다는 말이다. 이 모든 행동들은 너무도 주식시장을 모르고 벌이는 일들이다.

나는 시장 참여자로 지내면서, 큰돈을 버는 사람들은 돈을 잃는 자와 똑같이 사고파는 행동을 취하지만 그 행동을 취하기까지 있었던 고행에는 큰 차이가 있다는 점을 발견할 수 있었다. 백조는 우아하게 물 위에 떠 있지만, 그 수면 아래에서 발은 치열하게 쉼 없이 발길질을 하고 있다. 돈을 버는 사람이 그저 남들처럼 가만히 사고파는 행위만 한다고 해서 오해해서는 안 되었다. 그들의 결정은 이미 열심히 시장을 분석하고 모든 위험 가능성을 다 따져본 뒤 내린 것이었다. 그러므로 그들이 보이는 행동만으로 심리적 불안감을 가진다는 건 정말 우스꽝스런 발상이다. 따라서 투자자는 자기 내부에 있는 오해와 편견을 깨뜨려야 한다.

물론 당시 난 초보자였고, 그랬기에 상당한 불안감을 가지고 있었다. 초 단위로 사고팔아지는 결제 모습을 보면 잃었음에도 불구하고 또 참여해야 할 것 같다는 생각이 끊임없이 들었다. 마치 잃는 게 습관이 된 사람처럼 말이다. 하지만 정말 다행스럽게도 난 당시 무지가 얼마나 큰 죄인지를 알고 있었고, 백학 노인의 말을 경청한 직후였다. 시장에 대한 공부의 필요성을 느꼈고, 나아가 그곳의 상황을 피부로 느끼고 싶었다. 불안에 기인한 무리한 투자와 배움에 대한 필요성이 내 마음속에서 상충했지만, 다행히도 후자의 손을 들어주었다. 그때부터 난 거래 없이 그저 증권 객장을 관찰하기 위해서 자주 객장에 드나들었다. 그리고 내가 배운 사실들을 매일같이 노트에 적기 시작했다. 그렇게 내 노트에는 보고 느낀 사실들이 일목요연하게 차곡차곡 쌓여나갔다.

1. 모든 주식에는 가격이 있다. 그 가격에 주식을 사서 시세가 오르면 판다. 그러면 그 차익만큼 내가 돈을 번다.

2. 주식 객장에는 사람들이 많다. 그러나 모두가 다 뛰어난 투자자들은 아니었다. 그들 중에는 감정적으로 흥분하는 사람도 있었고, 심지어 시세표에 대고 욕을 하는 사람도 있었다. 그리고 그들은 그럴수록 더 돈을 잃었다.

3. 모든 주식가격은 초 단위로 변한다. 하지만 그 누구도 초 단위로 변하는 가격을 맞히지는 못한다. 나도 맞히지 못할 것이다.

4. 주식은 사고팔 수 있다. 즉, 내가 돈을 벌면 그만큼 다른 사람이 돈을 잃고, 내가 돈을 잃으면 그만큼 다른 사람이 돈을 버는 것이다.

5. 거래를 할 때에는 중개인이 온다. 그리고 중개인은 거래를 중개해 주는 대신 수수료를 받는다. 그래서인지 중개인들은 끊임없이 투자자들에게 매매할 것을 권유한다. 내 눈에 그 중개인들은 훌륭한 장사꾼들이었다. 장사꾼들은 수산시장에서나 주식시장에서나 똑같이 미사여구로 물건을 살 것을 촉구한다.

6. 정말 특이하게도 모든 투자자에게 공통되게 주어지는 신뢰성 있는 정보는 오로지 하나밖에 없었다. 그건 가격이었다. 그 어떤 정보나 유혹거리도 신뢰할 만한 수준이 아니었다. 하지

만 가격만큼은 모든 투자자들이 신뢰하고 믿었다. 그리고 나도 믿었다.

내가 적은 이러한 내용들은 분명 단순해 보일 것이다. 하지만 이 단순한 내용은 내게 많은 걸 알려주고 있었다. 무엇보다 이것은 스스로 터득한 지식이었다. 스스로 터득한 지식은 결코 쉽게 잊히지 않았다. 그리고 이건 투자에 대한 나의 관점을 형성시켰고 내가 증권시장에 적응하는 데 큰 도움을 주었다.

난 주식시장이 열리는 오전 9시부터 오후 3시까지는 주식시장을 공부했다. 그리고 그 이후에는 일을 했다. 그런 식으로 매일같이 어떻게 하면 주식시장에서 돈을 벌 수 있을지 분석해 보았다. 난 점점 더 지식이 많아졌고, 이건 분명 바람직한 현상이었다. 하지만 곧 문제가 발견되었다. 그 문제는 내가 주식시장에 대해서 알면 알수록 점점 더 어떻게 해야 할지 막막해진다는 사실이었다. 수백 수천 가지의 이유로 인해 주식시장에서의 주식가격은 변화하고 있었다. 그 이유들을 모두 파악해야 한다는 생각이 들자 기가 막혔다. 그 모든 걸 익혀야 주식의 움직임을 파악할 수 있다는 게 서글퍼질 정도였다.

만약 A라는 투자자가 있다고 하자. 그는 철강 관련 주식에 관심을 두고 있다. 그러면 그는 국제 철 시장의 수요와 공급을 파악해야 하고 그에 따른 국제 철 가격의 변화를 검토해야 한다. 그리고 그러한 국제적 수요에 맞춰 철강회사가 수익을 내는지, 가격의 압박으로 인한 손익분기점을 하회하는 실적을 올리는지 등을 계량적 지표를 통해 파악한다. 적어도 이 정도의 파악을 해놓아야 한다. 그리고 나서야 회사의 재무비율이나 주당 순이익, 현금 흐름 등을 고려해 투자를 결정짓는다. 이 모든 걸 다 하고도 여전히 투자의 성공률은 50%이다. 여전히 다음 날의 시장가격은 그저 오르거나 떨어지기 때문에! 정말 내가 이렇게까지 해야 할 이유가 있는지 궁금해졌다. 내가 보기에 이건 분명히 비효율적인 행위였다.

이 같은 이유로, 난 고심 끝에 주식 자체에 대한 분석을 하지 않아도 된다는 결론을 내렸다. 주식은 사실 회사의 지분을 나타낸다. 그렇기에 주식 투자는 이론적으로 그 회사와 관련된 모든 사항을 파악해서 감행해야 한다. 하지만 모든 투자자들이 그런 방법으로 투자를 하진 않았다. 아무리 많은 사실을 알고 있다 해도 항상 자신이 투자를 한 뒤 주식의 가격이 오를지 내릴지는 언제나 절반의 확률이기 때문이었다. 아무리 좋은 주식이라도 얼마든지 하락할 수 있었고, 아무리 나쁜 주식이라도 언제든지 상승할 수 있었다. 이건 그간의 수많은 주가 움직임으로 충분히 설명 가능했고, 내 경험 역시 그걸 증명했다.

난 분명 첫 투자로 좋은 회사를 선택했었다. 미래건설은 상장된 350여 개의 회사들 중 가장 높은 수익을 내고 있었고, 가장 진취적으로 오일 파동을 견뎌낸 회사였다. 하지만 내가 사자마자 하락했다. 그게 주식시장의 진정성이었다. 주식 자체가 중요한 게 아니라 내가 사고 나서 오를 수 있는 주식인지가 중요했다. 그리고 그건 회사의 발전성이나 재무 건전성과 큰 상관관계가 없다는 걸 경험으로 깨닫게 되었다. 결국 나는 주식의 가치에 대해 깊게 생각하지 않게 되었다. 그건 나의 투자 방식에서 배제되었다.

나는 시장에서 알려주는 가격에 주목했고, 가격 그 자체를 보고 투자했다. 그게 내가 이 바닥에서 보고 겪은 주식 투자의 진정성이었다. 이곳에서의 주식 투자는 기업 실적 서류 등을 보고 분기별 수익을 확인한 뒤 투자를 결정하는 그런 모습이 아니었다. 그게 내일의 수익을 보장해 주지 않았다. 가격을 보고 사야 될 것 같다고 느끼면 사고, 팔아야 될 것 같다고 느끼면 파는 게 주식시장이었다. 가장 원시적인 방법으로 매매를 하는 곳이 바로 여기, 자본시장의 꽃이었다. 그 어느 곳보다 탐욕스럽고 괴기스러우며 이해할 수 없는 행동들이 이루어지는 곳이었다.

투자자들은 단지 200원 올랐다는 이유로 매수를 했고, 500원 떨어졌다는 이유로도 매수했다. 그리고 600원 올랐다는 이유로 매도했고, 100원 떨어졌다는 이유로 매도했다. 전혀 이해가 되지 않는 행동들이었지만, 노련한 투자자는 이러한 행동 속에서도 돈을 벌어냈다. 잃는 사람들은 단지 그들보다 경험이 모자랐기 때문이었다. 노련한 투자자는 '자신에게 최적화된 투자 방법'을 가지고 있었고, 그걸로 돈을 벌었다. 결코 정형화된 투자 방법, 소위 말하는 '정석 투자'란 없었다. 아무리 추잡하고 비과학적이라도 자기가 돈을 벌고 있다면 그게 곧 정의로운 투자이고, 정석 투자였다. 오르는 주식에 올라타서 먹고 빠지는 투자자가 있는 반면, 떨어질 때 사서 이후 반등에 성공한 주식을 통해 돈을 버는 투자자도 있었다. 초 단위의 가격 변동을 통해 차익을 얻는 이들도 있었고, 큰손의 행동만을 따라 하는 투자자들도 있었다. 그리고 항상 소문으로만 매매해서 성공한 투자자들도 많았다. 이 모든 행동들이 모두 정의로웠다. 왜냐하면 그들은 그 방식으로 돈을 벌었기 때문이었다! 오로지 돈을 잃은 자의 투자만이 지탄의 대상이었다. 이곳은 돈을 번 자가 곧 정의였다. 결국 나도 이 세계에서 정의로워지기 위해 나만의 투자 방법이 있어야 했고, 내 방법을 찾는 데 있어 나만의 규칙을 세우기 시작했다. 그 규칙들은 내가 이곳에서 지내면서 느낀 경험을 기반으로 세운 것들이었다. 철저히 나의 주관이었으며, 나만이 절대적으로 신뢰하는 사항들이었다.

첫째, 주식이 오를지 내릴지는 항상 50%의 확률이다.
둘째, 바닥과 꼭지는 절대 잡을 수 없다. 잡았다면 그건 운이 좋았을 뿐이다.
셋째, 완벽한 진입 시점과 청산 시점이란 존재하지 않는다.
넷째, 기업의 가치는 현 주식의 가격과는 전혀 관계가 없다. 가격은 철저히 시장 참여자의 행동과 상관관계가 있다.

모두 내 경험에 기초했기에 난 이 규칙에 절대적 믿음을 가지고 있었다. 그리고 나는 이 규칙들 덕분에 전혀 다른 분야에 관심을 가지게 되었다. 그건 바로 '얼마를 어떻게 사느냐' 하는 문제였다. 즉, 언제 살지는 완벽하지 못하지만 적어도 내가 주식을 몇 주 살지는 완벽하게 내 주관대로 정할 수 있었다. 만약 산다면 그걸 어떠한 방식으로 사느냐 하는 것도 내가 정할 수 있었다. 한 번에 몰빵할 수도 있었고, 여러 번에 걸쳐 분할할 수도 있었다. 그리고 그건 순수하게 100% 내 의지대로 할 수 있는 유일한 행동이었다. 난 그 사실에 주목했다. 난 뜬구름을 잡는 데 시간을 보내지 않았다. 내가 보기에 언제 사고 언제 팔지는 절대적으로 신의 영역이었다. 그건 나라는 인간이 정할 수 있는 게 아니었다.

이건 분명 게임의 속성을 가지고 있었다. 카드 게임에서 내게 어떤 패가 쥐어질지는 절대 내 마음대로 정할 수 있는 게 아니다. 주식의 진입과 청산 시점 선택은 내가 보기에 카드 패와 같았다. 좋을 때도 있고 나쁠 때도 있었다. 이건 이미 인간의 투자 행위에 있어 논외 사항이 되어야 했다. 그 대신 인간이 할 수 있는 행동은 따로 있었다. 투자 금액을 얼마로 할지, 그리고 투자 금액을 키울지 아니면 줄일지를 결정할 수 있었다. 난 투자에 있어 중요한 행동은 바로 그것들이라고 생각했다. 그 두 가지를 잘 활용한다면 완벽한 타이밍이 아니더라도 분명 돈을 벌 수 있다고 생각했다. 나는 그러한 나의 논리를 시장 참여자들에게 얘기했고 조언을 구했다. 그러자 그들 중 한 명이 내게 어느 투자 집단을 추천했다.

"애송이, 너처럼 생각하면서 투자하는 녀석들이 있어. 여기 증권사 말고, 저기 건너 보이는 증권사에. 시세판 앞에서 미친 듯이 수학 계산만 하는 친구들인데, 자네와 비슷한 생각으로 투자해. 내일 한번 가봐. 많은 걸 배울 수 있을 거야."

난 한걸음에 그곳으로 갔다. 그들에게 나를 투자자라고 소개한 뒤 투자에 대한 나의 생각을 말했다. 그들은 고개를 끄덕이며 날 인정했다.

"옳은 생각을 가지고 있군. 우리들은 그러한 투자 방식에 동의하는 사람들이야. 우리는 우리들만의 방식을 연구해서 투자를 하지. 괜찮다면 자네도 우리와 함께 투자하지 않겠나?"

난 그들의 제안에 동의했다. 그리고 바로 그들과 생각을 공유하며 투자 감각을 키워나가기 시작했다. 우린 극단적인 계산 형태의 투자를 지향했다. 그리고 난 점차 나만의 투자 방식을 만들어나갔다.

05

햇빛은 하나의 초점에 모여질 때에만 불을 피우는 법이다

　우리는 열심히 연구했다. 우리의 방식은 극단적인 수리계산형 투자였다. 수리적 사고방식은 내게 투자에 대해 좀 더 진지한 마음가짐을 가질 수 있게 해주었다. 난 단순히 투자가 운에 맡겨지는 일이라는 편견에서 완전히 벗어날 수 있었다. 특히 수익이 날 확률을 50%라고 가정하면서, 자연스럽게 확률과 손익에 대한 비율을 깊게 학습했다. 그러면서 손실의 한도에 대해 수학적으로 깊게 들어갔다. 즉, 나는 많은 투자자들이 그토록 열심히 외치던 바로 그 '손절매'에 대해 공부했다. 그러자 난 손실에 있어 그 한도를 정해놓는 게 중요하다는 사실을 수학적으로 이해할 수 있었다. 이건 수학적으로 설명이 가능한 부분이었다.

　만약 100만 원을 가지고 있는데, 1%를 잃었다고 하자. 그렇다면 난 1만 원을 잃은 것이고, 계좌에 99만 원이 남게 된다.

그렇다면 난 99만 원을 가지고 다시 투자를 시작해야 한다. 이 상황에서 내가 다시 100만 원을 만회하려면 그저 1.1%의 수익을 내면 된다.

하지만 만약 100만 원의 자본에서 50%를 잃었다고 하자. 그렇다면 난 50만 원을 잃은 것이고, 계좌에 50만 원이 남게 된다. 그러면 이때는 다시 100만 원이 되기 위해서 100%의 수익을 내야 한다는 계산이 나온다. 1%를 잃으면 1.1%를 벌어서 만회가 가능하지만, 50%를 잃으면 100%의 수익을 내야 만회가 가능하다. 이건 투자자가 쉽게 빠질 수 있는 수학적 함정이다. 우린 이걸 '회복율의 함정'이라 불렀다. 즉, 투자를 하나의 행동으로 볼 때, 크게 잃고 크게 버는 것은 적게 잃고 적게 버는 것보다 나쁘다는 것이다. 이건 기초적인 수학만을 알아도 쉽게 이해할 수 있는 사실이었다. 많은 투자자들이 이 사실을 간과하고 있었다. 그들은 큰 위험을 감수하고 큰 수익을 얻는 게 좋다고 생각한다. 하지만 수리적 계산으로 보면 분명 작은 위험을 감수하고 작은 수익을 얻는 게 훨씬 현명한 행동이고, 시장에서 더 오래 버틸 수 있다는 확률적 계산이 가능했다. 결국 작은 금액으로 투자하고 손실을 항상 제한시키는 게 시장을 이길 수 있는 첫 번째 열쇠였다.

우리는 여기서 한 발 더 나아갔다. 만약 어떤 종목은 수익이 나고 다른 종목은 손실이 난다고 할 때 확률의 변화가 생긴다는 사실을 적용시켰다. 이건 상당히 난해한 개념이었다. 우리는 이 사실을 주식시장의 가격 흐름을 관찰하면서 알게 되었다. 모든 시장 참여자들은 분명히 가격이야말로 가장 옳은 정보임을 이해하고 있었다. 그렇기에 항상 시세표를 관찰했다(물론 그것이 객장에서 가장 하기 쉬운 일이기도 했다. 객장에서는 모두가 가만히 시세를 보곤 했다). 그런데 시세표를 하나의 흐름으로 엮은 차트를 보면 단순히 시세표에서는 알 수 없는 한 가지 특이한 사실을 접할 수 있게 된다. 그건 바로 가격이 단순히 이리저리 움직이는 존재이기도 하지만 일정 기간 어느 한 방향으로만 움직이려는 성질 역시 가지고 있고, 각 주식들이 일정한 패턴을 보여준다는 점이다. 이건 분명 개별적인 가격만으로는 알 수 없는 사실이었다. 차트가 보여주는 가격 움직임은 분명 주식의 방향성을 보여주곤 했다. 이건 마치 내가 부산의 도서관에서 익혔던 진실과 같았다. 난 분명 거기서 이 세상은 일련의 추세Trend가 있다는 걸 알게 되었다. 난 그걸 굉장히 뜻깊게 받아들이고 있었는데, 놀랍게도 이 같은 추세는 주식가격의 흐름에도 존재하고 있었다. 반갑기도 하면서 한편으론 전율이 느껴졌다.

'추세라는 것은 정말 무서운 존재구나. 솔직히 추세라는 건 눈에 보이지 않는다. 그런데 주식가격은 추세가 눈에 보인다!'

적어도 난 추세라는 건 분명 존재한다고 믿었다. 그건 이 세상의 시대 흐름에도 있었고, 패션에도 있었고, 직업에도 있었으며, 스포츠 경기에도 존재했다. 그러나 그것들은 눈에 보이지 않았다. 우리는 느낌으로 그걸 파악할 뿐이었다. 난 그게 답답했다. 하지만 주식의 가격 추세는 확실하게 매일매일의 주식가격으로 눈에 보인다. 적어도 주식가격의 추세는 우리들 눈에 보인다는 것! 난 그게 놀라웠다. 눈에 보이는 가격 추세는 결국 내게 주식 투자자로서의 성장을 의미했다.

  난 이걸 이렇게 적용시켰다. 만약 투자자가 선정한 주식이 있다고 할 때, 그 주식이 오를지 떨어질지는 분명 50%였다. 이때 실제로 투자를 감행해서 만약 그 주식이 오르기 시작한다면 그 주식이 이후에도 계속 오를 확률은 적어도 50% 이상이라는 것이고, 거꾸로 그 주식이 떨어지기 시작한다면 그 주식이 이후에도 계속 떨어질 확률 역시 50% 이상인 것이다. 이때 중요한 점은 단순히 아주 미세한 가격의 변동을 기준으로 주식의 상승과 하락을 파악하는 게 아니라는 점이다. 이때의 주식의 상승과 하락의 기준은 해당 주식의 차트를 보고서 파악되는 변동성이었다. 그렇게 파악된 주식의 가격 변동성을 보고서 현재의 가격 변동이 충분히 그 주식의 상승과 하락을 보여준다면 난 그러한 주식의 움직임에 더 높은 가능성을 부여하는 것이다. 그리고 만약 그 움직임이 계속된다면 시간이 지날수록 점점 더 그 움직임에 더 높은 확률을 부여했다. 이게 두 번째 열쇠였다.

내가 이 두 번째 열쇠까지 발견하자. 난 내 계좌에서 손실보다 수익이 더 많아지고 있다는 사실을 발견할 수 있었다. 난 발전하고 있었다. 내가 연구한 사실들을 내 자본으로 검증했기에 더 빠르게 이론의 정립과 실천을 추진할 수 있었다. 난 시장에서 거래되는 많은 주식들을 통해 이 방식을 검증했다. 나는 나만의 투자 금액 기준과 청산 비율을 정해놓고 그 규칙에 따라서 매매했다. 정확한 투자 금액 비율과 손실 비율, 확정 수익 비율은 내가 매매해 나가면서 끊임없이 수정되었다. 난 내게 가장 알맞다고 생각되는 비율이 산출될 때까지 그 일을 계속했다. 그러자 어느 순간부터 내가 편안하다고 느끼는 비율이 산출되었다. 그렇게 자연스럽게 내가 원하는 '황금비'가 내 앞에 나타났다. 그때부터 난 투자에 있어 그 규칙을 기준으로 했다. 이것은 오로지 나의 투자를 위한 규칙이었으며 다른 그 누구를 위한 것도 아니었다. 그렇기에 난 '나만의 황금비율'을 동료 투자자들에게 알려주지 않았다. 그건 내 규칙이 소중해서라기보다는 그 규칙이 오로지 나에게만 적절하다는 사실을 알았기 때문이었다.

난 투자에 들어서게 되면 우선 객장에서 가장 뜨겁게 화두가 되는 주식에 집중했다. 그러고는 주식의 움직임을 살펴본 뒤 내 규칙대로 투자를 감행했다. 그러면 대개 작은 수익이 항상 내게 주어졌다. 그렇게 작은 수익을 거두어들이며 조금씩 내 계좌에 수익도 쌓여갔다. 난 항상 단타로 매매했다. 아무리 길어도 하루 혹은 이틀을 보유하곤 팔아버렸다.

난 급상승한 주식들이 하락하게끔 하는 조정이 대단히 싫었다. 몇몇 투자자들은 내게 조정을 견뎌야 더 큰 수익을 거둘 수 있다고 말했다.

"넌 항상 조정을 견디지 않아. 그러니까 그렇게 작은 수익만을 가지게 되는 거야."

"만약 그게 조정이 아니라 하락의 시작이면 더 큰 손실을 입을 텐데요? 도대체 조정과 하락의 기준이 무엇이죠? 제가 보기에 언제나 가격이 떨어진다는 사실 자체가 이미 위험이에요. 난 그러한 위험을 감당해야 하는 게 싫어요."

나는 사소한 하락에도 항상 위화감을 느꼈다. 하락을 바라볼 때마다 거대한 하락이 비쳐졌다. 난 이미 첫 투자에서 건설주 파동으로 인한 하락으로 상당한 양의 돈을 잃어봤다. 또한 도자기 판매를 하면서 가격이 얼마나 빠르게 하락하는지도 경험했었다. 그건 처음 투자를 시작한 내게 있어 지울 수 없는 기억이었다. 이 같은 경험은 건전한 하락, 즉 조정조차 위기로 보이게 했다. 따라서 난 하락의 징조가 보인다 싶으면 바로 매도했다. 이러한 습관 때문에 난 상당히 자주 매매했고, 내 나름대로 수익과 손실을 경험하며 성장했다. 최적화된 내 투자 방법은 내게 계좌의 성장을 보여주었다. 점차 객장의 투자자들에게 나의 성장이 알려졌고 나의 특별한 투자 방식 역시 미력하게나마 동료 투자자들에게 인정을 받기 시작했다. 그러면서 난 자연스럽게 다양한 비밀 정보를 접할 수 있게 되었다. 하루는 한 동료가 찾아와 말을 걸었다.

"야, '을지로 호랑이' 알지?"

"물론이죠. 갑자기 그분은 왜요?"

을지로 호랑이는 당시 증권가에서 가장 유명한 투자자 중 한 명이었다. 그는 시장의 큰손 중 한 명이었으며, 증권거래소가 여의도로 옮기기 전 명동에 있던 때부터 거래소 당국이 예의 주시한다고 알려진 인물이었다.

"시장에서 호랑이 형님이 강력하게 주식을 매집한다는 소문이 돌고 있어!"

"어느 녀석이죠?"

난 주식 종목을 물었다.

"장성상사야. 너도 알겠지만 빠르게 오르고 있잖아. 나머지 종합상사 관련 주식들은 전부 떨어지는데 말이야. 이건 무조건 올라타야 해. 여기에 올라타지 않으면 두고두고 멍청이 소릴 듣게 될 거야."

나는 바로 장성상사의 주가 차트를 찾아보았다. 나 역시 장성상사의 주식이 강한 힘을 받고 상승하고 있다는 것을 눈으로 확인할 수 있었다. 그 주식은 무려 나흘간이나 상승했다. 난 그 주식의 미래 상승에 대해 높은 확률을 부여했다. 그리고 바로 혼란스런 객장 안쪽으로 깊숙이 걸어 들어갔다. 난 중개인에게 곧 매수에 들어간다고 먼저 귀띔을 해주었다. 객장은 여전히 대다수의 사람들이 시세를 보면서 소리를 질러댔다. 심지어 백학 노인도 벌떡 일어나 성난 눈빛으로 시세를 노려보고 있었다. 난 얼마의 금액을 넣어야 할지 계산했다. 그러자 옆에서 보고 있던 한 동료 투자자가 내게 와서 말했다.

"오늘 너무 강하게 올라버렸어. 지금 다들 미쳐버린 거야. 임마, 이미 오를 만큼 올랐어. 포기해야 해. 난 이미 팔아버렸어."

그는 피로한 얼굴로 중얼거렸다. 나는 대답 없이 조용히 시세에만 집중하기 시작했다. 왠지 시세를 자꾸 보자 그곳의 붉은 글씨가 날 압도하는 느낌이 들었다.

"야, 너 벌써 미쳐버렸냐? 말을 해봐, 말을!"

그가 어이없다는 듯이 내 앞에서 비아냥거렸다.

"잠깐만요. 지금 중요한 시기인 것 같아요."

난 그렇게 대충 둘러댄 뒤 다시 시세에 집중하기 시작했다. 시세에 집중하면 할수록 정신은 더욱 또렷해졌다. 마치 술 취한 알코올중독자가 서서히 술에서 깨어나는 듯한 기분이었다. 점차 이곳의 소음과 멀어지는 느낌이 들었다. 수많은 주식들의 가격이 하나하나 확실하게 눈에 들어오기 시작했고, 마음이 안정되었다. 확실히 느낌이 좋았다. 시끄럽게 밖에서 놀다가 집에서 조용히 혼자서 클래식을 감상하는 듯한 변화였다. 모두가 혼란스런 가운데 홀로 아늑했다. 이 얼마나 신나는 일이란 말인가!

'장성상사가 미친 듯이 오르고 있다는 것쯤이야 나도 알고 있다. 분명 많이 올랐기에 하락에 대한 위험이 있다. 하지만 이건 나흘 동안이나 올랐다. 이건 다음번에 또 오를 확률이 상당히 높은 주식이다. 여기에 올라타야 한다!'

"중개인."

몇 분간의 고요를 깨고 난 나직이 말했다.

"드디어 사려구요?"

중개인이 물었다.

"네, 장성상사의 주식을 좀 사야겠어요. 300주 정도로."

난 전표를 내밀며 건조하게 말했다. 일부러 그렇게 했다. 침착해지고 싶었다.

"가격은 호가呼價를 원하시는군요?"

"네. 지금 호가로 체결해 주세요."

중개인은 몇 초 뒤 주식이 체결되었다고 말했다. 난 다시 시세를 바라보았다. 확실히 그 주식은 오르고 있는 주식이었다. 이유는 몰랐다. 난 장성상사의 직원도 아닐 뿐더러 임원은 더더욱 아니었다. 관련된 거라곤 그곳에서 들여온 옷을 사서 입는다는 사실뿐이었다. 하지만 가격은 분명하게 높은 상승의 확률을 보여주었다. 난 자신 있었다. 가격대는 한 달 전만 해도 주당 6,200원이었다. 그러나 지난주부터 급격하게 올랐고, 두 차례에 걸쳐 200원가량의 하락 조정을 겪었다. 그리고 그 두 차례의 하락 모두를 극복하고 지금은 상승 추세였다. 내가 관찰하여 내린 결론은 그랬다. 그런데 오늘 하루 동안 그 주식은 7,000원의 가격대에서 이리저리 움직이고 있었다.

'이미 많이 올라서인지 7,000원대에서 좀처럼 오르질 않는다. 그렇다면 7,000원을 뚫는 순간 바로 매수해서 그 오르는 힘에 올라타야겠다.'

내 생각대로 장성상사의 주식은 7,000원을 한 번 뚫기 시작하자, 이미 많이 올랐음에도 불구하고 더 강하게 상승하기 시작했다. 내 매수 주문은 7,000원 초반대에서 전부 체결되었다. 그리고 곧바로 장성상사는 7,000원대를 넘어서 7,100원으로 올라갔다. 난 흥분했다. 분명 장성상사의 움직임은 상당히 강력했다. 시장 참여자 대부분이 이 주식을 주목하고 있었다. 다른 많은 주식이 하락을 면치 못하는 상황이었지만, 이 뚝심 있는 녀석은 시장의 흐름을 거슬러 상승으로 향해 가고 있었다. 그렇게 주가는 무려 7,300원을 찍고서 하루를 마감했다. 난 하루 만에 제법 괜찮은 수익을 올렸다. 나는 계속 보유할까 고민했지만 이튿날 7,400원에 도달하지 못하고 조금씩 밀리기 시작하자 바로 팔아버렸다. 수익은 만족스러웠다. 그렇게 내가 청산된 내 수익금을 확인하고 있을 때, 어느 중년의 투자자가 내 앞으로 다가와 말을 걸었다.

"실례합니다. 꽤 어려 보이는군요. 나는 이 바닥에서 일하는 많은 사람을 알고 있는데 그쪽은 처음 보는 얼굴이네요."

넓은 얼굴과 벌어진 어깨, 굳게 다문 입술이 그의 다부진 성격을 보여주는 듯했다. 게다가 꼿꼿이 서 있는 자세와 안정적이고 낮은 음성 또한 사람들에게 신뢰를 줄 만한 인상이었다. 그에게 우호적 감정을 느낀 나는 자연스럽게 대답했다.

"네. 전 이 바닥에서 일한 지 3개월이 좀 안 됩니다. 저 역시 그쪽을 처음 보는군요."

"그래요? 그렇군요. 어려 보이는 친구가 벌써부터 투자를 시작하다니 대단합니다. 사실 어제부터 난 그쪽을 지켜봤습니다. 보아하니 굉장히 전투적으로 투자를 하더군요. 빠르게 전표를 작성하고 매수한 뒤 바로 다음 날 매도하다니요. 난 젊은 이의 그런 공격적 투자가 흥미로웠어요."

그는 그렇게 정중하게 말했다.

"그랬군요. 사실 전 주식을 절대 믿지 않습니다. 솔직히 말하면, 이곳은 제가 상상하던 것과는 많이 달랐습니다. 그리고 이곳에서 겪은 사소한 경험이 절 그렇게 만들었습니다. 전 주식을 믿지 않아요."

그는 분명 노련한 투자자라는 느낌이 왔다. 난 솔직하게 내가 이곳에서 느끼고 배운 사실을 말했다. 그리고 내 생각에 대한 그의 생각 역시 궁금했다. 그는 내 말을 가만히 듣더니 고개를 끄덕였다. 그러고는 담배를 꺼내 입에 물고 불을 붙였다.

"이봐요, 젊은 투자자. 이곳에 있는 사람들 대부분이 그러한 일을 겪었어요. 주식은 분명히 제멋대로 움직이는 존재가 맞아요. 내일의 주가는 누구도 알 수 없고, 그러니 당신의 말도 분명 일리가 있어요. 실제로 주식시장에서 미래를 알 수 있는 자는 단 한 명도 없어요. 아무리 대학을 졸업하고 해외에서 유학까지 하고 온 엘리트라 해도 미래를 맞히는 능력까지 기를 순 없는 법이니까. 다만 더 많은 사실들을 익히고 올 뿐이지. 초 단위로 달라지는 이 주식시장에서 많은 사실들을 알수록 오히려 머리만 더 복잡해질 뿐이에요. 차라리 모르는 것만 못하다는 말이죠."

"옳으신 말씀입니다. 저도 그렇게 생각합니다."

그는 담배를 한 모금 깊게 들이마시고는 이내 천천히 말했다.

"그러나 그 이유로 짧은 시간 동안에만 보유한다는 건 위험한 발상이오."

"이해가 안 되는군요. 상관없는 얘기 같은데요?"

난 순간적으로 경계심이 느껴졌다. 그는 나의 규칙과 상반되는 이론을 제시하려는 듯했다.

"상관있어요. 왜냐하면 주식을 믿지 못한다는 이유로 주식을 바로 팔게 되면, 수수료의 함정에 빠지게 됩니다. 그건 안 될 말이오."

"저 역시 수수료의 함정을 잘 압니다. 하지만 수수료보다 더 크게 잃는 상황을 가정한다면, 매매수수료는 정말 작은 손해에 불과하죠."

"하하, 이거 아직 말이 통하지 않는군. 하지만 분명 기억해야 합니다. 확신을 가지고 주식을 사고, 샀으면 믿음을 주어야 합니다. 시세는 믿음을 먹고 자라나니까요."

'시세는 믿음을 먹고 자란다?'

순간적으로 난 그 말이 이해되지 않았다. 하지만 그는 아랑곳 않고 말을 이었다.

"믿음이라는 영양이 없는 투자에는 수익이란 꽃도 없습니다. 장성상사를 꾸준히 매입하세요."

그는 그렇게 대화를 마무리했다. 내가 본 그는 확실히 주식시장을 오래 드나든 사람처럼 보였으며 전문가의 인상을 풍기는 자였다. 그러나 나와 상반된 투자 방식을 가지고 있는 자임은 분명했다. 그리고 비록 상반된 투자 방식을 가진 자의 말이었지만, 그의 마지막 말은 끊임없이 뇌리에 맴돌았다.

믿음이란 영양이 없는 투자에는 수익이란 꽃도 없다.

나는 점점 그가 누군지 궁금해지기 시작했다. 하지만 그가 나간 후 사람들은 오히려 날 쳐다보았다. 모두가 두려움 반, 놀라움 반으로 날 바라보고 있었다.

"왜들 그러시죠?"

이유를 묻자 그들 중 한 명이 눈을 크게 뜬 채 어이없다는 표정으로 내게 반문했다.

"몰라서 물어?"

"네. 도대체 왜들 그러는 거예요?"

"이런 멍청아! 너 방금 그분과 대화했잖아."

"그분요?"

난 갑자기 숨이 가빠져왔다. 사람들은 모두가 웅성거리며 날 쳐다보고 있었다. 그는 내게 더 큰 목소리로 쏘아붙이듯이 말했다.

"장성상사의 큰손 매입자인 을지로 호랑이와 대화했다고!"

06

투자에서 성공하는 방법은 오직 하나, 스스로 의지를 갖고 공부하는 수밖에 없다

 소름이 끼쳤다. 내가 조금 전 대화를 나눈 사람이 대한민국 주식시장의 큰손 중 한 명인 을지로 호랑이라니. 나는 한동안 말없이 방금 상황을 다시 떠올려 보았다. 석연치 않은 점이 있었다. 대관절 왜 그분이 나와 대화를 하려고 했단 말인가? 그는 유명한 투자자였고, 난 이제 막 시장에 발을 들인 풋내기 투자자였다. 뭔가 앞뒤가 맞지 않았다. 그리고 굳이 그런 이야기를 해준 이유는 무엇이란 말인가. 난 불안해하며 객장에 있었다. 수많은 투자자들이 내 주변으로 모여들었다.

"자네, 을지로 호랑이 형님과 어떤 사이인가?"

"갑자기 무슨 말씀이세요?"

난 당황했다. 사람들이 날 노려보고 있었다.

"너 이 새끼, 뭔가 알고 있지? 아니면 네가 바로 호랑이의 대리인이냐?"

"아! 이건 순전히 오해예요!"

내 말이 채 끝나기도 전에 사람들이 저마다 내게 소리 지르며 한마디씩 했다.

"이번 장성상사 사건이 호랑이 형님의 매집인 거 너도 알지? 그런데 그런 분이 너에게 직접 이렇게 찾아와 웃으며 얘기를 했다. 그걸 보고 오해? 우리가 멍청이인 줄 아나!"

"이 자식 뭔가 있어. 예전부터 이상했어. 너 항상 숫자를 써가며 뭔가를 계산하잖아. 그거 계좌 관리를 위한 회계 장부 작성 아냐? 너 도대체 몇 개의 차명계좌를 돌려주고 있는 거야?"

"빨리 말해. 을지로 호랑이 녀석과 무슨 관계야?"

나는 수십 명의 사람들에게 둘러싸여 질문 세례를 받았다. 그들은 나를 을지로 호랑이와 연관이 있는 인물로 받아들였다. 내가 을지로 호랑이의 매매 대리인이나 주식 매집 동료, 계좌 관리인쯤으로 생각되는 모양이었다. 투자자들의 시선은 위협적이었다. 나는 큰 소리로 그들을 향해 외쳤다.

"진짜 아니라고요! 갑자기 나에게 와서 말을 걸었어요. 나보고 장성상사를 계속 사서 보유하라고 설득했어요. 그러고는 바로 나가버렸어요. 그게 다예요. 믿어주세요!"

사람들은 여전히 의심의 눈초리를 거두지 않았다. 그런데 갑자기 한 사람이 내게 진지한 말투로 물었다.

"호랑이 형님이 너보고 장성상사를 계속 보유하라고 했다고? 너 같은 애송이한테?"

난 애송이라는 말에 살짝 기분이 나빴지만, 바로 고개를 끄덕이며 말했다.

"네! 저보고 주식을 믿으래요. 그래야 수익이 생긴다며 장성상사의 주식을 보유하라는 말을 했어요."

"그 말은 둘 중 하나지. 호랑이가 저 혼자 이번 일에서 빠져나가려고 한다는 거. 아니면 진짜로 더 매집해 가격을 올리려는 거지. 그런데 넌 애송이야. 그런 너에게 자기가 보유한 주식 물량을 청산하기 위해 직접 찾아와 그런 유치한 거짓말을 했다는 건 앞뒤가 맞지 않아."

사람들은 그의 말에 귀 기울였다. 나도 흥분을 가라앉히고 그의 말에 집중했다. 그는 침을 한 번 삼키더니 조심스럽게 말했다.

"지극히 상식적인 선에서, 이건 호랑이 형님이 풋내 나는 너에게 도움을 주고자 귀띔을 해준 거라 생각하는 게 맞아. 그게 가장 논리적이야. 호랑이가 너에게 충고를 해준 거지. 결국 가격을 올릴 것이기 때문에, 젊고 경험 없는 네가 주식을 빨리 팔아버린 게 안타까웠던 거지!"

그러자 사람들은 모두가 고개를 끄덕였다.

"맞아, 저런 시퍼런 젊은이한테 차명계좌를 맡길 리 없지."

"애초부터 말도 안 되는 생각이었어."

그러다 누군가 뭔가를 깨달았다는 듯 이렇게 말했다.

"그렇다면, 을지로 호랑이가 장성상사 주식의 가격을 계속 끌어올리려고 한다는 거잖아?"

그 말이 끝나기 무섭게 모든 객장의 투자자들이 일사불란하게 전표를 집어 들었다. 다들 무언가에 홀린 사람들처럼 빠르게 전표를 작성해 중개인에게 갖다 주었다. 객장의 투자자들은 모두가 미쳐 있었다. 장성상사가 오른다는 믿음에 그들은 자신들의 투자금을 모조리 장성상사 주식을 매입하는 데 썼다. 중개인들의 얼굴에는 상기된 표정이, 입가에는 은은한 미소가 퍼지기 시작했다. 광기 어린 대중들의 매집이 시작되고 있었다! 객장 투자자들의 열렬한 투자 덕분에 장성상사의 주식은 그날에만 7,700원까지 상승했다. 그리고 이튿날, 장성상사의 주식은 주당 8,000원까지 올랐다. 이 무시무시한 투기의 열기 속에서 난 완전히 넋이 나갈 지경이었다.

'이거야말로 인간만이 할 수 있는 미친 짓이다. 하지만 나도 여기에 동참하고 싶다. 미친 짓이라고만 치부하기엔 저 주식가격이 너무나도 아름답다!'

나 역시 이 휘몰아치는 투기 바람에 합류하게 되었다. 이건 당연히 오를 수밖에 없었다. 난 을지로 호랑이의 은혜를 받은 것이었다. 이성이 마비되기 시작했다. 눈앞에 보이는 가격이 전부였고, 그 숫자는 오르고 있었다. 난 너무나도 자연스럽게 내가 매수할 수 있는 최대한도로 장성상사의 주식을 매입했다.

'정말, 정말 이번만큼은 확실한 상황이다. 이런 예외상황에서는 금액 비율에 관한 내 규칙을 잠시 접어두어도 되지 않을까? 일확천금이 내 눈앞에 보이는데 굳이 작게 먹고 빠질 필요가 있을까?'

내 풀full 매수는 평균 8,000원에 체결되었다. 그리고 주식은 꿈틀거리며 조금씩 오르기 시작했다.

'확실하다. 난 빠르게 성공할 수 있다. 오, 내게 광명이 비치는구나!'

그렇게 내 보유 물량은 8,200원까지 오르며 내게 기쁨을 안겨주었다. 그리고 8,200원대에 이르자, 거래량이 상상을 초월하기 시작했다. 순식간에 8,500원까지 오르더니 마지막엔 8,800원까지 찍었다. 투자를 시작한 후로 나는 가장 크게 돈을 벌어들이고 있었다. 온몸이 감전이라도 된 것 같았다.

'이겼다. 완벽한 승리다!'

난 아직 청산하지 않고 있었다. 하지만 청산하지 않았음에도 내가 이겼다고 생각했다. 나도 주식시장의 한 참여자로서 광기에 휩싸였다. 내 몸속 모든 세포 하나하나가 주식가격의 상승만을 위해 존재했다. 심지어 장성상사가 오르지 못하고 꿈틀대고 있을 때도 그랬다. 장성상사의 주식가격은 내가 매수한 이후 두 차례나 하락을 보여왔다. 이건 그동안 내가 정한 사항들에 위배되는 것이었고, 이전의 내 규칙대로라면 지금은 분명 팔아야 할 시점이었다. 하지만 내 규칙을 적용시키기에는 이곳의 공기가 너무 뜨거웠고, 난 그 공기 속에서 잔뜩 달아올라 있었다. 증권사 직원들 역시 강력하게 추천했다. 그들은 나를 어린애 달래듯이 설득했다.

"고객님, 지금 분위기 아시지 않습니까?"

"네, 모두가 좋아 미쳐 있지요. 근데 가격이 조금씩 밀리고 있어요. 그건 좋지 않은 일이에요."

"지금 조정 상태입니다. 가격이 겨우 이 정도 밀린 걸로 이렇게 대응하시면 곤란합니다. 며칠 뒤면 8,400~8,500원대를 가뿐히 뚫고 10,000원까지도 오를 녀석이에요."

"제가 지나치게 하락에 민감하게 반응한다는 건 알고 있어요. 하지만 그게 내 방식이에요."

"고객님, 제가 개인적으로 대단히 좋아하는 격언이 있습니다. 그 말이 지금 고객님께 필요한 것 같군요."

"뭔데요?"

"인내는 쓰나 그 열매는 달다."

"뭐, 뭐라구요?"

난 화가 났다. 이 증권사 꼭두각시 녀석이 감히 날 놀리고 있었다.

"고객님. 결코 고객님을 놀리거나 가르치려고 하는 말이 아닙니다. 이건 제가 이곳에서 지내면서 많은 분들을 보며 느낀 단상입니다. 고객님처럼 행동하시는 분들을 정말 많이 보았습니다. 하지만 결국엔 모두가 돈을 잃고는 명동을 떠났습니다. 계속 보유하셔야 해요. 그래야 열매가 맺어집니다. 듣자하니, 을지로 호랑이도 고객님께 보유를 권유했다고 들었는데요?"

난 할 말을 잃었다. 그의 말은 틀린 게 하나도 없었다.

사실 난 인내심이 없다고 자주 투자자들로부터 비판의 대상이 되었다. 난 오랫동안 보유하는 게 싫다고 말했고, 투자자들은 그런 내가 아직 애송이라며 놀렸다. 그러한 내 입장을 이 중개인이 정확히 꼬집어 말하고 있었다. 머리가 아파오기 시작했다. 난 내가 믿는 사실들이 있었지만, 대다수의 투자자들은 그러한 내 믿음에 의문을 제기하고 불신을 내비쳤다. 그래서 난 나와 비슷한 생각을 가졌던 투자 집단과 투자 연구를 시작했던 것이었다. 하지만 그들 역시 내가 지나치게 단타 매매를 추구한다는 사실에 대해서는 비판적이었다. 분명 계량적으로 투자를 감행하는 일은 옳았지만, 그 보유 시기는 지나치게 짧다고 좋아하지 않았다. 나는 내 입장을 밝히고 싶었다. 하지만 내 주장을 확신할 만한 논거를 가지고 있던 것도 아니었고, 그렇다고 그들의 주장을 반박할 만한 근거를 가지고 있는 것도 아니었다. 난 그저 내가 제일 처음 투자했던 주식을 믿었지만 빨리 팔지 않았기에 많이 잃었다는 기억이 있었다. 그리고 그 불행한 기억은 내게 주식에 대한 불신감을 준 것뿐이었다. 분명 비논리적인 이유였다.

나는 내 방식으로 투자를 하면서 조금씩은 벌어들이고 있었다. 하지만 우리 세계에서 말하는 이른바 '홈런'은 한 번도 쳐내질 못했다. 제법 한다 하는 투자자들은 다들 한 번씩은 홈런을 쳐내곤 했다. 나도 그러한 투자자 대열에 끼고 싶었지만, 난 지금까지 한 번도 그러지 못했다. 그것 또한 내가 일찍 팔기 때문이었다.

'어쩌면 지금까지 내가 믿었던 모든 것들이 거짓일 수도 있다. 사람은 항상 틀리기 마련이니까. 나는 지금까지 내가 옳다고 생각했다. 하지만 이렇게 많은 사람들이 내가 틀렸다고 말하고 있지 않은가. 그리고 그들은 대부분 제법 많은 시간을 참아내며 돈을 벌어들였다. 하지만 내가 번 돈은 푼돈에 불과하다. 인내한다면 더 많은 돈을 벌어들일 수도 있을 것이다.'

나는 결국 팔지 않았다. 이번에는 참아보기로 했다. 나는 지금껏 내가 투기를 하고 있었다고 인정했다. 그리고 타인들의 말처럼 투자가 아닌 투기는 결코 옳은 방법이 아님을 받아들였다. 또한 장기간 보유하는 투자가 큰돈을 벌게 해준다는 사람들의 말대로 내 주식을 계속 보유했다. 두렵고 떨렸지만, 한편으론 내가 옳은 길을 걷고 있다는 자기위안을 했다. 다들 그게 '투자'라고 했기 때문이다.

하지만 가격은 미세하게 조금씩 떨어지기 시작했다. 그럼에도 난 여전히 보유했다. 나는 또 다른 믿음을 가지고 있었다. 그건 이미 시장이 침체를 겪고 있는데 장성상사만이 굳건하게 버텨주고 있기에 이 정도밖에 떨어지지 않았다는 위안이었다. 이미 건설주들은 예전부터 밑바닥을 맴돌고 있었다. '건설주 파동'은 매우 강력했는데, 그 때문에 400여 개에 달하는 대한민국 주식들의 대부분이 하락을 면치 못했다. 그런 와중에 장성상사의 강세는 분명 하나의 희망이었다. 그리고 기껏해야 100원이나 200원, 커봤자 500원 정도의 하락이지 않은가. 그 정도는 충분히 상승에 대한 일시적 조정으로 볼 수 있었다. 모두들 그렇게 판단했고 그 속에 포함된 나도 그렇게 믿었다. 주식은 계속 주춤거렸지만, 난 계속 보유했다. 상승도 하락도 없는 상태가 이어졌다. 시간은 그렇게 흘러갔다.

그렇게 지지부진한 흐름에 짜증이 나 있던 어느 날이었다. 10월의 을씨년스런 가을바람을 맞으며 증권사로 출근하는 날 누군가 불렀다.

"야! 애송이!"

귀에 익은 목소리였다. 가깝게 지내던 동료가 아침부터 날 향해 명동 거리를 가로지르며 달려오고 있었다. 아침이었지만 그의 얼굴은 전혀 상쾌하지 않았다. 상기된 표정과 굳어버린

입술, 거친 숨소리를 내뱉으며 내 앞에 서서 따지듯이 물었다.

"야, 너 그거 들었냐?"

"그거라니? 형, 아침부터 무슨 뚱딴지같은 말이에요?"

난 그에게 짐짓 농담 식으로 인사를 건넸다. 얼굴로 봐서는 굉장히 큰일인 것 같았는데, 난 그런 형을 더욱 자극시키기 위해서 일부러 더 태연한 표정을 지으며 그같이 말했다. 그랬더니 역시나 소문을 가지고 왔는지 나에게 짐 보따리를 풀듯이 술술 말하기 시작했다.

"그따위 소리 할 여유가 아니야! 지금 대통령 각하께서 서거하셨다는 말이 있어!"

'대통령 각하께서 서거하셨다고?'

그는 투자를 할 때 항상 소문에 주의를 기울였다. 소문을 듣고는 거기에 맞게 매수 또는 매도를 했다. 그는 '정보'가 진정한 투자의 핵심이라고 항상 떠들고 다녔다. 나보다 다섯 살 더 많은 형이었는데, 나와 나이 차가 많지 않아 빨리 친해질 수 있었다. 그는 원래 학생운동에 참여했던 대학생이었고 이후 기자로 활동하길 원했었는데, 사정상 이 세계로 오게 되었다고 말했었다. 그래서 그의 투자는 항상 취재에 가까웠다. 기업의 가치나 시장의 상황 혹은 주가를 살피기보다는 기업에 관련된 소문과 정보를 수집하는 데 더 열을 올렸다. 항상 정보를 원했고, 기가 막히게도 어디서 얻는지 다양한 정보를 가지고선 그걸 활용했다. 물론 반은 맞고 반은 틀린 정보들이었다. 하지만 잘못된 정보조차 시장에서는 활용되기 마련이었다. 난 그게 신기해서 항상 그 형의 말을 경청했었다. 그런데 그런 형이 어디서 또 정보를 얻어 왔는지, 이제는 정말로 누가 들으면 큰일 날 말을 하고 있었다. 난 내 귀를 의심했다. 어찌 감히 대통령 각하의 서거를 논할 수 있겠는가?

"어? 뭐라고?"

나도 모르게 반말이 튀어나왔다. 헛소리를 하는 줄 알았다. 그런데 형의 표정이 심각했다. 이미 그런 반응이 나올 줄 알았다는 표정이었다. 그는 잠시 숨을 골랐다. 그리고 눈을 크게 뜨고 외쳤다.

"이 자식아, 제대로 못 들었어? 박정희 각하께서 돌아가셨단 말이다!"

07

슬픔의 눈물을 흘려본 자만이
기쁨의 눈물을 흘릴 수 있다

난 잠시 멍하니 형의 얼굴만 멀뚱멀뚱 쳐다봤다. 그러고는 몇 초 뒤 정신이 돌아와 허겁지겁 되물었다.

"뭐, 뭐라구요? 각하가 서거하셨다니요? 도대체 이게 무슨 소리야! 좀 더 구체적으로 말해 주세요!"

난 정말 깜짝 놀랐다. 이 말이 사실이라면 지금 대한민국은 초비상사태였다. 몸이 움찔거리기 시작했다. 침착해지고 싶었지만 그럴 수가 없었다.

'남한이 생긴 이래 손가락에 꼽힐 만한 사태다, 이건!'

사실 박정희 대통령은 군인 출신으로 경제 발전을 이룬 대한민국의 한 대통령 정도로만 생각할 수도 있었다. 하지만 1979년 10월 27일 지금 이 순간에 그렇게 단순하게 생각하는 대한민국 국민은 아무도 없을 것이다. 박정희 대통령의 존재는 대한민국에 너무도 컸다. 단순히 좋다 싫다의 여부를 떠나서 대한민국에 여러모로 영향을 미친 최고의 화두인 인물이었다.

"어젯밤 10월 26일에 돌아가셨대. 그게 말이지……."

"아니, 어디서요? 청와대에서요? 그리고 편찮으셔서 서거하신 건가요? 그렇게 안 보였는데, 말 못할 병을 앓고 계셨나요? 아니면 누군가가 살해한 건가요? 아, 이게 도대체 무슨 일이야, 난 신문에서 보질 못했던 사실인데! 도대체 뭐가 어떻게 된 거냐고요!"

흥분에 휩싸인 나는 앞뒤 재지 않고 형의 말을 끊고서 물었다. 난 여전히 반신반의했다. 그도 그럴 것이 일단 투자자로서 그의 정보력은 반타작에 불과했었고, 더군다나 이런 엄청난 이야기 자체가 믿기지 않았다. 그런데 형이 하는 말이 아주 기가 막혔다.

"중앙정보부장 김재규가 10월 26일에 궁정동에서 각하의 심장을 향해 총을 쏘았어. 자세한 이유나 내막은 나도 잘 모르겠어. 하지만 확실한 건 돌아가셨단 거야. 그리고 이 사실은 초기에 기밀로 유지했던 듯해. 내부에서는 공백을 메우면 발표할 생각인가 봐. 그래서 신문에도 아직 나오지 않은 거고. 나도 오늘 아침 일찍 신문사를 통해 듣게 되었어."

"그렇다면 다음 대통령은……?"

"우선은 법에 따라 최규하 총리가 될 듯해. 그것 말고는 나도 더 해줄 말이 없구나. 정말 모를 일이야. 솔직히 나도 지금

소름이 끼쳐. 중정부장이 그런 일을 하다니! 뭘 어떻게 해야 될지 모르겠다고!"

"알겠어요. 형. 고마워요. 일단 저도 주식시장이 열리니까 먼저 가볼게요. 이따 봐요."

그렇게 말한 뒤 난 증권가로 향했다. 시장을 내 눈으로 확인해 봐야 할 것 같았다. 총총히 길을 걸으며 다시 차근차근 생각해 봤다. 아무리 생각해도 믿기질 않았다. 종로와 명동의 거리도 전혀 이상한 게 없었다. 달라진 것은 하나도 없었다. 뭔가 느낌이 이상했다. 속은 것 같다는 기분. 나는 의심이 많은 성격이고 항상 어떤 일이나 사실들에 대해 진실성인지 여부를 추궁했다. 그런데 지금 그 같은 잣대가 이젠 내가 좋아하는 업계 동료의 말을 판단해야 하는 일이 되어버렸다. 혼란스러웠다. 어쩌면 그런 일은 일어나지 않은 듯도 했다. 형이 뭔가 단단히 잘못 안 것일지도 몰랐다.

지금 대한민국은 유신체제로 인한 혼란과 함께 대학가에서는 민주화 투쟁이 한창이었다. 하지만 전쟁과도 같은 주식 투자 생활도 버거웠던 나는 거기에 큰 관심을 두지는 않았다. 그러나 지금 일어난 일이 진짜라면 나는 정치적 상황을 깊게 따져보아야 했다.

사실 이 같은 상황에서 믿어야 할 진실은 바로 소문이 아니라 진실된 정보라고 생각했다. 그리고 주식 투자자에게 있어서 진실된 정보란 바로 가격과 그 가격을 만드는 투자자들의 분위기였다. 주식시장에서의 진실은 시장 속에 있는 것이다. 그곳에선 가장 빠르게 진실된 정보를 가격에 반영해 주었다. 그렇기에 난 종로 길을 빠져나와 증권 객장으로 향했다.

개장 직전의 증권 객장은 전혀 감감무소식인 것 같았다. 여전히 활기찼으며 내가 들어오자 아는 사람들이 반가이 맞이해줬다. 그리고 시초가로 제시된 주문 역시 전혀 어색한 가격대가 아니었다.

'그래, 아무 일도 없었다. 그 형이 뭔가를 잘못 안 게 틀림없어. 또 어디서 말도 안 되는 정보를 가지고 온 거야?'

적잖게 안심되었다. 개장하고 몇 분이 지났는데도 가격들은 특이 사항을 내비치지 않았다. 차트에서는 일시적인 조정으로 인한 하락이 몇 번 있었을 뿐 여전히 장성상사의 주가는 황소의 뿔로 솟아나고 있었다(주식시장은 강세일 때는 불 마켓bull market, 약세일 때는 베어 마켓bear market이라 불렀다). 물론 나의 내면에서는 그런 일이 일어나지 않길 바라는 희망이 있기도 했다. 나는 계속 객장을 주시했다. 그러던 중 객장 바깥쪽에 앉아 있던 투자자가 나지막이 말했다.

"이봐, 밖에서 무슨 소란이 일어난 것 같지 않아?"

그러자 옆에 있던 동료가 대답했다.

"그러게, 밖이 여기보다 시끄러운데?"

밖에서 웅성거리는 소리가 들리기 시작했다. 나는 목 뒤로 전기가 흐르는 느낌을 받았다. 좋지 않은 느낌이었다. 나는 뒤도 돌아보지 않고 바로 객장 밖으로 나갔다. 한 소년이 신문을 뭉치로 들고 다니며 큰 소리로 외치는 게 보였다. 호외였다. 설마! 내 마음속 공포심이 극대화되고 있었다. 난 그 소년이 외치는 말을 듣고 아연실색할 수밖에 없었다. 내가 정말 듣고 싶지 않았던 말을 그 소년이 하고 있었다!

"대통령 각하께서 서거하셨습니다. 호외요! 각하께서 서거하셨습니다! 어서 신문을 사세요!"

형이 한 말이 진짜였던 것이다. 내가 소문으로 들은 지 고작 1시간 30분 뒤, 드디어 신문을 통해 일반 대중들에게 알려진 것이다! 마음속 여유가 확 깨지는 순간이었다. 정신적 충격이 내 머리로 가해졌다. 나는 그대로 소년에게 달려갔다. 다급한 마음에 얼마인지도 묻지 않고 대충 잡히는 대로 돈을 준 뒤 신문을 낚아챘다. 진짜였다. 신문 1면에 대문짝만 하게 쓰여 있었다.

'진짜구나! 형이 한 말이 진짜였어! 신문이 한 발 늦은 거구나!'

바로 객장으로 뛰어간 나는 내 전 재산이 들어간 주식이 궁금했다. 거의 본능적이었다. 이제 이 풋내기 주식 투자자를 포함한 모든 국민들이 이 사실을 알았다. 초대형 사건인 것이다.

어쩌면 장성상사의 매집이 이 일 때문에 끝날지도 모른다는 생각이 들었다. 헐레벌떡 객장으로 들어가는 내 표정이나 행동거지는 말할 것도 없이 볼품없었겠지만, 난 개의치 않았다. 지금은 주식이 중요했다!

주식 시세표가 강렬하게 움직이기 시작했다. 시세는 빠르게 하락하고 있었다. 모든 주식들이 전부 다 하락을 면치 못하고 있었다. 내 손은 본능적으로 덜덜 떨리기 시작했다. 투자자들은 소릴 질렀다.

"아니, 어떻게 이런 일이!"

"각하께서 돌아가시다니, 이럴 수가!"

"도대체 대한민국이 어떻게 되려고 이러는 거야?"

위기상황이었다. 시장은 대통령 각하의 서거를 완벽하게 반영하고 있었다. 투자자들은 또다시 미쳐버렸다. 그들은 이미 맛이 반쯤 간 상태였다. 몇몇 투자자들이 주식을 열심히 팔기 시작했다. 주식가격은 팔려는 사람들의 매도세 때문에 더 하락했다. 내가 쥐고 있던 장성상사도 그날 초 단위로 하락했다. 나는 하락을 지켜보며 오금이 저리기 시작했다.

'나도 지금 당장 팔아야 하는 것 아닌가?'

나는 고민되었다. 기분이 너무나 좋지 않았다. 장성상사 주식가격이 7,500원 아래로 떨어지더니 7,300원까지 하락했다. 이건 진짜로 하락이었다. 조정처럼 보이지 않았다. 난 분명히 팔아야 했다. 난 전표를 가져와 빠르게 작성하며 말했다.

"장성상사도 이제 끝장이에요. 빨리 팔아야겠어요!"

그러자 저 구석에서 누가 외쳤다.

"야, 애송이! 아직 아니야. 시장은 오르게 돼 있어."

"아니, 지금 떨어지는 거 안 보여요? 진짜 미쳤구만!"

난 분노가 폭발했다.

"야, 지금 팔고 있는 사람들 얼굴을 봐봐. 다들 이번에 들어온 신입들이야. 뭔가 이상하지 않아?"

그러고 보니 진짜로 그랬다. 지금 팔고 있는 건 다들 이번에 이 바닥에 온 '신입'들이었다.

"생각을 해봐. 지금 각하께서 서거하셨어. 그래서 떨어진 거야. 일시적인 일이라고. 절대로 경제적 위기나 오일 파동 때문이 아냐. 그러니까 흥분하지 말고 내 말 들어. 지금 문제는 새로운 대통령을 다시 뽑아야 한다는 거야. 그렇다면 누가 대통령이 될까?"

"새로운 대통령?"

"지금 남한의 정치 지도자들 중 한 명이겠지. 김종필 씨, 김영삼 씨, 그리고 김대중 씨. 이 세 명이 대통령 경합을 벌일 거야. 지금 이건 빠르게 퍼지고 있는 대세야. 결국 이 세 분 중에서 새로운 대통령이 선출될 거라고!"

난 점점 얼이 빠지기 시작했다. 그의 주위에 사람들이 모여

들기 시작했다. 그는 우쭐해진 표정으로 말을 이어나갔다.

"결국 셋 중 누가 대통령이 될지는 나도 몰라. 하지만 세 분 다 민주주의를 지향할 건 분명해. 그렇다면 유신이 끝나고 민주화가 뿌리내릴 거 아냐? 결국 정치적으로 안정되는 거지. 그럼 주가는 어떻게 될까?"

"주, 주가는……."

나는 말을 잇지 못했다.

"멍청아! 네가 그러니까 아직도 애송이 소릴 듣는 거야. 정치적 안정을 이룬 국가에서 주가는 당, 연, 히 오르게 된다!"

그가 강조하며 말을 끝내자 주변에 있던 사람들은 하나둘씩 고개를 끄덕이기 시작했다. 그는 마치 로마 원로원처럼 연설했다.

"그러니까 주식을 보유해야 해. 앞으로 거대한 상승장이 나타날 게다. 이제 건설주 파동도 끝날 때가 됐어!"

분명 일리 있는 말이었다. 국민들은 유신이 끝나고 민주화가 되길 원하고 있었다. 그리고 세 명의 대통령 후보자 모두 민주화에 대한 국민들의 열망을 잘 알고 있었다. 그렇다면 분명 다음 대통령이 누가 되든 민주화가 뿌리내려 정치적 안정에 기여할 것이다. 정치적으로 안정되면 당연히 시장은 그 상황을 적극 반영할 터였다. 나는 곰곰이 이 부분에 대해 생각했다. 분명 정치와 경제는 좋든 싫든 유착관계였다. 나는 정치적 안정에 걸어보기로 마음먹었다.

  내가 주식을 계속 보유하는 동안 대한민국 내부는 떠들썩했다. 바로 비상계엄이 선포되었다. 그러고는 최규하 총리가 대통령 권한대행을 맡게 되었다. 이번 사건의 주범인 김재규 전 중앙정보부장은 계엄사 합동수사본부로 끌려가 범행에 대한 진술을 했다. 뉴스에서는 연신 각하의 서거를 보도했고, 합동수사본부장인 전두환 보안사령관의 활동과 3김 정치인의 행보가 집중 조명되었다. 그러면서 점차 대한민국의 공기는 밝아지기 시작했다. 결국 정치적 과도기를 접하고 있는 대한민국의 주식시장은 갈피를 못 잡았다.

  나는 불안했다. 이 같은 상황에서 어떻게 반응해야 할지 몰랐다. 나와 함께 투기꾼이라는 오명을 가진 단타 투자자들은 오히려 지금과 같은 불안한 시장에서 안정적으로 계좌를 관리할 수 있었다. 그러자 중장기 투자자들과 단타 투자자들은 서로를 힐난했다. 사실 10·26사태 이전까지만 해도 시장에서 중장기 투자자들이 갑의 입장이었고 단타 투자자들은 을의 입장이었다. 물론 단타 투자자들 중에서도 돈을 버는 사람들이 있었다. 그리고 그들은 시장에서 '정의롭다'는 칭호를 받기도 했다. 하지만 건설주 파동 전까지만 해도 중장기 투자자들의 수익률이 너무나도 컸기에 단타 투자자들은 명함조차 내밀지 못하고 쏟아지는 비난을 묵묵히 감수해야 했다. 나도 그 비난을 감수한 사람 중 한 명이었다. 그러나 건설주 파동과 10·26 사태를 기점으로 점차 양측의 갑을관계가 바뀌기 시작했다. 중장기 투자자들은 큰 손실을 감수해야 했지만 단타 투자자들은 시장에 있는 시간이 짧았기에 항상 안전하게 계좌를 키워나갔다. 그렇기에 작은 손실만을 보고 있거나 몇몇은 그 와중에도 소소한 수익을 낸다고 했다. 난 점점 더 큰 혼란에 빠지기 시작했다.

'내가 진짜 바보란 말인가? 투자 방식을 바꾸지만 않았어도 지금의 상황에서 불안해하지 않고 안정적으로 내 자금을 관리할 수 있었을 텐데!'

나는 생각이 많아졌고 점점 나 자신에 대한 믿음도 약해지기 시작했다. 난 일기장에 내 상태를 기록했다.

1979년 12월 05일. 날씨 맑으나 추웠음.

서울에 봄이 오고 있다. 그렇지만 주식시장에 봄은 쉽게 오지 않았다. 들리는 소문에 의하면 서울의 봄이 너무 격정적이란다. 3김의 정치 싸움이 시작되어 선반영된 가격 움직임이란 말 역시 계속 나온다.

난 매일 그러했듯이 오늘도 가격을 적어 나간다. 그런데 오늘도 이상했다. 평가손실이 보일 때마다 가슴이 아프다. 왜 이렇게 떨어지는 건지 정말 모르겠다. 지금까진 참아왔지만 더 이상은 못 참겠다. 이젠 반등조차 잘 하지 않는다. 약간의 상승 굴곡도 없다. 도대체가 사람을 미쳐버리게 만들었다. 난 딱 한 가지 생각을 하게 되었다. 결국 민주화가 이루어지면 시장은 봄을 맞이하게 될 거란 사실 말이다. 그렇다면 지금 가격이 떨어진 순간이 최고의 매수 시점이 아닐까? 생각의 전환을 해볼 수 있었다. 이미 난 고점에 물려서 손실을 입고 있다. 하지만 마침내 시장이 상승하게 된다면 이 모든 곤욕을 한 번에 만회할 수 있을 것이다. 그렇다면 지금 떨어져 있을 때 좀 더 사자. 그렇게 하면 평균적으로 난 더 낮은 가격에 매수한 것과 같지 않을까?

나는 시장에서 흔히들 얘기하는 '물타기'를 생각했다. 물타기란 가격이 초기 매수한 단가보다 낮아질 경우, 낮아질 때마다 주식을 추가 매입하는 기법이다. 이 방법에 대해서는 투자자들마다 의견이 극명하게 갈렸다. 좋다는 사람은 정말 좋은 투자 기법이라고 추천했지만, 나쁘다는 사람은 아주 손사래를 쳤다. 그리고 내 머릿속 계산은 물타기가 좋다는 방향으로 흘러갔다.

'이렇게 가정해 보자. 지금 내가 현금으로 가지고 있는 50만 원이 있고, 계좌 속에는 주식으로 약 47만 원가량 있다. 만약 이 상태에서 내가 가만히 있는다면 더 떨어질 것 같다. 즉, 총자산이 97만 원 이하가 될 것 같다. 그리고 만약 내가 이대로 주식을 모두 팔아버린다면 내 자산은 97만 원으로 유지된다. 초기 자금에 비해 많이 벌었다. 그런데 만약 내가 현금으로 있는 50만 원을 가지고서 주식이 떨어질 때마다 더 사들인다면, 내가 매입한 평균 단가는 계속 낮아지니까 난 끊임없이 저평가된 상태로 계좌를 유지할 수 있다. 그렇다면 오를 시기가 된다면 아마 100만 원 이상으로도 벌 수 있으리라.'

물타기의 특징은 손실을 평준화시킬 수 있다는 것이다. 즉, 이전보다 더 낮은 가격에 주식을 매입한 결과를 가져옴으로써 심리적 안정을 준다. 이미 내 장성상사 주식은 손실을 보고 있었다. 하지만 미래에 반드시 오른다면 지금 손실을 하향 평준화시키기 위해 더 매입하는 게 좋다고 판단했다. 나는 증권사 직원에게 다가갔다.

"지금 제가 전액을 장성상사에 넣었는데, 더 투자할 수 있는 방법이 있죠?"

난 '신용거래'를 묻고 있었다. 증권사에서 보유한 주식을 담보로 신용거래를 제공해 더 많은 양의 주식을 살 수 있게 해주는 방식이었다. 증권사는 이 거래를 자주 권유했고, 나는 많은 투자자들이 이 방법으로 현재의 하락세에서 더 많은 주식을 매입하고 있다는 사실을 파악하고 있었다. 내 말을 알아들은 증권사 직원은 웃으며 말했다.

"주식을 가지고 계신다면, 신용거래는 얼마든지 가능합니다."

"제 신용으로 100주를 더 매입해야겠어요. 바로 전표를 써 올게요."

결국 그때부터 나는 주식가격을 받쳐 올리는 식으로 매입해 나갔다. 시장의 흐름은 하락세였는데, 난 먼 미래에 다가올 '상승'이라는 희망을 가지고 시장의 흐름을 거역해서 매수함으로써 시장을 떠받치고 있었다. 난 계속적으로 평균단가를 낮추어갔다. 그리고 그걸 멈추지 않았다. 미친놈이다. 난 미쳤다. 이젠 자세한 관찰도 없이 그저 떨어지면 매수했다. 그 결과, 난 신용으로 가능한 모든 한도에서 주식을 매입했다. 그렇게 내가 가능한 최대 물량을 매입하고 이틀이 지났다. 정확히 그때가 1979년 12월 12일이었다. 12·12사건이 일어났다! 정변이 일어난 것이다! 시장은 군부의 상황이 좋지 않다는 정보를 바로 받아들였다. 그러고는 3김의 민주화가 불투명해질 수 있다는 말이 돌았다. 또다시 투자자들은 정치적 상황에 배신을 당한 것이다. 투자자들은 이제 상황이 걷잡을 수 없게 돌아간다는 사실을 받아들이기 시작했다. 그리고 주식을 하나 둘씩 처분하기 시작했다. 주식시장의 시세는 눈뜨고 보기 어려울 정도가 되었다. 나는 시세를 바라보던 중 점점 시세가 뿌옇게 흐려진다는 걸 알게 되었다. 뜨거운 액체가 내 눈에서 주르르 흐르기 시작했다. 르코르뷔지에가 했던 말처럼 '장엄한 파국

magnificent catastro-phe'이 날 기다리고 있었다.

"제 주식 전량을 매도해 주세요."

난 아무런 감정이 없는 목소리로 말했다.

나는 원금의 70%를 잃었다. 무려 70%를! 처음 겪는 고통이었다. 할 말이 없었다. 내 재산이 이렇게 날아가다니. 만져보지도 못한 돈이 사라져버렸다. 덮어두고 넘어갈 만한 상황이 아니었다. 내가 왜 그랬는지 정말 후회되었다. 일이 손에 잡히지 않았다. 난 완벽하게 패배했다. 이 모든 상황이 너무나도 교묘하게 날 망쳐버렸다.

나는 투자자들이 가장 무서워하는 바로 그 상황을 맞이했다. 분노와 패배감에 젖어 정신은 이미 사망 선고 상태였다. 분명히 잘못한 게 있었고 그걸 고쳐서 다시 투자를 시작해야 했지만 한동안은 의욕이 없었다. 그러나 패배했다고 가만히 손놓고 있는 것은 패배한 사실보다도 더 미련한 행위일 터. '고뇌는 의식의 유일한 증거'라고 한 도스토옙스키의 말처럼, 난 이대로 주저앉지 않고 다시 고뇌하며 꼼꼼히 분석했다. 이 같은 실수를 다시는 반복하지 않기 위해! 난 열심히 내면의 자신과 대화하는 시간을 가졌다. 마음이 쓰리고 아팠다. 이불을 뒤집어쓰고 숨어버리고 싶었다. 이렇게 화나고 부끄러운 적은 처음이었다. 쓰라린 상처를 매만지며 난 잔인하게 분석했다. 강력한 이성의 칼로 내 패배의 암 덩어리를 도려냈다. 그러지 않으면 더러운 병균이 내 온몸을 갉아먹게 놔두는 꼴이 될 테니까. 아프더라도 이성적으로 수술을 해내야 했다.

그렇게 며칠간 분석한 결과, 난 몇 가지 사실들을 알게 되었다. 순수하게 내면과의 대화에서 나온 답들 속에서 정치적 사건과는 무관하다는 결론도 얻을 수 있었다. 정치적 사건은 그저 정치적 사건일 뿐이다. 시장에 충격을 줄 수 있지만 그런 정치적 사건들은 계속 있을 것이고, 언제나 시장에 영향을 줄 것이었다. 따라서 이번 일에만 정치적 사건을 들먹이는 일은 분명 잘못된 판단이다. 아니, 엄밀히 말해 변명에 불과했다. 항상 정치적 사건은 경제와 밀접하게 연관되어 있다는 점을 기억해야 한다. 그런 점에서 내가 발견한 진짜 패배 원인과 그에 대한 반성은 다음과 같았다.

첫째, 무슨 일이 있더라도 신용거래를 하지 않아야 한다. 빚을 가지고 투자를 한다는 건 위험한 발상이었다. 아무리 좋은 투자 기회를 만났어도 신용거래는 절대 안 된다. 좋은 투자 기회도 언제 반전될지 알 수 없는 게 주식시장의 생리라면, 신용거래는 아주 낮은 확률을 위해 모든 걸 거는 행동이다. 특히 신용거래가 제공하는 대박에 대한 환상은 가장 위험한 유혹이다. 나는 그 유혹에 넘어갔고 이렇게 쪽박을 찼다. 나의 소중한 돈을 담보로 해서 말이다. 그렇기에 언제나 신용거래에 앞서서 본인이 어느 정도까지 위험을 감수할 수 있는지를 계량적으로 분석해 내야 한다. 그렇지 않으면 정말로 큰 손실과 만날 수밖에 없게 된다. 나는 이 순간부터 내 자금을 넘어선 과도한 투자를 절대 하지 않겠다고 맹세했다.

둘째, 절대 물타기를 하면 안 된다. 물타기가 이번 패배의 가장 주요한 원인이었다. 난 하락할수록 더 사들였다. 주식이 다시 오를 거란 믿음은 주식이 언제 오를 거란 사실을 알지 못하는 이상 가지지 말아야 할 마음가짐이다. 하지만 난 그걸 생각하지 못하고 그저 막연한 기대감만을 가지고 물타기를 했다. 물타기의 달콤한 유혹을 벗어나야 한다. 하락할 때는 어떠한 경우에도 더 사서는 안 된다. 떨어지는 주식은 다시 오르면 다행이지만, 더 떨어지면 정말 답이 없다. 그렇기에 물타기는 기껏해야 현상유지이지, 대부분 손실의 증가를 가져왔다. 내가 생각할 때 물타기가 위험한 이유는 물타기가 투자자에게 주는 심리적 안정감이다. 사실 가장 위험한 일임에도 불구하고 좋은 미래만을 바라보는 투자자들에게 물타기는 항상 편안함을 제공한다. 문제는 주식시장의 미래가 항상 밝은 것은 아니란 사실이다. 밝은 만큼 어두운 게 주식시장이다. 물타기는 이중적인 얼굴을 가진 매매법이다. 주식시장이 어두워지기 시작하면 물타기는 비로소 자신의 악마적 본색을 드러낸다. 한없이 착한 얼굴로 다가오지만 어두운 미래가 찾아오면 한없이 차갑게 돌아선다. 그렇기 때문에 투자자는 절대로 물타기와 손잡으면 안 된다. 배신의 아이콘이 바로 물타기이다. 그리고 나는 지금 완전히 배신당했다. 다른 많은 투자자들도 마찬가지였다. 절대 물타기는 안 된다. 그런데 투자자들은 또 시장에 들어오면 물타기를 한다. 나는 크게 데었기에 물타기를 하지 않았지만, 물타기는 마약처럼 또다시 투자자에게 달라붙는다. 투자자가 물타기와 인연의 끈을 놓기 위해서는 나처럼 크게 데어봐야 한다고 생각한다. 그리고 그 쓰디쓴 고통을 느끼며 살을 도려내는 아픔을 통해 물타기를 떼어내야 될 것이다.

셋째, 바로 국가적 위험 상황을 염두해야 한다는 점이다. 나는 10·26사건과 함께 12·12사건을 겪으면서 국가적 위험 상황이 투자자에게 있어 가장 중요한 투자요소임을 뼈저리게 느낄 수 있었다. 국가적 위험 상황은 시장을 완전히 압도했고, 투자자에게는 공포와 다름없었다. 국가적 위험 상황에서는 절대 투자를 감행하면 안 된다. 정치는 주식시장만큼이나 한 치 앞을 바라볼 수 없다는 사실을 이번 사건을 통해 깨닫게 되었다. 위험 상황은 그게 좋은 쪽으로 가든 나쁜 쪽으로 가든 항상 투자자들에게 무서운 존재이다. 위험한 사태가 터지게 되면 빠르게 시장에서 나와야 한다. 이에 대해서는 대한민국 경제성장의 선봉, 정주영 회장님이 하신 말씀이 정확했다.

기 자: 정 회장님, 회장님은 불가능한 일을 전부 가능하게 만

드신 대한민국 경제의 전설이 되셨습니다. 그런 회장님이 무서워하는 것도 있나요?

정주영: 예, 있습니다. 당연히 있지요.

기   자: 그게 뭐죠? 매우 궁금하군요. 회장님께서 무서워하시는 것도 있다니 말입니다.

정주영: 딱 하나 있습니다. 바로 '정변'입니다.

며칠 뒤, 난 을지로 호랑이가 정확히 8,000원대에서 자신의 주식을 모두 처분했다는 말을 전해 들을 수 있었다. 그는 대리인들을 동원해 자신이 장성상사의 주식을 계속 매집해서 가격을 끌어올리고 있다는 사실을 증권가 전체에 퍼지도록 유도했고, 투자자들이 광란에 빠진 그 순간에 모든 주식을 처분했다고 한다. 내가 주식들이 주춤거리며 오르지 않는다고 의구심을 가졌던 그때 그 주식들이 팔린 것이었다. 을지로 호랑이가 내게 다가와 말을 걸었던 일은 결국 하나의 연출이었고, 이 같은 연출을 명동 증권사 전체에 퍼뜨림으로써 자기가 보유한 초대형 물량을 받아줄 매수자를 만들었던 것이다. 나는 결국 철저하게 이용당했다. 그리고 미쳐버린 투자자들의 돈은 고스란히 을지로 호랑이의 주머니로 들어갔다.

08

이해하지 않고 움직이는 것, 바로 군중의 행동이다

    1980년, 나는 만 스물네 살이 되었다. 하지만 투자라는 일에 실패한 패배자일 뿐이었다. 나는 진지하게 투자라는 행동에 대해 생각했고, 더 열심히 공부해야 한다는 것도 뼈저리게 느꼈다. 난 공부도, 경험도 부족했다. 투자자들이 날 '애송이'란 별명으로 놀린 것도 단순히 내가 어려서만은 아니라는 생각이 들었다. 그들이 옳았다. 나는 진짜로 애송이였다.

    '이렇게 실패해서 고향으로 돌아갈 수는 없다. 나는 성공하기 위해 서울까지 온 거지, 실패하려고 온 게 아니다. 정말 마지막이라 생각하고 다시 시작하자.'

    나는 투자 그 자체에 대해 완전히 새롭게 공부하기 시작했다. 또다시 도서관을 찾아갔다. 그리고 경제 분야, 특히 증권 투자에 관련된 책이라면 닥치는 대로 읽기 시작했다.

    학습을 하면서 제일 먼저 배운 건 투자 자체의 필요성에 관한 점이었다. 자본주의 체제하에서 투자는 본인이 좋든 싫든 반드시 해야 하는 행위였다. 그건 화폐가치 하락 때문이다. 사실 화폐는 실제로 가만히 놔두면 시간이 지날수록 가치가 떨어진다. 이것을 경제학자들은 인플레이션이라고 부른다. 흔히 인플레이션이라고 하면 경제적으로 큰 위기가 왔을 때나 들어봄직한 단어라는 인식이 팽배하다. 그러나 그 말뜻만을 풀어보면 인플레이션은 화폐가치의 하락으로 인한 물가의 상승을 뜻한다. 그러니 인플레이션은 금융이란 제도가 활성화된 이래로 항상 우리와 함께해 온 존재다.

쉽게 생각해 보자. 국가마다 존재하는 중앙은행은 많든 적든 항상 화폐를 생산해 낸다. 대개 그 이유는 자금의 융통(금융)을 위해서이다. 경제가 성장하기 위해서는 자금의 융통이 활발해야 한다. 그래야 가계와 기업이 그 융통된 자금으로 경제활동을 하게 된다. 그러면서 경제는 성장을 하는 것이다. 즉, 경제의 성장을 위해 국가는 언제나 화폐를 생산해야 한다. 따라서 시중에는 과거보다 더 많은 화폐가 유통되게 되며, 그 결과 화폐의 가치는 떨어지게 되고 화폐가 상대적으로 '흔해지게' 되어, 물건을 살 때 화폐를 더 지불해야 하는 상황이 생긴다.

그러니 지금의 자본주의 체제에서 투자라는 행동은 당연히 해야 되는 '정당방위'이다. 인플레이션, 아니 물가 상승이라는 녀석이 싸움을 걸어온 일이다. 그렇기에 물가 상승의 공격에 맞서서 투자라는 방어 수단을 통해 자신의 재산을 지켜내야 한다. 그래야 자본주의 시장에서 살아남을 수 있다. 나는 이 개념을 기반으로 삼았다. 투자라는 행위에 대한 정당성을 확보하자 마음이 안정되었다. 내가 잘못된 길로 들어선 게 아니라는 확신이었다. 사실 내가 주식시장에서 겪은 '불상사'들이 날 끊임없이 괴롭혔다. 나는 '계속 이 길로 가도 괜찮나' 하고 수없이 고민했다. 그러나 이제 이 일은 피할 수 없는 대결이란 걸 알았다. 이왕 시작한 대결이라면 반드시 이기리라. 자연스럽게 투자에 대한 내 공부는 탄력을 받았다.

책에서는 다양한 주식 투자 기법을 설명해 주었다. 정말 많은 기법들이 투자에 있어 고려되어야 했지만 나는 우선적으로 투자자, 특히 투자자들의 심리에 주목하기 시작했다. 이건 지금까지의 내 경험이 말해 주는 것이기도 했다.

내가 맨 처음 도자기 장사를 했을 때를 떠올려 보았다. 난 쓰레기 취급 당하던 도자기를 높은 가격에 팔았다. 그 당시의 내 충격이란 이루 말할 수 없었다. 난 그때를 잊을 수 없었다. 인간은 자신의 기분대로 가격을 결정해 나갔다. 그리고 지금, 사람들이 사고팖으로써 가격이 결정되는 주식시장이야말로 사람들의 심리가 가장 크게 적용될 것이라고 생각했다. 날 이 지경으로 만든 장성상사의 경우도 그러했다. 투자자들은 을지로 호랑이의 농간에 완전히 이성을 잃고 주식을 매입했다. 누구도 똑똑하지 않았다. 다들 멍청했고 비이성적이었다. 그들이 옳다고 생각되어 그들이 하는 대로 따라 했던 나 역시 멍청했다. 나는 시장에서 똑똑한 사람은 단 한 명도 없다고 생각했다. 그리고 멍청한 투자자들 덕분에 주식의 가격은 오른다는 것을 배울 수 있었다. 이건 주식시장에서 피를 흘리며 배운 상처와도 같은 교훈이었다. 그들은 결코 이성적으로 주식을 사지 않았다. 주식시장이야말로 가장 '비합리적'인 사람들의 모임이었다. 결국 주식시장에선 투자자들이 미쳐버린 그 순간을 이용해야 진정으로 돈을 벌 수가 있다는 말이다.

물론 많은 주식 투자자들이 기업의 가치와 시장의 전반적 흐름을 파악하는 게 중요하다고 주장한다. 그리고 차트를 이용하는 투자자들 역시 기업 가치와 시장의 흐름이 중요하다고 강조한다. 물론 기업의 진정한 가치와 시장의 호·불황이 투자에 있어 중요한 요소인 것은 맞다. 그러나 내 판단으로는 그러한 요소들이 주식가격을 만들어가는 1순위는 아니라는 것이다.

기업의 가치를 놓고 생각해 보자. A라는 기업이 있는데 그 기업은 누가 봐도 확실히 기업 가치에 비해 주가가 낮은 '저평가' 주식회사이다. 그런데 정말 애석하게도 A 회사는 오랜 기간 그러한 저평가 상태로, 분명 기업은 성장하고 있는데 여전히 주식의 가격은 아래를 맴돌고 있다. 충분히 오를 만한 상황임에도 여전히 A라는 주식은 오르지 않는 불상사가 생길 수 있다. 실제로 내가 겪은 1978년은 우리나라 건설회사들이 중동 특수를 통해 성장했지만 그해 말 건설주 파동으로 폭락을 겪었다. 폭락 이후 대부분의 건설주는 시장 분석가들의 말에 의해 저평가되었다. 하지만 1979년과 1980년까지 건설주들은 끝내 올라주지 않았다. 이미 투자자들의 마음에서 '떠났기' 때문이다. 아무리 저평가되고 기업의 가치가 좋더라도 투자자들이 사지 않으면 그만이었다.

또한 시장의 흐름을 가지고도 생각해 볼 수 있다. 이건 내가 겪은 장성상사 주식을 통해 알 수 있는데, 내가 장성상사에 투자한 1979년 9월은 전체적으로 시장이 하락하는 방향이었다. 그러나 정말 놀랍게도 장성상사가 큰손에 의해 매집되고 있다는 증권가의 소식과 큰손들의 달콤한 농락으로, 광란에 빠진 투자자들은 장성상사의 주식을 하늘로 솟구치게 만들었다. 시장은 전반적인 약세장인데 투자자들의 사랑을 한 몸에 받은 그 녀석만 저 높이 올라갔다. 이건 분명히 시장의 흐름과는 역행하는 모습이었다.

나는 이 두 가지 사건을 겪으며 적어도 주식가격에 있어서 진정한 1순위 요소는 투자자들의 심리상태라는 점을 확신하게 되었다. 이 같은 생각은 영국의 유명한 경제학자인 존 메이

너드 케인즈의 투자 철학과도 같은 맥락이었다. 케인즈는 자신의 경제학적 지식과 주식 투자와는 별개라는 사실을 빨리 인식했고, 그러한 유연한 마인드 덕분에 경제학자 중 유일하게 주식시장에서 돈을 벌었다. 그리고 그는 주식 투자를 이렇게 표현했다.

주식 투자는 사람들의 인기투표로 승자가 결정되는 미인대회나 마찬가지다.

나는 분명히 주식의 가격에는 수많은 요소들이 있다는 사실을 인정한다. 그러나 그 많은 요소들 중에서 1순위는 없었다. 1순위는 단연 투자자의 심리였다. 그 외의 경제적 요소들은 투자자의 심리를 결정짓는 '아류'에 불과했다. 이 사실은 거꾸로 승리한 투자자가 되기 위한 기본방침을 알려주었다. 승리 투자자는 실패 투자자가 가지는 마음가짐을 반대로 한 사람들이었다. 그리하여 나는 다음과 같은 말을 가슴에 새겼다.

투자자들과 같은 방향으로 행동하고, 대중들과 반대 방향으로 생각한다.

투자자들이 희망을 가지고 주식을 매수하면 주가는 상승하고 상승 추세가 나타나게 된다. 그럴 때면 나도 거기에 올라탄다. 하지만 마음속으로는 희망을 버리고 의심과 두려움을 가지고서 언제 이 상승세가 꺾일지 생각하는 것이다. 그리고 상승 도중 하락의 모습을 보이면 지체 없이 시장에서 빠져나와야 했다. 그러면서도 마음속으로는 희망과 용기를 가지고서 언제 시장이 다시 상승세를 보여줄지를 연구하는 것이다. 한마디로 대중과는 같은 행동을 하나, 정반대의 심리를 가지고 있어야 한다는 것이다.

나는 이러한 마음가짐을 기본으로 차트를 분석하기 시작했다. 가격의 흐름을 이해하는 수준을 넘어서기 시작했고, 흐름에 있어서 어디서 내가 진입하고 어디서 청산해야 할지를 스스로 정해 보았다. 그리고 며칠 뒤 그러한 나의 결정이 옳았는지를 파악했다. 이 공부는 상당히 좋은 효과를 가져왔는데, 왜냐하면 난 여기서 어느 시점에 정확히 들어가야 되는지에 대해 그 중요성을 인식했기 때문이다. 내가 말하는 정확한 진입 시점이란, 단순히 가격이 가장 싸졌을 때가 아니었다. 수많은 임상실험 결과, 대개 가장 싸졌을 때는 항상 그 이유가 있었고 이후에 더 싸질 가능성이 훨씬 컸다. 이미 하락의 추세를 타고 있다는 말이다. 또한 설령 그 같은 가장 싼 시점을 잡았다고 치자. 그렇더라도 여전히 하락에 대한 불안감이 고조된 상태라 보유한 물량을 가지고 버틸 인내력이 떨어진다는 사실을 배울 수 있었다. 쉽게 말해, 정확한 시점이란 가장 크게 차익을 내는 시점을 말하는 게 아니라 '가장 심리적으로 우위를 점할 수 있는 시점'을 의미했다.

아무리 완벽하게 차익을 남길 수 있는 시점에 진입했더라도, 여전히 하락에 대한 두려움 때문에 사소한 하락이 보인다면 버티질 못하고 팔고 나온다는 말이다.

그렇다면 여기서 제기되는 의문점은 과연 가장 심리적으로 우위를 점할 수 있는 시점이 언제인가 하는 것이다. 이는 간단히 이렇게 정의할 수 있다. 상승의 기류가 계속되고 있다는 사실을 증명할 수 있는 시점이 바로 가장 완벽한 시점이다. 즉, 하락이 끝나고 상승이 시작되려 하는 순간이 아니라, 이미 상승이 시작되어 앞으로 그 상승이 단순 상승에 그치지 않고 새로운 상승 흐름으로의 진화가 이루어졌을 그때가 진입해야 하는 시점이란 말이다. 말이 상당히 어렵게 되었는데, 간단히 말해 추세가 진행되고 있을 때 그 흐름에 편승하는 게 한 인간으로서 선택할 수 있는 가장 완벽한 시점이란 말이다. 결과적으로 나는 상승의 흐름이 있다고 여겨지는 어떤 순간이든 결국 그 시점에 진입만 하면 되었다. 결코 빨리 들어갈 필요가 없으며, 그렇게 완벽한 타이밍을 잡을 수도 없다. 인간이기 때문에. 진행 중인 상황에만 들어가면 된다. 이게 내가 가격의 흐름을 읽으며 배운 결론이었다.

하지만 여기서 문제가 하나 있었다. 흐름을 파악하는 데 실수가 잦다는 점이었다. 실전은 분명 이론과 달랐다. 내가 본 이론과 실제의 괴리는 바로 주식 고유의 움직임에 대한 측면이었다. 내가 매수와 매도 시점을 선정했을 때 잘 들어맞았던 주식은 대개 그 움직임이 안정적으로 상승하는 모양을 가지고 있었다. 사람들은 대부분 단 한 번도 하락이 없었던 그런 주식들을 원한다. 그러나 그렇게 하락 없이 미친 듯이 상승만 하는 주식은 똑같이 그런 식으로 하락을 했고, 그럴 때면 난 진입과 청산 시점을 잘 잡아내지 못했다. 즉, 주식의 움직임에서도 특히 내게 맞는 움직임이 있었다. 내 경우에는 반드시 안정적 상승을 가져오는 주식을 거래해야 안정적으로 돈을 벌 수 있다는 생각이 들었다. 시장은 언제나 상승과 하락을 밥 먹듯이 한다. 이건 진리였다. 그렇기에 하락 없이 미친 듯이 상승만 하는 주식이라면 반드시 경계해야 했다. 하락의 추세를 가진 주식도 좋지 않지만, 하락 없이 상승만 하는 주식은 더더욱 좋지 않았다. 그러나 시장에서 이러한 움직임을 가진 주식들은 너무나도 자주 만날 수 있었다. 그렇기에 난 피할 수 없었다. 이 부분에 대한 대책을 마련해야 했다.

나는 이 부분에 대한 대책을 위해 서적을 읽으며 방법을 연구했다. 연구 결과, 투자자들의 심리와 차트가 가지는 상관관계를 파고들어야 한다는 결론에 이르렀다. 나는 차트를 좋아했다. 차트는 주식의 모습을 적나라하게 보여준다. 그렇기에 차트의 행동을 설명해 줄 수 있는 도구가 필요했고, 난 그게 투자자의 심리라고 판단했다. 결국 주식의 움직임이 어떻든 간에 난 그걸 통해 차트 분석과 동시에 투자자의 심리를 읽을 수 있어야 한다고 생각했다. 수많은 차트 분석 기법이 책 속에 들어 있었지만, 나는 그중에서도 특히 투자자의 심리와 연관 지어 생각할 수 있는 분석을 세 가지로 추려냈다. 바로 신가격 기법, 심리선 기법, 그리고 박스권이다. 이 세 가지는 과거 수많은 기술적 분석가들과 추세 추종자들이 이용했던 방법들이고, 지금 이 순간에도 많은 투자자들이 이용하는 방법이다. 이건 결코 나만의 비법이 아니라 이미 대중적으로 너무나도 잘 알려진 기법들이다. 중요한 것은 내가 스스로 그것들을 직접 차트와 투자자들의 심리에 적용해 봄으로써 내 것으로 만들었다는 사실이다. 수학에 비유하자면, 기존에 있었던 공식을 내가 손수 써가면서 증명해 보고 실전에 응용해 문제를 풀어냄으로써 그 공식을 내 것으로 만든 상황과 비슷하다고 할 수 있다. 단순히 안다는 것과 내 것으로 만들었다는 것은 큰 차이가 있다. 난 내 것으로 만들어나갔다.

세 방법 중 우선 신가격 기법을 살펴보자. 신가격 기법이란 추세의 방향에 따라 그 방향으로 새로운 가격대를 계속 형성해 나갈 때 매수 혹은 매도한다는 뜻이다. 이것은 가격이 새로운 영역에 도달되었을 때 그 방향으로 계속 가고자 하는 가격 흐름을 이용한 것이다. 만약 내 판단에 추세가 긴 강세를 이어 나간다고 해보자. 난 그럴 때면 대중과 함께 상승세에 올라탄다. 하지만 마음속으로는 의심과 공포를 가지고서 언제 끝날지를 지켜본다. 그러다가 상승세 도중에 가격이 신고가를 갱신하지 못할 때가 온다. 조정이 오고 더 크게 상승해야 함에도 불구하고 그러지 못했다는 것이다. 난 이럴 때면 의심과 공포를 증폭시켜 상승장이 끝났음을 생각해 본다. 그리고 계속 지켜보았음에도 계속 신고가를 갱신하지 못한다면 주식을 파는 것이다. 만약에 이때 상승보다 하락이 더 커진다면 이른바 신고가는 완벽하게 끝난 것으로 본다. 그리고 지금부터 하락장이 시작된 것이라 임시적으로 판단한다. 이제 대중들이 의심하기 시작하고, 이때부터 약세장에서의 신저가가 시작된다. 난 신저가가 시작되면 공매도에 들어간다. 그리고 신저가가 갱신되면 공매도 물량을 늘리는 것이다. 이제 대중은 의심과 두려움에 팔아치우기 시작한다. 그러면 난 이때부터 희망과 낙관을 가지고서 언제 약세장이 끝날지를 지켜보는 것이다. 이처럼 신가격을 이용해 주식에 투자하는 방법이 있다.

  둘째는 심리선 기법이다. 이는 대중의 심리 중 '반발심'을 이용한 것이다. 대중들은 대개 추세에 대한 반발심을 가진다. 두 가지가 있는데, 바로 지지선과 저항선이다. 한마디로 말해, 지지선은 쉽게 깨지지 않는 가격대이고 저항선은 쉽게 뚫리지 않는 가격대를 의미한다. '깨지다'와 '뚫리다'의 어감이 의미하듯이, 지지선은 그 이하로 주가가 떨어지지 않게 받쳐주는 선을 뜻하고, 저항선은 그 이상으로 올라가지 않게 막아서는 선이다. 차트에서 본다면 올라가다가 꼭 어떤 가격대에서 주춤거리는 모습을 볼 수 있다. 바로 이때 그 가격대를 저항선이라 한다. 반대로 내려가다가 꼭 어떤 가격대에서 내려가지 않고 주춤거릴 때 그 가격대를 지지선이라 한다.

이름에 얽매일 필요는 없다. 다만 중요한 것은 그 선을 스스로가 찾을 수 있어야 한다는 것이다. 이는 누가 가르쳐주지 않는다. 스스로 차트를 보고 연구하면서 찾아봐야 할 것이다. 이때 그 주식의 움직임이 저항선을 뚫으면 매수하고, 지지선을 벗어나면 매도하는 것이다. 심리적으로 본다면, 대중들이 그 주식에 대한 반발심을 잠재울 정도의 확신을 가지고 행동을 취한다고 판단하기 때문에 이 같은 방법을 이용하는 것이다. 즉, 저항선을 뚫는다는 것은 '그 가격대를 뚫을 만큼 이 주식이 대중들에게 인기가 있다'는 것을 의미했고, 지지선을 벗어난다는 것은 그만큼 '이 주식이 대중들에게 미움을 받고 있다'는 것을 의미하기 때문이다. 대개 이 상황에서 뚫거나 벗어날 때 큰 거래량을 동반하는데, 이는 바로 대중들이 그 방향성을 잡고서 적극적으로 거래를 한다는 반증인 것이다.

셋째로 박스권 기법이 있다. 이는 헝가리 태생 무용수이자 뛰어난 주식 투자자였던 니콜라스 다비스가 고안해 낸 기법으로 심리선 기법과 거의 동일하다. 앞서 말했던 두 개의 심리선이 함께 나타날 때, 위쪽의 저항선과 아래쪽의 지지선을 연결하면 두 개의 평행선분이 나타난다. 이 구간이 사람들의 심리가 좌충우돌하면서 횡보 장(뚜렷한 상승이나 하락이 없는 상황)을 걷는 구간인 것이다. 이때 이 두 선분 내부 구간을 박스라 일컫는다. 즉, 박스란 인간의 낙관적 심리와 비관적 심리가 부딪쳐가며 이루어낸 구간으로 만약 여기서 저항선을 뚫으면 매수하고 지지선을 뚫으면 매도한다. 실제 거래의 방식은 두 번째와 거의 유사하다. 나는 이 세 가지 방법이 내게 가장 잘 맞는 '기술적 분석'으로 판단했다. 책 속에 들어 있는 기술적 분석은 정말 많았지만 내겐 이 세 가지 방법이 가장 적절했던 것이다.

내가 이 같은 학습을 하면서 느낀 점은 '물고기를 잡아주기보다는 물고기 잡는 법을 알려주라'는 격언처럼, 모든 학습은 본인이 스스로 해야 한다는 것이다. 그저 누가 알려주는 대로, 남들이 하는 대로 따라 한다면 아무 소용이 없었다. 객장에 있던 수많은 실패한 투자자의 행동이 이를 증명했다. 그들은 남들이 하라는 대로 하고는 돈을 잃었다. 그리고 바로 시장에서 퇴출되었다.

스스로 노력해야 했다. 너무 진부한 말이지만 위대한 사상가 존 로크 역시 '독서는 다만 지식의 재료를 줄 뿐이다. 자기 것으로 만드는 것은 사색의 힘이다'라고 했다. 가격과 차트 역시 그저 투자자에겐 하나의 재료일 뿐이다. 그걸 자기 것으로 만들어 가격의 흐름을 파악하는 건 스스로의 사색과 노력을 통해 이루어지는 것이다.

그리고 또 하나 깨달은 사실은, 투자 기법은 절대 특별하지 않다는 것이다. 대부분 처음 시장에 발을 들이는 신입들은 기상천외하고 기발한 방식의 투자 기법을 찾아다닌다. 안타깝게도 그러한 기법은 절대 존재하지 않았다. '가장 좋은 수학공식은 간단하게 문제를 풀 수 있도록 도와주는 식이다'라는 수학세계에서의 격언처럼, 스스로 자신의 투자 방식을 끊임없이 다듬고 더 나은 방향으로 고쳐나가야 자연스럽게 세련되어지고 간단해진다. 즉, 가장 올바르고 세련된 투자 기법은 바로 간결한 투자 기법이다. 이는 위대한 투자자들의 경우에도 유효했다. 월스트리트에서 '증권왕'이라는 별명을 받았던 천재적 투자자 제럴드 로브가 가장 적절한 사례이다. 제럴드 로브가 천문학적 돈을 벌기까지 그가 썼던 유일한 투자 기법은 저항선을 돌파하는 주식을 사고, 그렇지 못한 주식을 매도한 것밖에 없었다. 그럼에도 그는 여타 쟁쟁한 투자자들을 물리치고 당시 월스트리트에서 황제로 군림했다.

투자에 있어서 결코 특별한 방식이란 것은 존재하지 않으며, 설령 특별한 방식을 발견했다 하더라도 그것으로 돈을 벌 수 있을 리는 만무하다. 기술적 파동을 분석하여 자기만의 신학문을 개척했던 엘리어트 파동 이론의 창시자 R. N. 엘리어트가 대표적인 예이다. 그는 정말 특별한 방식을 발견했고, 대중들은 그의 방식에 열광했다. 그러나 그 이후에 그가 어떻게 되었는가? 계좌 파산으로 인해 자살로 생을 마감하지 않았나. 이게 현실이었다. 실제 객장에서도 아주 특이한 방식을 찾아다니는 투자자들이 많았다. 그들은 정말 어렵고 고차원적인 방식으로 투자를 하려고 했다. 하지만 그들 중 대다수는 주식시장에서 퇴출당했다. 그들은 처음 시장에 왔을 때 이런 식으로 말을 했었다.

"X라는 주식은 PER이 어땠고 ROE가 어땠으며 갭 상승이 일어나 양봉이 출현하고 골든크로스 혹은 데드크로스가 보였다. 그러므로 계속 보유해야 한다."

도대체 지금 무슨 말을 하고 있는 건가? 나는 처음 이런 말을 들었을 때 진심으로 외계인과 대화하는 기분을 느꼈다. 내가 이중에서 알아들은 말은 하나도 없었다. 옆에 있던 다른 신입 투자자는 "투자의 세계는 너무 어렵다!"라며 기가 죽기도 했다. 그러나 내가 보기에 전혀 그럴 필요가 없었다. 나는 PER을 판단해 본 적이 없으며 골든크로스가 뭔지도 정확히는 모른다. 아니, 알 필요가 없었기에 공부하지 않았다. 그리고 문제는 이 바닥에서 큰돈을 번 투자자들은 저런 소릴 한 적이 없었다는 사실이다. 그리고 저런 방식을 쓴다는 말 역시 전혀 듣질 못했다. 저건 너무 지나치게 기법을 추구한 나머지 생겨난 불행한 기법이었다. 내가 처음 저 말을 들었을 때, 옆에 있던 내 동료가 비꼬듯이 했던 말이 기억난다.

"야, 축구할 때 바나나킥으로 골 넣는 방법을 알려줄까?"

"뭐? 어떻게 하는데?"

"우선 너의 왼쪽 족부를 공의 4분의 3 되는 지점에 맞춰서 12F의 힘으로 차야 해. 그리고 시선은 항상 골대를 향해야 하고 무릎을 20° 정도 기울여야 해. 바람의 세기까지 고려하면 더욱 좋아. 이 모든 걸 고려해서 슛을 하면 약 67.7%의 확률로 골대에 들어가. 알겠지?"

"뭐라고? 지금 무슨 헛소리야?"

"지금 저 자식들 하는 말이 이거랑 뭐가 달라?"

그렇다. 우린 인간이기에 저렇게 할 수 없다. 저런 방식으로 돈을 벌 수 있다면 차라리 좋겠다. 하지만 유럽의 전설적인 투자자 앙드레 코스톨라니의 말처럼 '투자는 형언할 수 없는 경험이 전부'이다. 내가 생각하기에도 투자는 과도한 분석이나 미세한 지표를 일일이 따져가며 하기에는 감각적인 요소가 너무나 많다. 주식의 세계는 자연과학보다는 사회과학에 가깝기 때문이다. 그렇기에 주가의 움직임을 일정 값으로 계산해 낸다는 건 절대적으로 불가능하다고 본다. 그만큼 주식시장은 질서가 없고 광적이다. 따라서 논리적인 이론 도출보다는 감각적인 상황 판단이 투자에 있어서 더욱 값진 재능이다. 나는 내 성격과 기질을 바꾸어야겠다는 생각을 했다. 나는 지금까지 지나치게 논리적이고 합리적이었기에 돈을 잃은 것이다.

09

빈 수레가 요란하다

나는 내 나름대로의 공부를 기반으로 투자를 계속했다. 그리고 다시금 돈을 벌기 시작했다. 나는 조정을 참지 않고 팔아 버렸기에 수수료를 자주 내야 했지만, 그만큼 남들보다 현금 보유 기간이 길어 안전했다. 그러나 나는 내 투자 방식에 큰 문제가 있다는 것을 발견했다. 그건 주식이 원하는 대로 움직여 주지 않을 때였다. 대개 이런 식이었다. 내가 원하는 대로 움직이는 A 주식이 있었다. 이 A 주식은 박스권을 뚫고서 상승하려는 모습을 취하고 있었다. 나는 저항선을 뚫는 순간 매수하기 위해 전표에 저항선 가격에서 두 틱 정도 높은 가격대로 써놓고 기다리고 있었다. 그리고 기다림 끝에 A는 박스권을 뚫고서 상승했다. 내 주문은 바로 체결되고, 나는 박스권 위쪽에서 물량을 보유했다. 그런데 힘차게 상승하는가 싶더니 이내 다음 날 비틀거리며 박스권 아래로 하락했다. 한두 번은 그러려니

했다. 하지만 그 횟수가 잦았다. 이것이 문제였다. 주식이 원하는 대로 움직여주지 않을 때에 대한 대비가 없었다는 것. 나는 이 문제 때문에 자주 짜증이 났다. 그러자 투자 동료가 내게 와서 말했다.

"애송이, 슬럼프에 빠졌나 보군."

그는 날 비꼬았다. 그러나 사실이었다. 나는 인정했다.

"그래요. 저는 다시금 열심히 공부해서 이제 좀 투자에 대해 알아간다고 생각했는데 아직도 애송이였어요. 저는 매수 시점을 잘 찾지 못하나 봐요."

"아니, 내가 보기엔 넌 잘 찾았어."

"그런데 사자마자 하락하잖아요."

나는 풀이 죽었다. 그러자 그는 달래듯이 말했다.

"너, 초심을 잃었구나. 진짜 애송이군."

"뭐라구요?"

"너 항상 주식가격의 미래는 50%라고 떠들어댔잖아."

나는 머리를 세게 맞은 기분이었다. 그는 말을 이어나갔다.

"지금 네 문제는 두 가지야. 첫 번째로 저항선이나 박스권을 완전히 돌파하지 못하고 고꾸라지는 주식의 움직임은 상당히 빈번하다는 거야. 저항선 돌파는 그저 주식이 계속 상승할지에 관한 확률이 50%보다 더 높다는 거지 100% 오른다는 건 아니거든. 따라서 저항선이나 박스권을 돌파했다 다시 회

귀하는 건 네가 짜증 낼 일이 아니야. 두 번째는 네가 그러한 회귀현상에 직면했을 때 당황한 나머지 미적거리며 네 주특기인 '재빠른 청산'을 하지 않았다는 거야. 넌 회귀현상을 보고서 바로 팔았어야 해. 왜냐하면 그건 네가 원하는 움직임이 아니었으니까. 그러고는 다시금 기회를 기다려야지. 그게 정답이야. 넌 결국 주식을 믿지 않아야 하지만 믿었기에 네 돈을 잃은 거야."

그의 말은 틀린 게 없었다. 나는 열심히 학습했지만 오히려 초심을 잃고 있었다. 그는 내 표정을 읽었는지 침을 한 번 삼키고는 말을 이었다.

"앞으로는 움직임이 조금이라도 이상하다 싶으면 바로 팔아버려. 그게 주식이니까. 이거 네가 밥 먹듯이 했던 말인 거 알지?"

그는 끝까지 비꼬았다. 말을 끝내고 돌아서 가는 그를 보며 나는 생각에 잠겼다.

'그래, 원래 나는 주식을 믿지 않는다. 주식이 원하는 대로 움직여주지 않는 건 당연하다. 내가 너무 학문적으로 파고들었다. 주식은 언제나 두 얼굴의 존재다. 어떠한 경우에도 우정을 나눠서는 안 된다!'

나는 나도 모르는 사이에 주식과 우정을 나누었다. 언제나 내게 배신의 칼날을 갈고 있는 주식이란 녀석에게 내 우정을 선사했다. 나와 주식은 서로 사업상 파트너일 뿐이다. 등 뒤에 칼을 숨기고 대면하는 불편한 관계라는 사실을 마음속에 새겨야 했다. 이후 나는 더욱 보수적으로 매매했다. 조금이라도 이상한 모습이 보이면 바로 팔아치웠다. 나쁜 움직임에는 청산, 좋은 움직임에는 보유. 나는 그렇게 안전한 방식으로 계속 투자를 해나갔고 다시금 돈을 벌기 시작했다. 점차 투자자들은 날 '애송이'라고 부르지 않았다. 나는 대신 짧게 가져간다는 의미로 '1루타'라고 불리기 시작했다. 나는 자주 돈을 벌었고 수익률도 그렇게 나쁘지는 않았다. 분명 기쁜 일이었다. 하지만 나는 그다지 기쁘지 않았다. 왜냐하면 투자금 자체가 너무 작았기에 수익률은 괜찮았지만 수익은 시원찮았기 때문이다. 이건 분명 큰 문제였다. 지금부터 차곡차곡 쌓아나가면 된다고 생각하기엔 내가 가진 자본이 너무 작았다. 장성상사 건으로 큰 손실을 입은 일이 결정적이었다. 나는 또다시 후회가 밀려왔다. 내 마음속 상처가 다시금 욱신거렸다. 나는 이 굴레를 벗어나야 한다고 느꼈다. 내가 이 고민을 털어놓자 한 투자자가 기묘한 이야기를 꺼냈다.

"이봐, 1루타. 자네 자본금 작은 건 여기 있는 사람들이 다 알지. 참 힘들겠어."

"네. 지금 돈을 벌고 있지만 전혀 기쁘지 않아요."

"그렇군. 자본금을 늘려야겠다는 생각을 하고 있겠지?"

"그럼요. 그런데 어떻게 늘리죠? 방법이 없어요."

난 시무룩해졌다.

"자네 혹시 일본에 갈 생각 없나?"

"일본이요?"

당황스러워서 되묻는 내게 그는 진지한 표정으로 말했다.

"내가 아는 친구가 일본 쪽으로 사업을 시작했어. 무역 일인데, 한국에서 물건을 받아 일본에 떼다 파는 일이야. 그런데 인력이 좀 필요하다더군. 자네 생각 있으면 열심히 해봐. 자본금을 마련할 수 있을 거야."

"돈은 넉넉히 주나요?"

나는 표정의 변화 없이 물었다.

"물론이지. 내가 잘 말해 두겠네."

나는 돈이 급했고 빨리 벌고 싶었지만 바로 대답하진 않았다.

"생각할 시간을 주세요."

"이번 주 내로 대답해 주게. 알겠지?"

나는 고개를 끄덕이고는 다시 시세를 바라보았다. 분명 괜찮은 제안이었다. 그는 제법 명성 있는 투자자였고, 그런 그가 보장하는 급여라면 나쁘지 않겠다고 생각했다. 한편으로는 두려운 마음도 있었다. 그러나 내 또래 젊은이들은 중동이나 유럽, 동남아를 누비며 일을 하고 있지 않은가. 나 역시 그렇게 일하지 말란 법은 없다.

'분명 괜찮은 제안이다. 그래, 투자 자본금만 딱 채운 뒤에 일을 그만두자.'

나는 이튿날 그에게 다가가 일할 용의가 있다고 했다. 그러자 그는 나를 한 사업자에게 소개했다. 사업가는 푸근한 인상을 가진 사십대 남자였다. 그는 자신의 일을 소개한 뒤 내가 하게 될 일을 설명해 주었다. 내 일은 일본에서 지내면서 도쿄 항구에서 오는 물건들이 정확히 왔는지 현지에서 검사를 하는 것이었다. 그리 어렵지 않아 보였다. 고개를 끄덕이는 내게 그는 일본어를 배우는 게 좋겠다고 말했다.

"일본어를 배우기는 하겠는데 어디서 어떻게 배우죠?"

"많은 걸 바란다는 게 아니네. 그저 출입국 심사나 비즈니스에 문제되지 않을 정도면 돼. 사실 자네는 일본에 유학생 신분으로 가게 될 거야. 그래야 자네가 일본에서 지내기 수월하니까. 자네는 일본에 반 년 정도 지낼 테니, 학생 신분이 가장 좋아."

상황이 이해되었다. 나는 유학생 신분으로 일본에 가서 현지 일을 맡는 한국인 역할이고, 이 사업가는 현지에서 생길 문제를 최소화시키기 위해 날 유학생 신분으로 만들어 보낼 편법을 쓰려는 것이었다. 나는 알겠다고 한 뒤 일본으로 갈 준비를 했다.

한 달간의 준비를 끝내고 1980년 10월, 도쿄로 가는 비행기에 올랐다. 그동안 업무에 관한 교육을 받았고, 생활 일본어도 공부한 상황이었다. 나는 도쿄에 도착해 지도를 보면서 사장님이 알려준 현지 사무소를 찾아갔다. 그곳에 도착하자마자 바로 일을 시작했다. 일은 규칙적이지 않았다. 물건은 매일 오는 게 아니라 2주에 한 번꼴로 운송되었다. 생각만큼 일이 쉬운 것은 아니었지만 많은 시간을 필요로 하지 않는다는 장점이 있었다. 나는 내 시간이 생길 때에는 자유롭게 보낼 수 있었다. 현지 사무소 담당자는 공과 사를 분명히 하는 사람이었다. 덕분에 나는 내 일을 확실하게 처리만 하면 완벽한 자유시간을 보장받았다.

도쿄는 '상상초월'이었다. 거대한 빌딩들과 잘 다듬어진 거리, 그 거리를 걷는 일본인들의 생활수준, 도로에 돌아다니는 자동차까지 일본의 모든 면들이 날 매혹시켰다.

'일본은 진정 경제 대국이다. 이건 그냥 눈으로만 봐도 느껴진다. 분명 선진국이다. 우리나라도 빨리 이렇게 되어야 한다.'

나는 사무소장님께도 이런 생각을 말씀드렸다. 흥분된 어조로 일본은 객관적으로 분명 선진국이며, 경제적으로 크게 성장한 나라라는 점을 부인할 수 없다고 말했다. 사무소장님도 고개를 끄덕였다. 그러고는 내게 반문했다.

"너, 이 일을 하기 전에 명동 주식시장에 있었다며?"

"네. 사장님이 말씀하셨나 보네요."

"그래. 사장님은 너의 그 경험을 존중해서 일을 맡긴 거라고 하셨다. 너, 주식 좀 했냐?"

"그냥 벌고 잃고를 반복했죠, 뭐."

"그래? 어쨌든 돈을 벌어들인 적도 있다는 말이군. 너 그럼 여기서 주식 한번 해볼래?"

그는 은근한 말투로 내게 물었다.

"일본에서요?"

"그래, 여기 일본에서. 놀란 표정이구나, 너?"

사무소장님이 재미있다는 듯이 날 쳐다보았다.

"여기서 한번 해봐. 넌 일을 못하는 것도 아니니, 일하는 데 지장이 없다면 괜찮다."

"그런데 제가 계좌를 틀 수 있나요?"

"그건 내가 도와주지."

이튿날, 소장님은 내가 일본 주식들을 거래할 수 있도록 계좌를 만들어주었다. 분명 그건 차명계좌였다. 그러나 차명계좌는 한국에서도 상당히 빈번하게 이용했기에 난 크게 놀라진 않았다. 많은 투자자들이 자신의 투자 금액이나 종목을 감추기 위해 자주 차명계좌를 이용했었다. 그래서인지 나는 이 계좌가 차명계좌임을 눈치챘지만 거부감은 별로 없었다. 소장님은 계좌를 알려주며 소속 증권사와 그 위치도 알려주었다.

나는 알겠다고 한 뒤 발걸음을 재촉했는데 소장님이 자신도 함께 가자며 내 옆으로 오는 게 아닌가.

"아니, 소장님도 가시게요?"

"사실 나도 주식을 좀 해보고 싶어서 말이야. 나도 주식 공부를 열심히 했거든."

난 놀랐다. 소장님은 그동안 읽은 주식 책을 말하며 자신의 투자 방식을 내게 설명했다.

"소장님, 그 방식은 이해했어요. 그런데 그 방식으로 직접 투자를 해보셨나요?"

"아니, 아직은 공부 단계야."

나는 소장님이 못미더웠지만 함께 증권사로 향했다. 증권사 앞에 도착해서는 객장 안으로 조용히 들어갔다. 확실히 이곳은 종목의 수도 많았고 기본적 설비나 객장 여건도 한국보다 좋았다. 나는 차트를 받아보았다. 주식시장으로 돌아왔다는 사실이 날 흥분시켰다. 나는 바로 거래를 하고 싶다는 생각이 들었다. 그러나 이곳은 일본이었다. 한국이 아니었다. 아직은 이곳 사정을 잘 몰랐다. 그 말은 한국과는 다른 어떤 요소로 인해 피해를 볼 경우도 고려해야 한다는 말이다. 나는 일하며 벌어들인 내 자본을 쉽게 잃고 싶지 않았다. 신중하게 벌고 싶었다. 물론 나 역시 사람이다. 사람은 누구나 쉽고 빠르게 돈을 벌고 싶어 하는 마음을 가지고 있다. 그래서 지금 당장 거래를 하지 않으면 손해 보는 기분이 들기도 한다. 하지만 그러한 이유로 투자를 하는 순간에는 돈을 잃는다는 사실을 나는 경험을 통해 잘 알고 있었다. 상황 파악도 하지 않고서 거래를 하는 것은 손실로 향하는 1등석 티켓을 구입하는 것과 다름없었다. 나는 또다시 그 같은 경험을 하고 싶지 않았기에 증권 객장에서 조용히 시세를 주목하며 분위기를 관찰했다.

'여기는 타지다. 그리고 난 재무장한 상태로 투자의 세계에 다시 왔다. 우선은 이곳을 관찰하자. 관찰 이후에 투자를 감행해도 절대 늦지 않는다!'

이 같은 생각을 하자 비로소 마음이 가라앉았다. 몇 초간 숨을 들이켰다 내쉰 뒤 조용히 시세판 쪽으로 걸어갔다. 우선 시장이 어떤 흐름인지를 파악해야 했고, 그에 맞는 적절한 주식을 고르려고 했다. 즉, 시장의 추세를 따르는 업종과 그 주식을 고르고자 한 것이다. 그렇게 객장 내에서 몇 분간 스스로 연구하고 있을 무렵이었다. 사실 차트 분석과 가격의 동향을 파악하는 일은 그렇게 쉽지만은 않았다. 우선 전부 다 일본어로 되어 있었고, 차트가 내가 보던 방식과 조금 다른 형태였다. 나는 거기에 새롭게 적응해야 했고, 그 과정에서 어려움을 느꼈다. 나는 피곤한 마음에 잠시 눈을 감았다 떴다. 시세표를 멀뚱멀뚱 쳐다보는데 갑자기 시세표 오른쪽 구석에 있는 어떤 숫자 표와 그 차트에 눈이 갔다. 처음 보는 것이었다. 뭔가 내게 중요한 사실을 알려줄 것 같다는 직감이 들어 반사적으로 소장님에게 물었다.

"소장님, 저 오른쪽 귀퉁이에 있는 숫자 표와 그 차트가 뭔지 아세요? 혹시 지수인가요?"

그러자 소장님은 빙긋이 웃으며 조용히 안내 직원에게 걸어가 유창한 일본어로 묻기 시작했다. 그리고 몇 마디 대화를 나누더니 별것 아니라는 표정으로 다가와 말했다.

"그건 니케이 지수라는군. 일본 내 시가총액 상위 기업들의 시장 구성 비율을 적용해서 산출해 낸 일종의 증시지표지. 즉, 저걸로 일본 증시의 일반적 흐름을 파악하도록 도움을 준다는 거야."

그 말을 들은 난 니케이 지수를 다시 주시했다. 소장님의 말을 바꿔 말하자면 니케이 지수는 곧 증시의 흐름, 즉 내가 연구하고자 한 시장의 일반적 추세를 시각화한 도구가 아닌가! 사실 나는 한국에서 처음으로 지수를 보았다. 대한민국 지수는 1980년 코스피라는 이름으로 처음 등장했다. 시장은 환호했고 나도 좋아했다. 그건 전체적인 주식시장의 모습을 보여주었다. 그리고 그건 일본에서도 유효했다. 나는 니케이 지수가 반가웠다. 일본 주식시장의 흐름이 궁금했었는데, 좋은 도구가 나타나준 것이다.

당시 니케이 지수는 일본의 경제 상황을 반영하듯이 기지

개를 켜는 형상이었다. 대부분의 주식들이 동반 상승을 해서인지 니케이 지수 또한 상승세였다. 정말 고맙게도 니케이 지수는 아주 좋은 모습으로 상승을 보여주고 있었다. 투자자들이 일본 경제에 가지는 심리가 매우 좋다는 의미였다. 나는 계좌에 돈을 넣었다. 그리고 개별 종목들을 분석했다.

개별 종목을 보면서 나는 일본에서는 전자산업 주식과 자동차 주식이 전반적인 일본 주식시장의 흐름을 이끌어간다는 결론을 내렸다. 니케이 지수와의 모습도 상당히 비슷했고, 뉴스에서도 전자회사와 자동차 회사의 주식가격 동향을 자주 보여주었다. 또한 실제로 일본에서 전자회사와 자동차 회사는 매우 중요한 산업 기반이었다. 이 두 분야는 실제 일본을 이끌어간 일본 경영의 구루들이 진출한 분야였다. 마쓰시타 고노스케, 모리타 아키오, 이부카 마사루, 혼다 소이치로 등 최고의 경영인들이 이끄는 분야였다.

나는 이 두 분야 주식들의 움직임을 집중적으로 살폈다. 차트는 이들의 움직임이 상당히 좋다고 말하고 있었다. 나는 그 중에서도 모리전자 주식에 눈길이 갔다. 차트에서 이 녀석은 저항선을 만들고는 다시금 상승을 위해 꿈틀대고 있었다. 나는 바로 기회가 다가오고 있음을 느꼈다. 저항선은 2,200엔대에서 형성되었다. 그런데 현재 주가는 2,000엔을 넘어서는 중이었다. 나는 모리전자 차트를 계속 지켜보았다. 그러자 옆에 있던 소장님이 날 보며 말했다.

"뭐 하나 찾아냈어?"

소장님은 내게 종목 추천을 원하고 있었다. 난 살짝 짜증이 났지만 드러내지 않고 말했다.

"네. 괜찮아 보이는 게 하나 있네요."

"뭔데? 야, 너 혼자 돈 벌 생각하고 있는 거 아니지? 이 계좌를 내가 만들어줬다는 거 잊지 말거라. 빨리 말해봐."

나는 마음속 짜증을 삭이고 나지막이 말했다.

"모리전자요. 2,200엔을 넘기면 사려고요."

"저항선을 돌파하면 사려는 거구나?"

"네. 정확하게 아시네요."

난 점점 감흥 없는 말투로 대답했다.

"물론이지. 나도 공부 좀 했다니까."

나는 대답하지 않았다. 자연스럽게 대화는 끝났고 나는 계속 주식을 주목했다. 모리전자는 그날 2,100엔에서 거래를 마쳤다. 이튿날, 모리전자가 상승하며 개장했다. 2,150엔까지 오르자 난 전표를 작성하기 시작했다. 나는 2,250엔에 매수한다는 주문서를 작성했다. 그리고 전표를 손에 쥔 채 계속 가격을 보았다. 가격은 2,200엔대를 한 번 닿더니 이내 다시 미끄러졌다. 나는 하마터면 전표를 낼 뻔했다. 모리전자는 2,200엔대에서 부담을 느끼는 듯했다. 분명 저항선이었다. 아직은 모리전자가 그 가격대에서 힘을 내지 못하고 있었다. 나는 좀 더 기다렸다. 심리적 우위 지점은 분명 2,230엔이었다. 나는 2,200엔에서 매수할까 고민했다. 하지만 분명 2,230엔이 심리적 우위를 점할 수 있었다. 그때가 돼야 내 마음이 편해질 것 같았다. 나는 가격대를 계속 주목했다. 그리고 내가 원하는 대로 가격은 오르기 시작했다. 2,200엔을 넘어서더니 이내 2,250엔에 도달했다. 나는 바로 매수 주문을 냈고 2,250엔에 체결되었다. 체결 이후 물량은 전혀 문제없다는 듯이 솟구치더니 그날에만 2,450엔까지 상승했다. 나는 일본에서도 내 페이스대로 투자를 하고 있었다. 그리고 나를 따라 진입했던 소장님도 비슷한 가격대에서 매수해서 평가이익을 보았다. 우리는 서로 말은 하지 않았지만 묘한 미소를 보이며 기쁨을 나누었다.

    다음 날 가격은 다시금 2,450엔에서 출발해서 2,500엔을 가뿐히 넘겼다. 그리고 2,550엔을 넘고 이후 2,600엔까지 도달했다. 점심시간이 지나자 수직 상승해서 2,700엔까지 체결되었다. 우리는 흥분했다. 평가이익이 불어나고 있었다. 폐장 직전 모리전자는 2,750엔을 끝으로 상승을 마감했다. 그런데 그 다음 날이 되자 문제가 생겼다. 갑자기 개장과 동시에 시초가가 2,700엔으로 체결되더니 이내 2,600엔까지 단숨에 하락했다. 문제가 있어 보였다. 물론 조정으로 볼 수도 있었기에 난 계속 주목했다. 하지만 가격은 점점 더 하락했다. 그러고는 2,550엔을 지나 2,500엔까지 하락했다. 하루 동안 갑자기 깊은 하락으로 떨어지기 시작했다. 나는 약간 당황했다. 하지만 항상 주식은 이런 모습을 자주 보여주지 않았던가. 주식은 그 자체로 믿을 수 없는 생명체나 다름없기에 난 화내지 않고 매도 지점을 기다렸다. 내 매도 지점은 2,400엔이었다. 그리고 실제로 2,400엔에 도달하자 난 모두 팔아버렸다. 그래도 나름 주당 200엔의 이익을 보았기에 그렇게 나쁘진 않은 거래였다. 문제는 소장님이었다. 여전히 팔지 않고 쥐고 있었다. 난 다가가서 말했다.

"청산 안 하세요?"

"말 걸지 마. 이건 분명 오른다."

그는 이미 표정부터 화가 나 있었다. 그는 계속 보유했고 이후 폐장한 뒤 그 주식에 대해 욕을 하기 시작했다. 그러고는 다음 날 2,200엔으로 다시 돌아오자 그때서야 비로소 팔아버렸다.

"젠장할, 감히 거지 같은 주식이 날 농락했어."

"화내지 마세요. 이건 자주 있는 일이에요."

나는 침착한 어조로 달래듯이 말했다. 하지만 그는 듣지 않았다.

"너도 문제다. 넌 분명 2,200엔을 저항선으로 봤잖아. 근데 이게 뭐야. 이틀 만에 상승분을 반납하는 저항선 돌파도 있나?"

나는 살짝 화가 났다.

"이게 어떻게 제 잘못이에요? 원래 투자라는 행동은 궁극적으로 자신의 선택이에요!"

내가 발끈하자 소장님은 흥분을 가라앉히더니 미안한 표정으로 말했다.

"아, 그래. 내가 너무 흥분했다. 미안하다. 하지만 앞으론 절대 저 거지 같은 모리전자는 상대하지 않을 거야. 내게 배신을 안겨줬어."

소장님의 행동이 이해되지 않는 건 아니었다. 나도 저 느낌을 잘 알고 있었다. 다만 이건 경험의 차이였다. 주식시장에서 돈을 벌고 잃는 일은 너무나 빈번했다. 문제는 돈을 잃거나 이익을 반납한 이후 어떻게 반응하는가였다. 이건 전쟁이다. 그렇기에 주식 투자는 항상 승패를 반복한다. 승패는 병가지상사란 말이 괜히 나온 게 아니었다. 이건 본인의 잘못이 아니라 일련의 투자과정 중 한 부분일 뿐이었다. 소장님은 그 과정을 이해하지 못했다. 적어도 내가 바라본 증권시장은 스스로의 피나는 노력과 무한한 감정의 조절을 통해 '정당한' 보수를 제공했다. 그렇기에 진정한 투자자들은 자기가 돈을 벌었다는 사실에 대해 결코 기뻐하거나 흥분해하지 않았고, 이전에 겪었던 수많은 시련을 떠올리며 감사해했다. 돈을 벌었다는 사실은 끝없는 시련의 결과물이었다. 그리고 잃었다는 사실은 시장이 주는 새로운 시련의 시작이었다. 그렇기에 스스로의 판단을 정확히 하기 위해 나는 언제나 남들보다 더 열심히 주식의 움직임에 대해 공부했다. 물론 남들의 말에 의해 오르는 주식을 잡을 수도 있다. 그러나 문제는 남에게 들은 사실을 기반으로 자신의 재산을 주식에 걸 만한 자신감이 생기냐는 사실이었다. 바로 그게 고수와 하수의 가장 결정적인 차이였다. 고수는 결코 아무런 이유 없이 무작정 투자를 감행하진 않는다. 반드시 자기가 관찰하고 공부한 사실에 대해 확신적인 주식의 움직임을 찾아냈을 경우에만 투자를 시작하며, 그를 통해 정당한 대가를 증권시장에서 받아간다. 그러나 하수는 다르다. 하수는 우선 남들의 말에 귀를 기울인다. 그러면서 자신의 관찰은 철저히 배제한 채 남들이 사라는 주식만 목을 매며 사들인다. 자기가 사는 이유조차 올바르게 설명하지 못하는 채로 말이다. 그러고는 자기가 산 주식이 조금이라도 하락을 보여주기 시작한다면, 그 즉시 그들은 정신병에 걸리기라도 한 것처럼 불안해하기 시작한다. 그러고는 끝없는 등락에 견디지 못한 채 제대로 된 이익을 보지 못하고서 주식을 팔아버리고 만다. 그리고 이렇게 외친다.

"주식시장에서 돈을 버는 짓은 도박이나 다름없다!"

적어도 내가 아는 바로는, 어떠한 일에 있어서도 정성을 들여 공부를 하지 않으면 성공하지 못한다. 대다수의 사람들도 그 사실을 알고 있다. 그래서 그들이 그토록 성공에 관련된 서적을 읽으며 언제나 마음을 재정비하는 게 아니던가. 증권왕이란 별명으로 더욱 유명한 제럴드 로브는 주식시장에서 돈을 버는 비결을 다음과 같이 말했다.

용감히 주식에 미쳐라.

적어도 내가 보기에 노력이나 성실한 공부 없이 돈을 벌려 했던 자들은 결코 주식에 용감히 미친 것이 아닐 것이다. 주식시장에서도 언제나 미쳐야 미칠 수 있는 것이다. 그렇기에 소장님의 행동은 분명 잘못된 점이 많았다.

우선 자신의 주관으로 종목과 시점을 선택하지 않았다. 그리고 원하는 대로 주식이 움직여주지 않자 미친 듯이 불안해했다. 그래서 빠져나와야 할 시점에 나오지 못하고 손해를 보았다. 그러고는 화를 냈다. 거기다가 그 주식에 대해 편견까지 가지게 되었다. 소장님은 경험이 부족해서 잘못된 투자를 하고 있었던 것이다.

나는 달랐다. 나는 모리전자에 대해 전혀 편견을 갖지 않았다. 편견은 위험한 생각이었다. 나는 한국에 있을 때 이미 그러한 움직임을 자주 경험했었다. 그래서 주식가격의 변덕을 잘 알고 있었고, 그게 당연하다는 것도 잘 알았다. 모리전자가 다시금 2,750엔에서 새롭게 저항선을 돌파하려는 모습을 보고는 2,800엔에 진입했다. 나는 편견이 없었기에 새롭게 저항선을 돌파하는 모습을 보고서 또다시 투자를 감행했다. 그런데 소장님은 분명히 모리전자가 2,750엔에 저항선을 가지고 있다는 사실을 알았으면서도 2,800엔이 되었을 때 진입하지 않았다.

다음 날 주식시장에서 모리전자가 '어닝 서프라이즈Earning Surprise'를 했다는 뉴스를 보도했다. 모리전자의 매출이 시장의 예상치를 상회하며 분기 연속 최고 매출을 갱신한다는 소식이 전해진 것이다. 그리고 이 소식이 퍼지자마자 주식가격은 수직 상승했다. 내가 다시 매입한 지 하루 만에 모리전자는 3,000엔을 돌파했다. 그리고 계속 뚫고 올라가 3,200엔까지 진출했다. 이렇게 완벽하게 돈을 벌 수밖에 없는 상황에서도 편견을 가지고 있던 소장님은 그저 나의 모습을 굳은 표정으로 지켜보기만 했다. 편견, 그 차이가 내겐 수익을 주었고 소장님에겐 허탈감을 주었다.

10

울지 않는 두견새는
울 때까지 기다려라

    내가 두 번째로 진입한 모리전자는 계속 좋은 움직임으로 올라갔다. 그러다 3,800엔대에서 새롭게 저항선을 돌파하지 못하자 난 청산했다. 그 이후 계속 일본 주식시장에 투자했다. 잃을 때도 있었지만 종합적으로 수익을 냈다. 그렇게 나는 이곳의 주식시장에서도 점차 적응해 나갔다. 이곳 역시 단지 일본인이냐 한국인이냐의 차이이지 객장의 흐름이나 모습, 주식의 행동은 별반 차이가 없었다. 다만 종목이 더 많고 거래대금 규모가 더 컸을 뿐이었다. 나는 점점 일본 객장에 적응하면서 자연스럽게 이 바닥의 사람들과 친해졌다. 그리고 일본어도 계속 공부하면서 점점 현지에 익숙해져 갔다. 하지만 이 같은 상황은 내게 하나의 질문을 던졌다. 나는 자본금을 마련하기 위해 일본으로 왔고, 자본금을 벌면 바로 귀국하려고 했다. 그러나 시장에 적응되면서 일본이 좋아졌고, 일본에서 계속 투자를 할지에 대한 고민이 시작되었다. 1982년 새해가 되자 나는 사장님과 계약했던 기간이 만료되어 자유를 보장받았다. 그리고 원하는 만큼의 자본금을 모을 수 있었다. 나는 이제 내 의지대로 행동할 수 있었다.

'지금 다시 한국으로 귀국할 수 있다. 하지만 유학생 거류 기간은 아직도 유효하다. 그리고 일본은 정말 좋다. 주식시장도 좋고 그곳에서 알게 된 투자 동료들도 좋다. 모두들 호의적으로 날 대해준다. 그래, 좀 더 지내자. 여기서 성공해서 돌아가자.'

나는 결국 일본에 남아 있기로 결정했다. 만약 일본에서 손절매가 아닌 내 실수로 인한 손실이 생긴다면 바로 돌아간다고 맹세했다.

나는 내 방식을 계속 적용했다. 모리전자 주식 투자 이후 계속 전자 주식과 자동차 주식을 매매했다. 이 분야의 주식들은 내가 원하는 모습대로 잘 움직여주었다. 나는 내가 좋아하는 움직임을 가진 주식에 투자했을 때 특히 결과가 좋다는 걸 알 수 있었다. 내가 벌어들인 수익의 80% 이상이 전자와 자동차 분야 3~4종목의 움직임 속에서 나왔다. 이건 우연이 아니었다. 나는 이 종목들의 움직임에서 더 편안함을 느꼈다. 나는 이러한 현상을 보면서 투자란 행동은 단순히 분석과 계산만으로 해낼 수는 없는 거라고 확신했다. 오히려 나는 주식 투자가 스포츠나 예술 분야와 관련이 깊다는 생각을 했다. 대개 예체능 활동들은 인간의 감각적 특성으로 이루어진다. 그리고 이 감각들은 수많은 연습과 훈련의 결과물로 생성된다. 실제로 예체능 분야의 위인들은 자기 분야에서 피나는 연습을 통해 만들어낸 감각으로 성공했다. 야구 선수가 홈런을 치기 위해서는 사실 머릿속 계산도 중요하지만, 날아오는 공을 보고서 반응하는 감각이 지배적이다. 그리고 이 감각은 사람마다 각기 다른 형태로 극대화된다. 예를 들면, 농구 선수들은 슛을 쏠 때 자신이 특히 좋아하는 지점이 있다고 한다. 그곳에서만 던지면 백발백중이라는 것이다. 야구도 마찬가지다. 투수가 공을 던질 때 타자들은 특히 본인이 좋아하는 구질의 공이 와줘야 안타 혹은 홈런을 칠 수 있다. 뿐만 아니라 건축가는 자기가 특히 자신 있어 하는 구조물의 종류가 있으며, 화가는 특히 좋아하는 스케치북과 물감, 주제가 있으면 그림이 잘 그려진다고 한다. 이처럼 사람들은 저마다 자기가 자신 있어 하는 구간, 종류, 혹은 상황이 있다는 것이다. 그리고 이 조건이 자신과 맞아떨어질 때 실제 예체능 활동은 위대한 작품을 만들어낸다.

  나는 이 사실들이 주식 투자에서도 똑같이 적용된다고 생각한다. 주식 투자 역시 끝없는 연습과 훈련의 산물로 얻은 특수한 감각이 지배적으로 투자 활동을 좌우하며, 그 감각이 알려주는 특수한 상황이 내게 돈을 벌어다 주었다. 나는 그 사실을 깊게 인식했다.

'내가 원하는 움직임에서 대부분의 수익을 낸다면, 그 같은 움직임을 나타내는 주식에만 투자하는 게 더 효율적이다. 여러 주식에 돈을 넣는 것보다 내 감각이 극대화되는 주식에 돈을 쏟아붓는 게 훨씬 가치 있다.'

나는 이 사실을 인식한 이후부터 소수의 종목에 주목했다. 그리고 그 종목이 내가 원하는 모습을 갖추기 전까지는 절대 함부로 매매하지 않았다. 난 인내심을 가졌고, 일본의 강력한 상승장은 자주 내가 좋아하는 모습을 만들어냈다. 그리고 나는 그 모습이 보일 때에만 투자했다. 이 같은 투자 방식의 발전은 더 나은 성과를 가져다주었다. 그리고 이 성과는 투자자들이 날 주목하게 만들었다. 사실 객장에서 돈을 잘 버는 사람은 그 금액을 불문하고 다들 주의 깊게 살펴보곤 했다. 덕분에 나 역시 큰손이 아니었음에도 불구하고 자주 수익을 내는 모습 때문에 내 존재가 객장에 조금씩 퍼지기 시작했다. 그러곤 언제부턴가 내 주변에 투자자들이 하나둘씩 모였다. 그들은 어리고 자본이 상대적으로 작은 내가 수익률이 좋다는 사실에 주목했다. 즉, 그들은 내 '떡잎'에 주목했다. 그들은 나와 친분을 쌓고자 했고, 나는 그들과 자연스럽게 친해졌다. 그리고 투자 동료들의 소개로 내게 돈을 맡기고자 하는 사람들도 생겨났다. 그들은 대부분 일본 대기업 신입사원들이었다. 투자하기 애매했고, 그렇다고 아는 연줄도 없는 그들에게 나는 좋은 파트너였다. 그들은 투자 수익에서 일정 비율을 내가 가져간다는 조건으로 돈을 맡겼다. 나는 거절하지 않고 바로 수락했다. 이건 내게 하나의 기회였다. 나는 더 크게 돈을 벌고 싶었다. 더 크게 돈을 벌 수 있다는데 거절할 이유가 없었다. 게다가 시장도 내 반응대로 움직이고 있었다. 당시 일본 시장은 가히 '고공행진'이었다. 난 용감했고 인내심도 있었다. 거기에 경제까지 뒷받침해 주니 두려울 것이 없었다. 물론 때때로 조정이 일어나고 일정 구간에서 저항선을 보이기도 했다. 그럴 때마다 나는 저항선을 보이면 투자하지 않고 그 주식이 저항선을 뚫을 때까지 또 참고 기다렸다.

성공을 위한 내 인내는 한신자동차 건에서 빛을 발했다. 일본이 사랑한 자동차 업계의 총아인 한신자동차 주식은 상승 도중 1,400엔을 기점으로 더 이상 상승하지 않았다. 그러고는 1,200엔대로 떨어졌다. 이후 더 하락하지 않고 다시 상승해서 또 1,400엔에 도달하자 어김없이 떨어졌다. 마치 1,400엔이라는 성벽이 굳건하게 지키는 모습 같았다. 2주간 지속된 이 움직임 덕분에 차트의 모양은 알파벳 W 모양이었다. 이건 분명한 박스권이었다. 상승하려 하면 막고 또 상승하려면 막는 모습이 심히 고약했다. 하지만 난 이런 모습을 자주 보아왔었다.

익숙한 모습이었고 분노할 이유가 없었다. 나는 이 같은 저항선을 '잠시만 숨을 골라라. 함부로 돈을 거는 만용을 하지 말고, 감정적으로 흥분하지 말라'는 시장의 충고라고 여겼다.

나는 처음 투자를 시작했던 1970년대 후반부터 지금까지 주식가격과 차트를 보아왔다. 그리고 그 경험은 내게 용기와 만용의 차이를 알려주었다. 나는 저항선을 돌파하기 전에 주식을 매입했다가 돈을 잃은 투자자를 수없이 많이 보았다. 그때를 회상했다. 마음이 차분해졌다. 나는 숨을 깊게 들이마셨다 내쉬고 다시 한신자동차의 차트를 주시했다. 그렇게 계속 바라보자 투자 없이 한신 자동차의 주식만 4주 동안 관망하기에 이르렀다. 무려 4주 동안이나 진입하지 않은 것이다! 슬슬 내 본성이 드러나기 시작했다. 이젠 더 이상 참을 수 없었다. 마음 같아선 그냥 차라리 매수해 놓고 보는 게 편할 것 같았다. 나는 더 강렬하게 흥분하기 시작했다. 원하는 가격이 될 때까지 기다리는 내가 바보 같다는 생각까지 들었다. 참을 것인가 말 것인가, 그것이 문제였다. 분명 경험상 지금은 기다려야 했지만 경험을 제압하는 감성의 작용이 날 흔들리게 했다.

나는 이 주식을 같이 매입하려는 동료들에게 이 사실을 말했다. 한신자동차 주식을 지금 당장 매입하고 싶다는 내게 그들은 고개를 저었다. 아직 저항선이 돌파되지 않았다는 이유였다. 그리고 내게 책을 한 권 추천했다. 당시 일본에서는 성공

관련 서적이 한참 유행하고 있었는데, 서점에는 성공한 사람들의 자서전이나 과거의 영웅을 분석해 성공의 비법을 알려주는 책들이 대부분이었다. 투자자 중 한 명이 내게 책을 건네주며 말했다.

"일본에 온 이상, 이 책을 꼭 읽길 바란다. 지금 너에게 많은 걸 알려줄 거야."

일본 역사 위인이었던 도쿠가와 이에야스에 관한 책으로, 성공과 결부시켜 그의 생애와 마음가짐을 분석한 것이었다. 나는 감사하다는 말을 하고는 집에 돌아와 읽기 시작했다. 근 몇 년 만에 다시 책을 읽는 것이었다. 책에는 그의 생애와 함께 어떻게 일본을 최종적으로 통일한 영웅이 될 수 있었는지가 상세하게 설명되어 있었다. 난 이때 그를 한마디로 표현한 구절에 눈이 갔다.

울지 않는 두견새는 울 때까지 기다려라.

이 말은 실제로도 일본에서 유명한 표현이었고, 많은 글에서 인용되기도 했다. 일본 사람들은 전국시대를 통일한 도쿠가와 이에야스를 대단히 존경했고, 내 주변에도 그를 존경하는 이들이 많았다. 실제로 그의 통일은 자신의 성격적 측면에서 이루어낸 성과라고 평가받는데, 그 대표적인 문구가 바로 저것이었다. 두견새가 멋진 목소리를 내기 위해 이에야스는 그 두견새가 울 때까지 기다린다는 말이다. 전국시대를 끝내고 일본을 통일시킬 때 이에야스는 수많은 역경을 이겨내야 했고, 그때마다 항상 인내했다. 오로지 인내, 또 인내였다. 모든 것을 참았고 그 결과 그는 결국 천하통일이라는 열매를 맺을 수 있었다. 난 뭔가 깨달아지는 게 있었다. 나도 모르게 또다시 흥분했던 것이다. 그리고 원칙을 알고도 마음을 다스리지 못해 일을 그르칠 뻔했다. 일본의 통일을 위해 무려 평생을 인내로 살았던 도쿠가와 이에야스에 비한다면 나의 인내는 보잘것없는 것이었다. 이번에도 또다시 배웠다.

주식시장에서는 강한 자가 살아남는 게 아니라 살아남은 자가 강한 법이다. 대개 초보자는 1개월에서 1년 정도 버티다가 새로운 하락세를 견디지 못하고 포기한다. 그만큼 주식시장은 참여와 퇴출이 빈번한 공간이었다. 그렇기에 마지막까지 버틴 자가 곧 고수이다. 이 바닥에서 오랫동안 살아남은 자들은 거의 대부분 부를 거머쥐었다. 그 말은 곧 무슨 일이 있더라도 반드시 참고 버텨야 한다는 걸 의미했다. 버티고 살아남아서 꿀처럼 달콤한 시장의 선물을 받아내야 했다. 내가 원하는 모습의 시장이 나오지 않는다는 이유로 절대 조급해하거나 무단횡단을 해서는 안 되었다. 참아야 했다. 참고 또 참으면 결국은 시장이 내가 원하는 형태의 모습을 띠고서 나타날 것이었다. 문제는 그 순간이 올 때까지 인내해야 한다는 것. 그리고 이제 난 그럴 자신이 있었다! 생각이 여기까지 이르자, 난 그 문구를 상기하면서 차분한 마음으로 다시 주식을 바라보았다. 더 또렷하게 보였다. 마음속 인내심이 내 감성을 제어하고 있는 것이다.

그렇게 6주째였다. 그날도 어김없이 난 가만히 한신자동차의 주식을 바라보았다. 이젠 하도 바라다 보니 감각도 없었다. 다른 이들은 그 지지부진한 상황에서 이리 투자했다가 저리 투자했다가 하면서 돈을 잃었다. 오히려 아무것도 하지 않은 나만 상대적으로 이익이 난 셈이었다. 그런데 11시가 지나서였다. 갑자기 한신자동차의 성벽이었던 1,400엔이 한 번 돌파되었다. 난 중요한 순간이라 감지하였고 조금 더 지켜보았다. 무려 6주간의 기다림 끝에 나타난 새로운 모습이었다. 오랜 시간 W의 형태가 지속되어서 그것은 일종의 박스권이었다. 그런데 그 박스권이 드디어 돌파된 순간이 아닌가! 난 좀 더 집중하기 시작했다. 돌이켜보건대 머릿속으로 '울지 않는 두견새는 울 때까지 기다려라'라는 말을 백 번은 되뇌었던 것 같다. 그렇게 15분간 지켜보았다. 주식은 1,400엔을 이제 마음껏 이리저리 오갔다. 결국 상승의 추세가 6주 만에 1,400엔을 돌파한 것이었다!

결코 이 좋은 기회를 놓칠 수 없었다. 드디어 인내의 보람을 찾을 시간이 다가왔다. 난 200주를 우선 매수했다. 그리고 조용히 상황을 지켜보았다. 이제 인내는 일도 아니었다. 거래 없이 6주를 기다린 주식이다. 결코 질 수 없었다. 그렇게 이틀이 지났다. 확실한 상승세였다. 지난날의 강렬한 저항선은 이제 과거의 잣대가 되어버렸다. 신문과 뉴스는 이제야 그 일을 설명하기 시작했다. 왜 저항선이 있었고 그게 왜 돌파되었는지를 말이다. 그건 아무래도 상관없었다. 이틀이 지난 정보를 내가 알아서 뭐하겠는가? 이미 한신자동차는 가속페달을 밟고 올라갔다. 하지만 대중들은 이틀이 지난 정보를 보고서 따끈따끈한 정보를 얻었다고 생각했는지 너도나도 매수만을 외쳤다. 그러자 한신자동차의 주식은 1,700엔까지 상승했다. 대중들이 이제야 막바지 기차에 탑승하기 시작했다. 이제 다시 한 번 대중의 심리를 이용할 차례였다. 6주 전에는 갈피를 못 잡는 대중의 심리를 '인내'로 활용했다. 그리고 이번에는 흥분하기 시작한 대중의 심리를 '상승세'로 활용하기 시작했다. 즉, 나도 그들과 함께 기차에 탑승했다. 1,700엔에 신용거래까지 해서 다시 300주를 매입한 것이다. 한신자동차만 총 500주를 매입한 꼴이었다. 내 방식대로 거래를 하고 있었다. 그 사실이 기뻤다. 난 내 능력으로 돈을 벌고 있었던 것이다! 지난날의 인고의 시간들이 아스라이 지나갔다. 이젠 비로소 주식시장에서 살아남고 있는 것이다! 그렇게 난 강세장의 상황을 마음껏 활용했다. 물론 마음속에는 대중과 반대의 심리, 즉 두려움과 의심, 비관적 생각을 가지고서 말이다.

이후 난 한신자동차만 수십 차례 매매했다. 그리고 결과적으로 한신자동차 매매에서 괜찮은 수익을 냈다. 내가 10번을 매수하면 그중 6번은 상승을 맞혔다. 그리고 그 6번은 큰 수익들이 대부분이었다. 내 계좌는 점점 더 커졌다. 그러나 나는 번 돈을 바로 빼서 쓰지 않았다. 번 돈은 계속 더 큰돈을 벌 수 있도록 계좌에 예치해 두었다. 난 번 돈을 다시 주식을 매수하는 데 썼고, 그걸 통해 다시 돈을 벌면, 그 돈으로 또다시 주식을 사면서 더 큰돈을 버는 이른바 복리식 투자를 계속해 나갔다. 난 필사적이었다. 아직은 작은 돈이었기에 내 순자산을 불리는 데 온 정신을 집중했다. 여타 생활비 등은 내가 할 수 있는 최소한도로만 썼다. 그리고 필요하면 저녁때는 시급을 받으며 일을 했다. 반드시 부자가 되고 싶었고, 그 일념 하나로 일본에 들어온 뒤 2년간의 생활을 악바리 근성으로 버텨냈다. 그러자 내 계좌의 순자산은 처음에는 조금씩만 모이다가 어느 순간부터 정말 기하급수적으로 커지기 시작했다. 드디어 복리식 투자가 빛을 보는 순간이었다. 난 좀 더 참았다. 난 한 번의 거래로 벌 수 있는 돈이 최소한 내 한 달 생활비 이상이 될 때까지 벌기를 원했다. 그리고 2년이 넘어 2년 7개월째에, 드디어 내가 운용하는 자산의 크기가 자그마한 집 한 채를 살 수 있는 정도에까지 이르렀다. 난 홈런을 쳐냈다. 그것도 아주 큰 걸로 말이다! 나 자신과의 승리로 드디어 내가 원하는 열매를 맺을 수 있었다. 이제야 마음이 놓였다. 이젠 내 주식 계좌를 이용해서 한 번의 거래로 최소한 한 달 생활비 정도는 거뜬하게 벌어들일 수 있을 정도로 성장했던 것이다. 내가 그토록 원했던 성공에 점점 가까워지고 있었다.

11

최고로 비관적일 때가 가장 좋은 매수 시점이고, 최고로 낙관적일 때가 가장 좋은 매도 시점이다

 대개 사람들의 심리는 자신이 돈을 벌고 있을 때는 자랑하고 싶어 하고, 돈을 잃거나 잘 벌지 못하면 말을 꺼내지 않기 마련이다. 혹은 거짓말로 윤색하기도 한다. 이는 주식시장에서도 유효했다. 1980년대 초중반 일본의 경제는 말 그대로 초호황이었다. 전 세계적으로 인정받는 제조업과 공업, 그리고 그에 따른 GDP의 성장은 타의 추종을 불허했다. 거기에 일본인들의 근면한 생활력까지 더해져 승수효과를 발생시키고 있었던 것이다. 그렇기에 많은 주식 투자자들이 돈을 벌고 있었다. 그리고 대부분이 자기의 승리를 자랑했다.

 나도 이 같은 일본의 생활에 점차 적응해 나갔다. 일본어에 능숙해졌고 일본인 친구들도 많이 사귀었다. 주식 투자는 큰 위기 없이 지속되었다. 경제의 호황은 내게도 돈을 벌어다 주었다. 내 주식 계좌는 계속 성장해 나갔다. 나는 돈이 가져다

주는 편안함에 몸을 맡겼고, 재미를 느끼기 시작했다. 그래서일까. 일본의 성장과 함께 내 마음속에서도 자만심과 오만함이 자라나기 시작했다. 밤늦게까지 친구들과 술 마시며 노는 날도 점점 늘어났고, 생활에 있어서도 그 씀씀이가 점점 커져갔다. 심지어는 주식 객장에 가지 않는 날도 있었다. 사적인 생활이 지나치게 과해진 것이다. 그런데 문제는 내 생활이 도를 넘는다는 사실을 알고도 모른 척하는 나 자신이었다. 나는 다시 제자리로 돌아와야 한다는 사실을 속으로는 이해하고 있었지만 즐기는 생활을 쉽게 멈출 수 없었다. 그렇게 쓴 돈은 다시 시장에서 벌어들이면 그만이라고 생각했다.

그러던 어느 날이었다. 나는 지인들과 긴자 역 부근에 있는 고급 선술집에서 놀고 있었다. 전통 일식 음식과 함께 나오는 따뜻한 사케를 마시며 하루 동안의 노고를 풀고 있었다. 점차 술에 취해 몇몇은 목소리가 높아지고 말을 직설적으로 하기 시작했다. 난 그렇게 술을 좋아하는 편이 아니었고 더군다나 남들 앞에서 나서길 좋아하는 성격도 아니었기에 잠자코 웃으며 그 말들을 듣고 있었다. 그런데 갑자기 증권사에서 일하는 한 친구가 일어나서 술잔을 들며 이렇게 말했다.

"난 일본에 태어나길 잘한 것 같아. 일본의 경제는 도대체가 꺾이질 않는단 말이야."

그러자 내가 좋아했던 자동차 기업 한신자동차에서 일하는 한 친구 녀석이 손가락으로 날 가리키며 말했다.

"그러게 말이야. 차라리 입사하지 않고 너처럼 주식 투자나 할걸 그랬어. 그게 더 잘 벌리니까 말이야."

모두가 웃으며 그 말에 동의했다. 나도 웃었다. 그런데 마음 한켠이 불편했다. 이제 주식과 상관없는 사람들이 주식에 관심을 가지기 시작했다는 사실이 마음에 들지 않았다. 이런 말을 하고 싶진 않았지만, 내 친구들은 내가 불로소득을 취한다는 편협한 시선으로 날 바라보았다. 물론 친구들과의 자리는 화기애애했다. 하지만 그들은 시종일관 내 투자 일을 가지고 물고 늘어졌다.

"야, 비법이란 게 뭐 있어? 그냥 사놓고 가만히 있으면 오르잖아?"

다들 한바탕 웃었다. 그러고는 입을 모아 내게 말했다.

"실은 우리들도 주식을 할 거야. 이렇게 작은 봉급으로 뭘 할 수 있겠어? 평생 일해도 도쿄에 집 한 채 살까 말까야."

나는 그들의 말을 듣고 당황했다. 예전에 그들은 내가 투자를 직업으로 삼고 있다 하면 힘든 일을 한다며 신기해했다. 그런데 지금은 오히려 상황이 역전되었다. 그들은 자신들의 신세를 한탄했고 주식 투자를 아무렇지도 않게 얘기했다. 게다가 내 주위의 친구들뿐만 아니라 그 선술집에 있던 대부분의 사람들이 하는 이야깃거리는 거의 주식으로 얼마 벌었다 등의 내용이었다. 난 정신이 번쩍 들었다. 분명 이건 문제가 있었다. 나는 이전에도 뉴스나 신문을 통해 많은 개인이 주식 투자에 뛰어들고 있다는 소식을 접했다. 그리고 증권사는 그러한 투자자들을 위해 강좌를 열거나 수수료를 인하하는 등 개인들을 위한 정책을 펼치고 있었다. 분명 개인 주식 투자자가 많이 유입된 게 틀림없었다. 그런데 이제 이 사실을 직접 눈과 귀로 확인하기까지 했다. 나는 현재 주식시장의 상승에서 다시금 위험을 느끼기 시작했다. 물론 난 항상 그렇듯이 상승하는 시장에 올라타면서도 하락을 염려했었다. 그러나 시장의 고공행진과 생활의 안락함이 내게 위기에 대한 인식을 약화시켰다. 다행히 이번 일로 나는 다시 위험을 감지하게 된 것이다. 시장의 거품Bubble이란 건 알고 있었지만, 이제는 단순히 안다는 사실을 넘어 확신할 수 있었다. 이건 분명한 거품이었다.

나는 내가 정신적으로 피폐해져 있었다는 사실이 부끄러웠다. 사실 흥청망청 쓰는 생활을 하던 사람이 다시 과거의 모습을 기억하고 그 소비를 억제하고 자만심을 죽이는 일은 매우 어렵다. 특히 주식 투자를 하는 사람이라면 더더욱 그럴 것이다. 왜냐하면 어떤 사람들은 주식 투자를 별다른 노동 없이 위험을 감수한 대가로 얻는 불로소득이라고 느끼기 때문이다. 특히 이는 강세장에서 자주 나타난다. 강세장에서는 대부분의 사람들이 돈을 번다. 왜냐하면 대부분의 주식들이 다 같이 오르고, 그에 따라 다양한 주식들에 투자했던 투자자들도 모두 그 흐름에 편승해 돈을 벌기 때문이다. 실제로 강세장에서는 그냥 주식을 사서 가만히 기다리기만 해도 쉽게 이익을 볼 수 있다. 이건 분명 강세장이 가지는 특징이었다. 그리고 강세장에서 특히 잘 올라가는 주식을 고른 투자자도 있을 것이다. 그들은 자신들의 투자 모습을 자랑하면서 가장 대단한 사람인 양 행동하기 시작한다. 이때부터 문제는 커지기 시작한다. 그들은 자신의 부를 과시하기 위해 흥청망청 돈을 쓴다. 돈을 쓰면서 이렇게 생각한다. '이렇게 쓴 만큼 또 주식으로 벌면 되지.' 그리고 강세장이기에 진짜로 또 돈을 번다. 바로 이 같은 원리로 강세장에서는 주식 투자자들이 위대해지는 것이다. 그러면서 몇몇은 전설의 반열로 오를 것이다. 하루에도 몇 억을 벌었다는 말들이 나돌고, 총 누적수익률이 몇천 퍼센트를 넘나든다는 등 자신의 무용담을 뽐낼 것이다. 때로 그들은 책도 쓴다. 책에서 그들은 자신이 누구보다도 훌륭한 투자자라고 자부한다. 그러면서 다른 대중들을 또 유혹한다.

하지만 정작 중요한 것은 불황으로 인하여 주식시장에 약세장이 도래했을 때다. 시장이 하락세를 타기 시작하면 서점에 있는 투자 서적에도 냉기가 퍼진다. 자기가 얼마를 벌었다는 식의 자극적인 문구로 도배된 다양한 주식 서적이 현저하게 줄어든다. 오히려 이때는 왜 이 같은 하락시장이 왔는지, 이

걸 어떻게 극복해야 할지 등의 학구적이고 비판적 시각의 경제학 서적들로 도배될 것이다. 어디로 갔는지 그 많던 주식 고수들은 보이지 않는다. 아마 그들은 강세장에서 돈을 번 뒤 다시 약세장에서 잃었을 게 뻔하다. 이건 객장에서 보이는 투자자들의 모습과도 일치했다. 항상 빛이 강렬하면 그 그림자도 짙고, 잘나가던 투자자들도 고전을 면치 못하는 상황을 맞이하게 된다. 이건 일본에서도 있었다. 물론 거대한 하락세가 있었던 것은 아니지만, 분명 투자기간 동안 긴 조정의 시간이 있었다. 그리고 그때마다 지성인들의 경고와 함께 잘난 투자자들은 조용히 사라졌다. 이제 이런 모습은 진저리가 났다.

그래서 나는 학습을 위한 투자 서적에도 주의를 기울였다. 이건 영양분이나 다름없었다. 어린아이는 안전하고 영양가 높은 양질의 음식을 먹어야 건강하게 자란다. 아무거나 입에 넣었다간 건강상의 문제가 생기기 십상이다. 마찬가지로 투자자 역시 양질의 서적으로 학습해야 도움이 된다. 나는 투자 관련 강연에 있어서도 주식시장에서 인정을 받은 이들의 강연에만 참석했다. 주식시장에 있는 투자자들은 강연자가 진짜 훌륭한 투자자인지 아니면 단순한 약장수인지 확실히 구별했다.

그런데 정말 애석한 사실은, 지금 1987년의 일본은 모두가 위대한 주식 투자자의 반열에 올라 있다는 사실이다. 훌륭한 투자자만 돈을 번 게 아니라 주식시장에 참여한 많은 이들이 돈을 벌었다. 시장 참여자들의 참여가 계속적으로 일본 주식들의 가격을 끌어올렸다. 그렇게 하늘 높이 오른 주식들은 투자자들을 위대해지게 만들었다. 문제는 나 역시 그들 중 한 명이라는 사실이었다. 그랬기에 정신적으로 나약해졌고 내가 대단하다는 생각까지 했다. 분명 내가 대단한 게 아니라 시장이 대단한 거였다. 그리고 그 대단한 시장 덕분에 일반인들까지 주식시장을 논했다. 나는 그제야 과거의 나로 돌아올 수 있었다. 나는 절대 능력이 좋아서 돈을 번 게 아니었다. 시장 자체가 이미 돈을 벌 수밖에 없는 구조였다. 나는 호황 속에서 자만심에 빠졌다. 또래 친구들 중에서도 가장 돈이 많았고 가장 풍족하게 생활했었다. 여유로운 생활은 과거 힘든 시절의 나날들에게 복수하듯 승리의 쾌감 속에서 이루어졌다. 그리고 이 같은 생활은 내 마음속 깊은 곳에 자만심을 키워가고 있었던 것이다.

하지만 내 경험상 시장은 한 면만을 보여주지 않았다. 언제나 주식은 높은 상승 이후에 무시무시한 하락을 가져왔다. 나는 내가 겪은 경험들이 내 몸을 휘감는 듯한 느낌에 사로잡혔다. 나는 점점 일본 주식시장의 상승에 대해 의구심이 들기 시작했다. 강세장은 시장의 한 면일 뿐 영원히 계속되는 것이 아니라는 점은 주식 초보도 알고 있는 사실이었다. 점점 높이 올라가는 일본의 주식시장은 그만큼의 하락을 준비하고 있다고 봐도 무방했다. 나는 비로소 호황의 꿈에서 깨어났다. 나는 초심을 잃었었다. 그걸 본능적으로는 알고 있었지만, 익숙함과 편안함이라는 술에 취해버린 내 육체가 놓아주질 않았다. 하지만 난 털고 일어섰다. 그래야 했다. 우선 여긴 타지였고, 난 성공을 담보로 이곳까지 왔었단 사실을 상기했다. 앞으로 다가올 하락에게 내 성공을 빼앗길 수 없었다. 무엇보다도 이 같은 생활은 내가 처음 시장에서 성공을 상상했던 미래의 모습과는 너무도 달랐다.

'꿈에서 깨어나자. 궁핍했던 기억들을 잊지 말자. 그날들이 있었기에 지금의 내가 있는 것이다. 그리고 빨리 이 나쁜 습관들에서 벗어나자!'

난 마음을 다잡았다. 매일같이 운동을 했고 규칙적인 습관을 들이기 시작했다. 밤늦게는 다니지 않았고, 항상 일기를 썼다. 잘못을 모조리 기록해 끊임없이 날 채찍질했다. 그렇게 난 다시금 돌아오기 시작했다. 그리고 완벽하게 예전 페이스로 돌아와서 새 마음으로 주식시장에 발을 들였다. 찌들어버린 껍데기를 버리고서 말이다.

"요즘 돈 좀 잘 벌리나요?"

난 우선 주식 객장에서 사람들에게 말을 걸었다.

"그럼요. 요즘 같은 장에 못 벌면 이상한 거지요."

대답하는 그는 내가 처음 도쿄 주식시장에 왔을 때부터 있었던 노인이었다. 성격이 원만하고 겸손해서 그곳에 있는 사람들과도 매우 친하게 지내는 그런 존재였다. 다만 문제는 돈을 잘 벌지 못했단 사실이다. 그런데 그런 그가 히죽거리며 저런 말을 했다. 확실히 주식시장은 심하게 달궈져 있었다. 이후에 난 몇몇 사람들에게 더 물어보았다. 나중에는 친구 중에 주식에 관심이 없는 이들에게도 차례차례 주식시장에 관해 물어보았다. 난 정말 놀랐다. 예전에는 주식에 전혀 관심이 없던 이들도 주식 투자에 지대한 관심을 보이고 있었다. 몇몇은 주식 객장에 드나드는 나보다도 주식에 대해 더 잘 아는 듯했다. 이미 대중들은 주식시장을 주목하고 있었고, 그들은 주식시장을 돈을 벌어다 주는 기계처럼 다루기 시작했다. 마치 그들은 도박을 하는 것 같았다. 내가 이런 생각을 가지고 놀았단 말인가? 분명 나도 최근 그들처럼 생각하며 주식시장을 대했다. 하지만 난 지금 그 몽롱한 정신에서 벗어났다. 그리고 그 차이로 난 지금의 상황이 비이성적이라고 판단했다. 결국 난 결론을 내렸다. 근 5년간 나는 강세장에서 마음껏 뛰어놀았다. 하지만 이젠 정말 정신을 차려야 할 시기가 왔다. 나는 일본 경제의 호황을 톡톡히 누렸다. 이제 시세만 내게 약세장이 온다는 모습을 보여준다면 난 가차 없이 팔 준비가 되어 있었다. 대중과 함께 상승장을 가지만, 마음속으로는 하락이 될 거라고 생각하고 있었다.

하지만 예상과는 달리 하락시장은 오지 않았다. 오히려 주가는 더 높이 올랐다. 이젠 정말 비이성적으로 오르기 시작했다. 과거에 가졌던 차트보다도 더 가파르게 오르기 시작했다. 난 차트를 다시 분석해 보기 시작했다. 내 생각대로라면 지금부터 떨어져야 맞았다. 하지만 아직 주식가격은 내게 서두르지 말라고 말해 주듯이 신고가를 갈아치웠다. 급기야 전 세계가 일본을 주목하기 시작했다. 하루는 TV에서 뉴스를 보고 있는데 일본의 경제력이 세계 2위에 달한다는 것이 아닌가! 이미 영국과 독일을 제치고 미국의 코앞에까지 도달한 것이다. 그 같은 소식이 전해지자 일본은 이제 정말 광란에 빠졌다. 모든 일본의 경제 인구는 이제 자신들이 벌어들인 소득을 더 크게 키우기 위해 너도 나도 주식시장에 달려들기 시작했다.

차트만으로는 지금의 일본 경제를 분석해 내기 어렵게 되자, 난 조용히 일본의 거시경제를 분석하기 시작했다. 차트가 왜 저 모습인지 논리적으로 분석해 보고자 했다. 그러자 정말 놀라운 사실을 하나 발견했다. 일본에서 유통되고 있는 상당량의 자금이 주식시장과 부동산 시장에 투입되고 있는 것이었다. 그 말인즉슨, 일본인들이 이제 너 나 할 것 없이 투기 바람에 휘말리게 되었다는 것이다. 그런데 일본 정부는 무슨 이유에서인지 금리를 올리지 않았다. 시중에 너무 많은 자금이 풀려 있는데도 그걸 줄이려는 일을 하지 않았다는 것이다. 다시 말해 일본 정부는 시중에 돈이 많이 풀려 있게 만들었고, 그 많은 돈을 쥐고 있던 일본의 경제 인구들은 주식시장과 부동산 시장에 투입시킨 것이다. 한마디로, 지금의 일본 경제는 거품이었다.

난 이제야 답을 낼 수 있었다. 일본의 자산 거품은 이미 정점에 이르렀다. 그러나 대중들은 지금부터가 시작이라고 생각하고 있었다. 희망과 탐욕의 온상인 군중의 날뛰는 심리가 동원되어 지금의 비이성적인 상승세를 이끌어가고 있는 것이다. 온 나라가 투기 열풍이었다. 내가 두려워하는 차트의 움직임을 찾아낼 수 있었다. 아무런 조정도 없이 너무 무서울 정도로 빠르게 상승하기 시작했다. 난 그게 싫었다. 나는 장성상사 사건이 기억났다. 그때도 이런 식이었다. 미쳐버린 가격의 솟구침은 추락을 동반했었다. 나는 그 일을 두 번 겪고 싶지 않았다. 그래서 난 그 같은 일본의 주식시장의 흐름에서 위화감을 느꼈다. 싫었다. 돈을 벌어도 기분이 좋지가 않았다. 내 경험을 거스르는 모습이었다. 난 여기까지 알아내자 더 기다릴 것도 없이 주식을 모두 팔아버렸다. 전량을 매도했다. 당시 시장이 상승세였기에 내가 전량의 주식을 판다고 해서 체결이 지연되는 일은 전혀 없었다. 난 수월하게 모든 이익을 정리했다. 나에게 돈을 맡긴 이들에게도 돈과 함께 내가 번 수익의 일부를 나누어 주었다. 이젠 약세장을 기다리는 일만 남았다.

12

주식시장은 결코 변하지 않는다. 왜냐하면 인간의 본성은 결코 변하지 않기 때문이다

나는 주식시장이 하락할 것이라 파악한 뒤 약세장을 준비하기 시작했다. 나는 투자자들 사이에서 특수한 존재로 부각되는 대차/대주 거래, 이른바 공매도 Short Selling에 주목했다. 대개 주식으로 돈을 번다고 하면 현재보다 더 높은 가격이 되어 그 시세차익을 얻는 것이라고 생각한다. 맞는 말이지만, 이는 반쪽짜리 정답이다. 사실 주식시장에서는 현재보다 더 낮은 가격이 되어 그 시세차익을 얻을 수도 있었다. 이것을 바로 공매도라고 한다. 이건 일종의 상호간 신용 거래이다.

만약 투자자가 어떤 10,000원짜리 주식이 떨어질 것 같다고 예상한다. 그러면 '공매도'라는 주문을 내는 것이다. 그렇게 되면 증권사에서는 그 주문을 받고 내가 말한 만큼의 매도 주문을 시장에 낸다. 그러면 어김없이 매수자가 나타나 그걸 사들이는 것이다. 그리고 나서 주가가 떨어지기 시작한다. 주가가 5,000원까지 떨어졌다고 하자. 그렇게 되면 난 주식을 가지고 있지 않은 상태에서 팔아버린 게 되므로 결국 대신 팔아준 증권사에게 되갚아야 하는 것이다. 그래서 다시 매수 주문을 넣어 되갚는다. 그렇게 되면 난 10,000원에 팔아서 5,000원에 되갚은 꼴이니 상대적으로 5,000원을 번 게 된다.

이건 주식시장 내부에서도 상당히 생소한 개념이었다. 이건 매도라는 행위에 신용을 결합한 제도였다. 물론 나 역시 이 거래를 처음 알았을 때는 잘 이해되지 않았다. 나는 매수를 한 뒤 매도하는 일반적인 경우와 정반대로 행동한 것이라 이해했다. 중요한 것은 주가가 떨어질 때도 돈을 벌 수 있다는 사실이었다. 이 같은 행위는 대개 시장에 불안을 준다고 여겨 법적 제한이 있었다. 하지만 열정과 광란의 도가니였던 당시 일본 증시는 이런 행동을 얼마든지 용인해 주었다. 일본 증권사는 주식에 대한 대차/대주 거래라는 이름으로 공매도를 제시했다. 나는 이 방법을 하락장에서 이용하기로 마음먹었다.

1989년의 새해가 밝았다. 일본 증시는 새해를 맞으며 더욱 더 강하게 상승을 맞이했다. 나를 비롯한 거의 대부분의 주식 투자자들이 위대해졌다. 1988년 말과 1989년 초는 정말이지 엄청났다. 니케이 지수는 사상 최고가를 갱신했고, 일본의 대다수 기업들은 천문학적 금액의 시가총액을 보유하고 있었다. 당시 일본의 저금리 정책은 투자자들에게 날개를 달아준 격이었다. 우리들은 무서울 게 없었다. 누가 먼저 주식을 보유했느냐, 누가 더 큰 자금력으로 주식들을 쓸어 모았느냐가 중요할 뿐이었다. 진입 타이밍이나 손절매는 필요 없었다. 그저 상승, 또 상승이었다. 나는 일찍 모든 주식들을 현금화시켰고, 전보다 더욱 짧게 주식을 가져가며 단타 매매를 했다. 그래서 투자자들보다 상대적으로 작은 수익을 낼 수밖에 없었다. 하지만 난 위기가 가까이 다가오고 있다는 사실을 느꼈다. 일본의 주식시장과 부동산 시장은 지나치게 과열돼 있었다. 도쿄 내 부동산은 은행에서 본래 가격에서 140%까지도 담보대출이 가능했다. 10억 엔짜리 빌딩을 사기 위해서 투자자는 그저 은행에 가서 14억 엔을 빌려 오면 되었다. 그러고는 10억 엔으로 빌딩을 매입하고 4억 엔으로 마음껏 노는 게 일상이었다. 그래도 빌딩은 1개월 뒤면 14억 엔을 훨씬 뛰어넘었다. 절대 이성적으로 이해할 수 없는 상황이 펼쳐지고 있었다. 또한 주식시장에서 신용거래를 하지 않으면 멍청이 소릴 들었고, 일본 통신기업인 NTT는 전 세계 기업 중 시가총액 부동의 1위 자리를 굳히고 있었다. 액손모빌이나 IBM은 그 아래를 한참 밑돌고 있었다. 이 모든 건 일본의 성장도 있었지만 분명 광적인 투기 열풍이 불러낸 자작이었다.

그러던 어느 날, 아침부터 일본 시가총액 1위부터 10위까지 전종목이 모두 하락하는 기이한 현상이 일어났다. 난 그 모습을 보고 공매도를 한번 해볼까 생각했다. 하지만 아직은 시기상조였다. 단 한 번의 하락만을 가지고 공매도 한다는 것은 자살행위나 다름없기 때문이다. 앞서 말했듯이 난 추세 추종자였다. 올바른 추세가 나타나기 전까지는 결코 거래하지 않았다. 이때도 그러했다. 만약 하락했다고 하자. 그럼 이것을 두 가지 방향에서 보게 된다. 하나는 지나친 상승에 대한 건전한 조정으로, 또 하나는 약세장을 나타내는 신호로. 나 역시 두 가지를 모두 생각했다. 그러나 그중 어느 것인지는 알 수가 없었다. 그렇기에 좀 더 인내하고 다시 시세와 차트를 주목했다. 매일매일 그렇게 거래 없이 차트만을 주시하던 사흘 뒤, 시장은 다시 이틀간의 하락을 메우려는 듯이 가격이 치솟았다. 그리고 그 다음 날, 시장은 한 번 더 크게 상승했으며 그 폭은 이전의 하락세를 메울 만한 것이었다. 결국 그 하락은 단순한 조정에 불과했다.

    나는 이날의 상승을 보자 주가 하락은 시기상조라고 여겼다. 아직도 대중들이 무리하게 시장의 상승을 이끌어 나가는 모습이었다. 나는 일본의 강렬한 폭등 속에서 방대한 자료를 기초로 버블을 분석하고 있었다. 사실 투자자에게 가장 피곤한 시기는 시장 분석 기간이었다. 적어도 내겐 그러했다. 그래서인지 최근 들어 지나치게 피곤하다는 생각이 들었다. 당시 내가 분석하던 장소는 내가 살던 집에서 10분 정도 떨어진 곳에 위치한 작고 아담한 공간의 사무실이었다. 그곳은 수많은 증권인들과 금융인들을 만날 수 있는 공간이었고 난 그 지리적 이점을 언제나 십분 활용하며 지냈다. 하루에도 수십 번씩 증권가를 쏘다니며 정보를 찾고 시세의 동향을 주목했으며, 다양한 금융 종사자들과 인연을 맺을 수 있었다. 그런데 그들이 최근 들어 내게 하는 말은 오로지 한 가지였다.

"자네, 주식에 미쳐버렸군그래."

"이봐, 자네 얼굴에서 피로함이 쏟아지는걸? 피부도 상했고 말이야. 한동안 휴식을 취해야 할 것 같구만."

쉼 없이 증시 분석을 한 사람의 몰골을 정확히 말해 주는 표현들이었다. 나는 현 주식시장의 버블을 거스르는 이른바 폭락을 분석 중이었다. 이는 심리적으로도 더욱 큰 고통을 수반했다. 나는 그들의 조언을 듣고서야 내가 주식에 광적으로 미쳐 있으며 내게 진정으로 중요한 건강이나 사생활을 돌보지 않았다는 사실을 깨닫기 시작했다. 난 한마디로 일중독이었던 것이다.

그들의 말이 맞았다. 나름대로 괜찮다고 생각했던 내 얼굴이 말이 아니었다. 거울 속 내가 타인이라면 나 역시 바로 휴식을 권했을 것 같았다. 생각이 거기까지 미치자 비로소 난 좀 쉬고 싶다는 생각이 들었다. 충분한 휴식을 통해 다시 재충전하고 싶었다. 그러면 심리적으로 더 나아질 것 같았다.

그래서 1989년 여름, 난 친구들과 함께 며칠간 오키나와 섬에 놀러 갔다. 당분간은 주식시장을 잊고 싶었다. 그렇지만 내 감각까지 무디게 할 이유는 없었기에 투자 관련 책 몇 권을 챙겨서 출발했다. 여행은 즐거웠다. 오키나와 해변을 바라보며 홀로 조용히 생각에 잠길 때가 오히려 정신도 맑았고 상황 파악도 더 명확하게 되었다. 무엇보다도 내게 다시금 마음의 평화가 찾아왔다는 사실이 날 기쁘게 했다. 친구들은 하나같이 내게 말했다.

"너, 진작 이렇게 쉬어야 했다. 네가 이렇게 평화로운 표정을 짓는 거, 처음 본다."

"음, 아무래도 내가 일본에 오고 나서 과도하게 긴장한 상태로 하루하루 살아왔다는 생각이 들어. 그래서 언제나 벌레 씹은 표정으로 지냈지. 그런데 오키나와 해변은 날 바꿔주는군. 좀 더 푹 쉬고 싶어. 이곳은 날 편안하게 만들어주거든."

당시 내가 한 말은 진심이었다. 난 휴양지에서 완벽하게 여유를 만끽했다. 한동안 일본의 증시에 대해 신경을 쓰지 않았다. 돈은 충분했고 시간도 충분했다. 내 유일한 동반자는 투자 서적뿐이었지만 그걸로 충분했다. 투자 서적 몇 권과 편안한 옷, 그리고 자유로운 의지로 다니는 유랑 여행은 신선하게 날 자극했다. 그곳에서 난 생명을 다시 얻는 느낌이었다. 거친 목소리와 웅성대는 내부, 긴장감이 지속되는 의자에 앉아 있어야 하는 주식시장에 난 너무나 오래 있었다는 생각이 들었다. 그곳이 좋았지만 나도 어쩔 수 없는 사람이었다. 그런 곳에서는 심적 피로가 잔뜩 누적될 수밖에 없었던 것이다. 어쩌면 그래서 난 더욱더 주식 객장이 끝난 이후에 피로를 잊게 하는 환락의 나날을 즐겼던 것 같았다. 생각이 바뀌었다. 과거에는 주식 객장에서 그 상황을 파악하면서 투자했었다. 그러나 주식 객장과 멀리 있는 지금 정신이 또렷하고 맑아진다는 느낌을 받자, 오히려 주식 객장과 멀리 떨어져 있어야 투자가 더 잘 될 것 같다는 생각이 들었다.

'예술가들이 속세에서 벗어나 조용한 자기만의 공간에 있어야만 창조적 작품을 만들어내듯이, 나 역시 정신적으로 편안한 공간에 있어야 투자를 더 잘할 것 같다. 증권가는 사람을 극도의 스트레스로 몰아넣는다. 난 거기에 시달렸고 이제야 그럴 필요가 없다는 생각이 든다. 어쩌면 증권가에서 멀리 떨어져야 투자가 잘될지도 모른다!'

그 생각과 함께 며칠간의 나를 찾는 휴가를 끝내고 다시 도쿄로 왔다. 마음은 편안했다. 난 휴가 때 얻은 생각을 토대로 이사부터 했다. 도쿄 내에서도 가장 조용하고 복지가 잘 되어 있는 곳이었다. 주식 객장에도 자주 드나들지 않았다. 실시간으로 시세를 받아보지도 않았다. 단지 뉴스나 신문에서 나오는 시세와 그 차트만을 가지고 분석하기 시작했다. 이때부터 일 것이다. 난 주식 객장을 자주 가지 않게 되었고 오히려 내 일상 사생활에 정신을 쏟기 시작했다. 덕분에 생활패턴도 달라졌다. 예전에는 아침에 밥도 먹지 않고 바로 주식 객장에 가서 주식 분석을 하다가 3시에 장이 끝나면 집으로 돌아왔었다. 점심을 제대로 챙겨 먹지 못한 것은 말할 것도 없었다. 그러고는 좀 쉬다가 밤이 되면 친구들과 도쿄의 번화가를 쏘다니며 밤이 다 지날 때까지 놀았다. 한마디로 건전하지 못한 생활방식이었던 것이다.

그러나 이젠 새벽 6시에 일어나 우선 집 앞에 있는 공원을 한 바퀴 산책하면서 하루를 시작한다. 산책을 하면서 가만히 경제 상황을 머릿속으로 분석해 보고 주식시장의 모습을 분석했다. 머리가 상쾌했기에 두뇌 회전이 빨랐던 것은 말할 필요도 없었다. 산책 후에는 스스로 아침을 차려 먹는다. 아침은 절대 빼놓지 않고 먹게 되었다. 그렇게 아침을 먹고 신문과 책을 들고 밖으로 나간다. 딱히 장소를 정하지는 않고 그저 발이 이끄는 대로 돌아다녔다. 어느 날은 요요기 공원에 갔고, 또 어느 날은 롯폰기에 갔다. 긴자 거리를 걷기도 하고, 신주쿠 사거리에 있는 조용한 카페에 가기도 했다. 그러고는 그곳에서 들고 갔던 신문을 읽으면서 경제의 흐름을 파악한 뒤, 다시 책을 읽기 시작한다. 마치 난 앙드레 코스톨라니처럼 생활하고 있었다!

책을 읽다가 점심 무렵에는 약속이 있으면 친구를 만났다. 그러고 난 뒤 주식시장이 끝나는 시각인 3시가 되면 근처에 있는 객장에 잠깐 들러 시세가 어떻게 끝났는지 확인하고 이내 나온다. 집에 다시 돌아와 이른 저녁식사를 한 뒤, 친구들과 놀거나 혹은 집에서 쉰다. 이때 친구들과 놀러 나가도 꼭 10시까지는 집으로 돌아왔다. 정신적으로 절대 망가지고 싶지 않았던 것이다. 그러고는 11시쯤에 잠자리에 들었다. 7시간 정도의 숙면을 마치고 다시 새벽 6시에 일어나 하루를 시작했다.

이 같은 생체리듬의 변화는 내 주식 투자에 결정적인 도움을 주었다. 정신적으로 난 이미 남들보다 우위에 있었다. 그게 중요했다. 정신적으로 강해야 주식시장에서 강한 것이다. 카지노에서 승리하기 위한 가장 중요한 요건은 바로 충분한 휴식과 함께 정신적 청량감이라고 한다. 내가 보기엔 주식시장도 마찬가지였다. 휴식을 많이 취하고 정신적으로 여유로워야 시장을 더 정확히 파악할 수 있었다. 그래서 난 이때부터 인내라는 용어를 사용하지 않게 되었다. 이제 난 인내하지 않았다. 인내는 참 좋은 단어이긴 하지만 그 말 속에는 자신의 본성을 억누른다는 부정적 뜻이 포함되어 있다. 난 이미 생활패턴이 바뀌었기에 날 억누를 필요가 없어졌다. 인내 대신 나는 여유를 가졌다. 시세가 오르든 떨어지든 그것들을 의연하게 바라볼 수 있는 여유. 이제 더 이상 시세에 민감하지 않았고 추세는 더 확실하게 보였다.

　내 생활에 만족하며 어느새 가을이 지나 겨울을 맞이했다. 그날도 어김없이 규칙적인 하루를 보내고 있었다. 3시가 되어 주식시장을 가보았다. 시세를 확인했는데 뭔가 이상했다. 이틀 전에 하락을 한 번 했었는데 하락 이후 반등이 불안정했다. 반등을 하다가 떨어지기도 하면서 지지부진한 모습으로 반등하는 거였다. 결국 매우 약하게 반등했다. 그리고 다시 하루가 지나 오늘, 또다시 주가는 위아래로 격렬하게 변동하기만 할 뿐 반등하지 않았다. 난 이상한 조짐을 파악했다. 기다리던 조짐이 온 것이다. 하지만 아직은 알 수 없었다. 난 여유로웠기에 조급하게 바로 약세장이라 판단하지는 않았다. 아마 내가 주식 객장에서 하루를 보내던 과거였다면 곧바로 흥분했을 것이다. 하지만 이젠 정신적으로 여유로운 생활이었기에 별 느낌이 없었다. 그리고 확실하지도 않았다. 확신을 원했던 나에겐 아직 거래를 할 만한 마음이 들지 않았다. 그래서 난 또다시 그냥 넘어갔다. 그렇게 며칠이 지났다. 그런데 시간이 지나면 지날수록 점점 더 이상했다. 거래량은 높았지만 가격의 상승이 없었던 날도 있던 것이다. 난 직감했다.

　'이제 현명한 투자자들이 팔아젖히기 시작했다. 그리고 무지한 대중이 그 같은 물량을 다 사들이고 있구나. 그래서 이렇게

거래량이 솟아나도 가격의 변화가 없는 것이로군. 이제 약세장의 전초가 보이는 거다.'

난 침착했다. 감정적으로 흥분하지도 않고 이 지지부진한 횡보 장을 계속 주시했다. 그러면서 내 전용 거래 증권사에 가서 대주거래 계좌를 만들었다. 이제 나도 만반의 준비를 해야 할 시간이 온 것이다. 금세기 최고의 권투 선수였던 무하마드 알리의 말처럼, 나비처럼 날아서 벌처럼 쏘아야 했다. 이제 신문에서도 뉴스에서도 기사 내용은 지나치게 국민들이 투기 열풍에 쏠리고 있다는 말들이 나오기 시작했다. 그럼에도 불구하고 일본 국민들은 개의치 않고 계속적으로 투기를 했다. 만약 그들이 자신들의 모든 투기용 자금을 다 써버렸다면 어떻게 될까? 말인즉슨, 전쟁에 나섰는데 실컷 총을 난사한 뒤 총알이 다 떨어진 것이다. 그러면 어떻게 될까? 간단하다. 전쟁터에서 총알이 없으면 후퇴하거나 장렬히 전사할 뿐이다! 그리고 이제, 주식시장에서도 이 같은 상황이 벌어지기 시작했다. 막차는 이미 떠나고 없는데 수많은 사람들이 여전히 막차행 티켓을 구입하려 다투고 있었다!

드디어 광란의 1989년이 지나 1990년이 되자, 일본의 주가는 휘청거리기 시작했다. 신고가는 없었고 저항선은 결국 뚫리지 않았다. 주식시세는 낙하를 시작했다. 드디어 약세장이 출현한 것이다. 난 서두르지 않았다. 우선 새로운 지지선 파괴 모습만을 보고서 일본 시가총액 상위 7개의 주식을 각각 1,000주씩 총 7,000주를 공매도했다. 신용을 포함한 내 전체 자산의 30%였다. 그리고 느긋하게 아래로 하락하는 뚜렷한 추세를 기다렸다.

내가 그같이 공매도를 한 바로 다음 날, 주식은 모두 반등했다. 예상했던 일이었다. 평가손실이 발생했지만 30%의 자산 중에서 일부가 손실이 난 것이기에 난 전혀 거리낌이 없었다. 오히려 그 상황을 대중의 발악이라고 여겼다. 조용히 다시 차트를 바라보았다. 역시나 반등은 이전 신고가를 돌파하지 못하고 쓰러졌다. 그리고 다음 날, 정확히 1990년 1월 4일, 드디어 일본의 거의 모든 주식이 거대한 하락을 몰고 왔다! 니케이 지수는 완벽하게 아래를 향하기 시작했다. 이건 역사적 하락이었고, 일본 투자자들에게 심각한 의문을 제기하는 것이었다. 드디어 내 계좌에서 수익이 발생했다. 나는 짧게 끝내고 싶었지만, 사소한 반등조차 보이지 않았다. 오히려 하락은 가속되었다. 나는 이 같은 하락세를 보자 한 번 더 각각 1,000주씩 추가로 공매도 주문을 냈다. 내 계좌의 60%가 쓰였다. 난 안정적으로 자금을 운용하고 싶었기에 60%에서 멈추었다. 그러고는 다시 침착하게 근처 공원의 벤치에 앉아 지금의 상황을 판단하고 내 행동을 점검하기 시작했다. 난 예전처럼 바보같이 물타기를 하지도 않았다. 오히려 추가 공매도를 통해 내 하락 포지션을 더 굳건하게 다졌다. 이제 다시 기다렸다. 아마 대중들은 이 같은 하락을 점차 눈치챌 것이다. 그러나 그중에서도 무지한 몇 명은 아직도 이 상황을 조정이라고 판단할 것이고 그에 따라 또다시 미미한 반등이 올 것이 확실했다. 여기까지 생각이 이르자 난 더 이상의 공매도 주문을 내지 않고 다음 반등을 기다렸다. 그리고 며칠이 지나자 정말로 과거의 반등보다도 더 큰 반등이 왔다. 그 반등은 꽤나 강했다. 정말로 대중들은 상승을 바라는 모양이었다. 나는 반등이 보이자 바로 대주물량을 거두었다. 그들의 그 같은 헛된 바람은 무리한 지지선을 만들었다. 즉, 내가 공매도한 주식들 중 대부분이 어느 가격대에서 더 이상 아래로 하락하지 않고 받치기 시작했다. W의 모습이 또다시 나타난 것이다. 과거에 난 강세장에서 이 W를 6주간 참았다. 지금도 같은 상황이었다. 다만 심리선이 강세장일 땐 저항선이었지만 지금은 지지선이란 차이만 있을 뿐이었다. 난 느긋하게 기다렸다. 정말 느긋했다. 친구들은 내가 약세장에서도 돈을 번다는 말을 듣자 너 나 할 것 없이 돈을 맡겼다. 난 더 크게 거래할 수 있는 여건이 생겼다. 이제 정말로 큰돈을 벌 준비가 다 된 것이다.

그렇게 5일이 지났다. 드디어 추세는 지지선도 이탈했다. 이제 정말로 가시적으로 하락세가 뚜렷하게 보였다. 난 하락하는 모습을 보면서 내가 공매도한 7종목에 다시 한 번 각각

1,000주를 공매도했다. 지지선의 파괴는 내게 심리적 안정감을 증대시켰다. 어찌 보면 놀랄 만한 규모의 대주거래였지만 난 눈 하나 깜빡이지 않았다. 내가 담력이 대단해서가 아니었다. 너무나도 오랜 시간 동안 이날을 기다려왔었고, 증권 객장에서 떨어진 조용한 장소에서 지내다 보니 감정적으로 대중보다 더 우위를 점했을 뿐이었다. 그렇게 난 내 공매도가 체결되는 모습을 담담히 바라보았다. 그 많은 주식이 전부 체결되고 나는 조용히 지냈다. 점차 사람들은 뉴스의 말을 듣고 흥분하기 시작했다. 이제야 일본의 경제 호황이 끝났다는 사실을 직감하기 시작한 것이다. 일본은 지나치게 큰 버블을 양성한 나머지 국민들에게 헛된 장밋빛 미래를 보여준 것이었다. 덕분에 돈에 눈이 먼 사람들은 뉴스를 보고도 여전히 매수를 외쳤다. 하지만 개인들이 매수를 외쳐도 주가는 꿈쩍이지 않았다. 오히려 금리 인상의 후폭풍으로 기업들의 유동성에 위기가 부각되고, 은행들의 말라버린 자금줄 때문에 무리한 부채 규모를 가진 기업들이 도산하기 시작했다. 나는 유동성 위기에 빠진 기업들에 1,000주씩 한 번 더 공매도 했다. 난 총 20,000주가 넘는 주식을 공매도한 셈이었다. 당시 일본 주가의 대부분은 매우 비쌌다. 그랬기에 내가 매도한 물량은 결코 작은 게 아니었다. 난 내가 허용할 수 있는 모든 레버리지Leverage를 최대한으로 이용한 것이었다!

내가 이렇게 시장에 공매도를 때려 넣고 며칠 뒤 단순히 주식시장의 하락이 아닌 일본 전체의 불황이 엄습했다. 롤러코스터로 보자면 이제 드디어 정점에서 고공낙하를 할 차례였던 것이다. 그리고 이틀 뒤, 시장은 초대형 폭락을 가져왔다. 니케이 지수는 초 단위로 낮아졌다. 사람들은 비명을 질렀고, 뉴스에서는 이를 대서특필했다. 그리고 일본의 모든 경제 관련 각료들이 모여 기자회견을 하기도 했다. 일본은 삽시간에 공포의 아수라장으로 변한 것이다.

난 이 모습도 가만히 지켜보았다. 내 전 재산과 그 이상의 돈을 신용을 통해 모두 공매도에 썼으므로 온 정신을 집중하고 지금의 상황에 주도면밀하게 대응해야 했다. 나는 바닷가로 갔다. 바다 풍경을 보면서 마음을 다스리고 상황을 올바르게 판단하기 위해서였다.

'살면서 처음으로 약세장을 바라보고 있다. 여기서 진정으로 내 존재를 확인할 테다.'

며칠이 지났다. 시장은 점점 더 급박해져 갔다. 그럴수록 난 점점 더 여유로워졌다. 이제 정말 지금의 추세를 확실하게 타고 있다는 생각이 들자 마음은 한없이 평화로웠다. 남은 일은 투입한 돈들이 날 대신해서 그 같은 시장의 흐름을 타고 평가이익을 내는 것이었다. 물론 그 와중에도 반등은 언제나 찾아왔다. 하지만 반등 역시 상승장에서의 조정과 다를 바가 없었다. 난 오히려 반등이 없으면 어쩌지 하고 걱정을 하던 차였다. 나는 반등 때마다 물량을 거두었다. 약세장에서의 반등이야말로 내겐 최적의 현금화 타이밍이었다. 역시나 반등이 있은 뒤에 주가는 다시금 지지선을 하회했다. 이제 주식 객장에서는 팔자는 말만 있을 뿐이었다. 누구도 사려는 사람이 없었다. 공급은 많은데 수요가 없다. 그렇다면 가격은 더 떨어질게 뻔하다! 실제로 이제 주가는 어디가 바닥인지 알 수 없을 정도로 가파르게 떨어졌다. 난 좀 더 지켜보았다. 과연 언제쯤 주가가 바닥을 칠지 궁금했다. 난 결코 많은 것을 알고서 투자한 게 아니다. 단지 큰 그림을 상당히 오래전부터 분석해 왔고, 이제 그 모든 노력을 보상받는 것에 불과했다.

13

밀짚모자는 겨울에 사라

　내가 공매도 행위를 반복하는 시간 동안 일본의 경제 수뇌부는 매우 바쁘게 일하는 듯했다. 그들은 일본의 경제를 다시 안정화시키는 데 온갖 노력을 다 기울였다. 그러나 내가 보기에는 그 같은 행동들은 다 임시방편에 지나지 않았다. 일본은 너무 무리하게 저금리 정책을 오래 유지하고 있었고, 이미 수많은 자금이 풀려 있는 상태에서 단숨에 몇조 엔이 증발한 상황을 어떻게 대처할 수 있단 말인가?

　하지만 그들의 노력이 결코 헛된 행위인 것만은 아니었다. 그들이 노력을 기울인 이후 약 3개월간은 정말로 좀 나아지는 듯이 보였다. 신문과 텔레비전은 연신 이제 위기는 끝났다는 말로 가득했고, 재무성의 고위 공무원이 나와 "일본에게 위기란 없습니다"라는 말을 쉴 새 없이 반복했다. 그리고 실제로 일본의 주식시장 역시 다시 상승을 시작하는 듯했다. 더 이상의 신저가는 존재하지 않았고, 오히려 새롭게 매수 세력이 나타나면서 시장의 판도는 점차 변화해 나가는 듯했다. 나 역시 이전에 여러 사람들에게서 공매도로 인한 질타를 받은 뒤라 이 같은 상승의 실마리를 놓치고 싶지 않았다. 난 바로 금융주와 자동차주, 그리고 건설주, 공업주까지 총 5개의 기업에 대해 각각 300주씩 총 1,500주를 매수했다. 난 진심으로 일본의 경제가 회복되길 기원했다.

그러나 그 같은 희망은 역시나 시장에선 부질없는 환상이었을까? 한동안 좀 오르는 듯하더니 다시 새로운 가격대를 만들어가지 못하고서 주춤거리는 게 아닌가! 난 갈등에 휩싸였다. 알 수 없는 위화감이 내 두뇌를 마비시키듯이 휘감고 있었다. 도저히 보유하고 싶다는 생각이 들지 않을 정도였다. 그러나 난 주변 사람들을 믿고 싶었고, 그들과 함께 새로운 강세장이 오길 바란다는 희망을 놓지 않고 있었다. 결국 난 애매한 움직임 가운데에서 여전히 1,500주를 보유했다.

난 지금껏 살면서 스스로에 대한 믿음을 매우 강하게 가지고 있던 사람이었다. 그러나 생전 처음 경험한 전혀 다른 모습의 시장은 내 소신을 꺾기에 충분했고, 그에 따라 내 투자 방식에 영향을 주었다. 그리고 그렇게 자신을 믿지 못한 채 외부의 영향을 받아 투자하면 좋을 게 없다는 사실이 지금 바로 눈앞에서 나타나기 시작했다. 그건 바로 나, 내 자신의 손실로 온 것이다!

    일본 정부의 노력으로 시작된 시장의 상승은 결국 약세장 속에서의 베어마켓 랠리에 지나지 않았다. 상승하던 주식시장은 다시금 추락하기 시작했던 것이다. 내가 생각했던 것보다 일본의 불황은 그 뿌리가 더욱 깊고 무시무시했다. 그 뇌관은 바로 부동산 버블의 붕괴였다! 사실 난 부동산이야말로 가장 안전하게 돈을 벌 수 있는 수단이라는 생각을 갖고 살았다. 그건 일본 국민들 역시 굳게 믿던 사실이었다. 그래서인지 부동산 불패 신화를 갖고 있던 나는 일본의 부동산 역시 결코 겨울이 오지 않을 것이라는 생각에 사로잡혀 있었다. 그러나 그건 애송이의 망상에 불과했다. 일본의 버블 붕괴의 가장 거대한 화약고는 바로 부동산 버블이었다. 금리 인상에 따라 부동산 대출 만기 채무를 갚지 못하는 투자자들 덕분에 부동산에서도 버블이 차차 붕괴되기 시작했다. 도쿄 내 땅값과 오피스 빌딩의 가격 하락이 보도되자 일본 열도가 들썩이기 시작했다. 그때부터 주식시장도 부동산의 버블 붕괴에 동참하듯이 다시금 강하게 하락을 시작했다. 그렇게 일주일이 지나자 내 1,500주는 거들떠보기도 싫어질 지경까지 떨어졌다. 당시의 하락은 내 손절 지점을 훨씬 밑도는 것이었다. 나는 체결에 어려움을 겪었고, 원하는 가격 지점에서 매도할 수 없었다. 끊임없이 더 낮은 가격에 처분해야 했다. 난 투자 금액에서 무려 30%나 하락한 지점에서야 비로소 모든 주식을 처분할 수 있었다. 그러고는 사람들의 말을 무시하고 다시금 새롭게 그 1,500주를 모두 동일한 종목으로 공매도했다.

이제 일본의 주식과 부동산 시장은 엄청난 공포 속에서 결과적으로 대폭락을 가져왔다. 꿈만 같던 80년대의 영광은 초 단위로 박살나고 있었다. 일본의 버블 붕괴 모습은 정말 상상을 초월했다. 가시적으로 시장에서 보여준 곰떼들의 습격도 그러하거니와, 그보다도 더 놀란 사실은 바로 일본인들의 모습이었다. 희망과 기쁨에 들떠 있던 세계 2위의 경제 대국에서 살아가는 국민들의 모습이 아니었다. 얼마 전까지만 해도 미국의 상징이었던 록펠러 빌딩을 사고서 자신감에 넘치던 일본인이었다. 그러나 지금은 투신자살하는 부동산 업자의 모습이 언론에 보도되고 있었다. 대부분의 중산층은 부동산과 주식가격의 하락으로 망연자실했다. 일본인들의 얼굴에서 웃음기가 사라지고 먹구름이 드리워졌다. 그리고 그건 일본인들을 먹여살리던 기업들의 붕괴가 한몫했다. 신입사원이 모자라 면접만 봐도 바로 채용하여 급여를 주고, 하와이 사원 연수는 기본으로 이수하게 하던 일본의 기업들이었다. 그렇게 세계를 호령하던 일본의 기업도 장부상 자산가치가 감소하고 눈덩이처럼 불어나는 부채로 인하여 숨통이 조여 들어갔다. 채무에 허덕이는 회사는 당연히 그 주가 역시 빠르게 하락했다. 주가가 떨어지면서 내 계좌는 빠르게 성장했다. 나는 주식이 폭락할 때마다 몸속 깊이 솟구치는 무언가를 느낄 수 있었다. 그건 일종의 쾌감이었다.

나는 나도 모르는 사이에 쾌감을 느끼며 돈을 벌어나갔다. 이건 도덕적 문제에 직면할 수 있는 사안이었고 나 역시 그래선 안 된다는 사실을 잘 알았지만, 공매도 행위는 도저히 멈출 수 없었다. 시장이 반등 없이 하락을 계속하는데 어떻게 매수를 취할 수 있단 말인가. 나는 계속 대주거래를 해나갔다. 그런데 일본 정부에서 시장의 공매도 제한 조치와 더불어 증권사에서도 대주 가능한 주식의 물량 및 종목에 제한을 걸었다. 이는 내게 있어 대주거래에 큰 차질을 빚게 했다. 나는 소량의 주식만 공매도할 수 있었고, 그 규모는 너무 작아서 의미가 없을 정도였다. 결국 나는 일본 정부의 의도에 따라 일본에서의 공매도 행동을 마무리 지었다.

나는 모든 행동이 끝난 이후 내 계좌의 실제 이익을 계산해 보았다. 이익은 기간 대비 상당한 양이었다. 하지만 내게 무엇보다 더 중요한 사실은 '결코 호황만이 영원한 시장이란 없다'는 점을 배울 수 있었다는 점이었다. 단순히 글이나 말이 아닌 내 몸으로 직접 체득한 것이었고, 이건 내 투자에 있어서 거대한 발전이었다. 실제로 1980년대 일본의 경제 성장은 너무 대단해서 감히 누가 불황을 말할 수 없을 정도였다. 당시 도쿄의 부동산 전부의 가격이 미국 대륙 전체 가격과 맞먹을 정도였다. 하지만 시장은 항상 양면성을 가진 야누스적인 존재였고 나는 그 반대편 얼굴을 보았다. 그리고 이러한 야누스의 모습은 투자자들의 행동 때문에 나타난다는 사실을 절실히 깨달을 수 있었다.

난 이때부터 점점 더 시장의 존재를 장기간으로 바라보기 시작했고, 자신의 소신대로 반드시 거래해야 한다는 사실을 알았다. 나는 투자에 대해 새로운 시각을 가지기 시작했다. 투자 자체는 단기매매를 고수했지만, 시장 자체에 대한 분석과 그 흐름 자체는 단기적으로 보지 않고 장기적인 관점에서 호황과 불황을 파악하게 되었던 것이다. 사실 어떤 측면에서는 장기 투자자들이 더욱 현명하다고 생각되기도 했다. 장기 투자자들의 주장은 언제나 한결같다.

주식이 싸졌을 때 사서 비싸질 때까지 기다려라.

난 여태까지 이 말을 무시했다. 완전히 무시했었다. 무시를 넘어서 이 말이 주식 투자에 있어서 얼마나 비논리적인지를 증명하기 위해 노력했었다. 하지만 더 많은 경험을 쌓아나가면서, 나는 논리적으로 이 말도 일리가 있다는 사실을 이제야 깨닫게 되었다. 주식이 싸졌다는 것은 주식시장이 약세장이라는 것이고, 비싸질 때까지 기다리라는 것은 강세장이 오게 되어 주가가 장기적 흐름을 타고 상승한다는 뜻이었다. 난 그제야 투자자들이 가지고 있는 수많은 편견 속에서 벗어날 수 있었다. 그리고 그 편견은 절대적으로 무의미한 것들이고, 투자 기법 자체는 모든 것들이 다 옳다는 사실 역시 받아들일 수 있었다.

사람들은 대개 투자 기법이 뭐냐고 물어보면 세 가지 중 하나로 답한다. 기술적 분석, 기본적 분석, 그리고 추세 추종이다. 이 방법들은 각각의 장점과 단점이 있었고, 사람들은 각기 자신의 방법이 최상이라고 주장하였다. 그래서 난 이 세 가지 방법을 다 따로따로 생각했었다. 하지만 진리는 그게 아니었다. 진리는 바로 이 세 가지 방법 모두 시장이 가지는 호황과 불황의 흐름을 이용해 차익을 벌어들이는 추세 추종으로 묶인다는 것이다. 난 드디어 깨달았다. 난 다시 한 단계 발전했다. 결국 세 가지 모두 주식시장의 흐름을 따른다는 것!

내가 이렇게 말하면 아마 몇몇 사람들이 의문을 제기할 것이다. 이를테면 "기본적 분석 투자는 쌀 때 사서 비쌀 때 판다는 신조를 가지고 있지만 추세 추종은 비쌀 때 사서 쌀 때 판다는 신조를 가지고 있소. 그런데 도대체 뭐가 같다는 것이오?"라고 물을 것이다. 나 역시 과거에는 이 같은 논리를 가지고 있었다. 하지만 이젠 아니다. 난 이렇게 답변해줄 것이다.

"우선 기본적 분석 투자자들이 쌀 때 사서 비쌀 때 판다는 말은 곧 약세장의 한복판에 매수해서 강세장의 한복판에 판다는 뜻이오. 그렇다면 추세 추종을 생각해 보겠소. 추세 추종이 말하는 비싸게 사서 싸게 판다는 말은 시장의 흐름과 관련이 있소. 즉, 비싸게 산다는 말은 새롭게 강세장이 시작될 때, 그 강세장 속에서 새롭게 신고가가 생길 때 매수한다는 것이오. 그리고 싸게 판다는 말은 약세장이 시작될 때, 그 약세장 속에서 새로운 신저가가 생길 때 매도한다는 것이오. 그리고 싸질수록 우린 공매도를 할 뿐이고. 즉, 우리는 시장의 흐름을 확인하기 위해 이같이 표현을 할 뿐인 것이오. 결국 둘 다 같은 생각을 가지고 투자하며, 다만 매수하는 시기에 대해 약간의 차이를 가질 뿐이오. 추세 추종이 약간씩 늦게 거래하고, 가치 투자자가 약간씩 일찍 거래한다 이거요."

또는 이렇게 물어볼 것이다.

"기본적 분석가는 금리나 고용지표, GDP, 환율 및 기업 가치를 의미하는 PER, ROE 등을 중요하게 살펴봅니다. 과연 그러한 것들이 추세 추종과 무슨 상관이 있단 말이오?"

이것 역시 이렇게 답할 수 있었다.

"물론 다양한 지표들이 중요시됩니다. 그러나 내가 말하고 싶은 건 이것들 자체가 중요하다는 게 아닙니다. 이걸 보고 판단하는 사람들의 심리가 중요하다는 것이지요. 간단하게 금리를 보도록 합시다. 통상 금리가 낮아지면 시중에는 더 많은 유동성이 확보되어 돈이 많아집니다. 이러한 돈들은 기업, 가계의 입장에서 새롭게 투자가 되어야 하지요. 결국 그들은 투자자가 되는 겁니다. 그렇다면 그러한 투자자들은 투자가치가 있는 그 무언가에 돈을 투자할 것이고, 그중에서 가장 대표적인 게 바로 주식입니다. 결국 투자자가 된 기업과 가계가 풍부한 유동성을 바탕으로 주식에 돈을 넣는 겁니다. 그리고 그 방향은 금리가 오르지 않는 한 계속되겠죠. 그러한 이유로 하나의 거대한 흐름을 생성하게 됩니다. 이와 같은 구조로 지표들은 투자자들에게 영향을 끼칩니다. 다시 투자자는 그 영향을 기반으로 투자심리를 형성하고, 결국 시장의 흐름을 만들어 나갑니다. 따라서 다양한 지표에 기반을 둔 기본적 분석가 역시 결국은 시장의 흐름을 따라가는 것과 같습니다."

그리고 기술적 분석가들도 물어볼 것이다.

"기술적 분석은 차트와 가격을 가지고 판단하오. 하지만 기본적 분석가는 거시적인 시장의 상황과 기업 가치를 보고 판단하오. 완전히 다른 게 아니오?"

그럼 난 이같이 대답할 수 있었다.

"당신 말이 맞습니다. 하지만 내가 말한 기술적 분석을 조금 다르게 이해한 것 같군요. 내 말은 이 두 가지가 궁극적으로 의미하는 바예요. 이 두 가지 모두 인간의 심리와 연관되어 있다는 것이죠. 기술적 분석은 차트를 통해 인간의 심리를 파악하는 것이고, 기본적 분석은 기업의 가치와 경제적 상황을 통해 인간의 심리를 파악하는 것이에요. 그리고 추세는 인간의 심리로 만들어진 산물이고요. 그렇기에 난 이 두 가지를 완전히 다른 것으로 보지 않는다는 말입니다."

이렇듯 난 정말 중요한 사실을 비로소 깨닫게 되었다. 투자를 시작하고서 가장 큰 배움이었다. 난 그때부터 투자를 전쟁이라 보지 않았다. 그리고 더 유연하게 생각하기 시작했다. 투자 방법은 서로 대립해서는 안 되는 것이었다. 양쪽의 방향을 모두 취하고 그를 통해 시장의 흐름을 이해하는 게 중요했다. 나는 시장이 가지는 호황과 불황의 흐름을 대단히 중요하게 생각했고, 비록 단기매매를 하더라도 그 흐름을 항상 파악하기 위해 노력해야 한다는 사실을 마음에 새겼다. 결국 모든 게 다 옳은 행동이었다.

하지만 안타깝게도 대부분의 투자자들은 서로 자신의 투자 기법이 옳다고만 주장한다. 그리고 그것은 1990년의 일본에서도 다를 바가 없었다. 말했듯이 일본은 거품이 붕괴되고 황폐해졌다. 그럼에도 같이 투자를 했던 내 주변의 동료들은 여전히 미련을 버리지 못하고 있었다. 그들은 잃은 돈을 만회하고자 끊임없이 투자했다. 시장은 지옥 같은 하락의 연속이었지만 그들은 하락할 때마다 계속 주식을 매입했다. 한마디로 그들은 물타기를 하고 있었던 것이다. 내가 1979년에 했던 잘못을 그들은 지금 하고 있었다. 당시 나와 가장 친했던 투자 동료 센고쿠를 비롯한 강세장 투자자들은 시장의 하락에 맞섰다. 하지만 모든 강세장 투자자들은 시장의 하락을 이기지 못하고 쓰러졌고, 센고쿠는 파산을 신청했다. 그들은 모두 80년대에 나와 함께 시장의 축복을 맘껏 누렸던 동료들이었다. 이건 동료의 위기였다. 나는 예전부터 친했던 그들을 찾아갔다. 그리고 난 거기서 망연자실한 표정을 지으며 의자에 앉아 있는 센고쿠를 볼 수 있었다. 그는 날 보더니 씩 웃으며 말을 걸었다.

"이봐, 자네는 빌려서 매도했다며?"

"그래. 하지만 그것도 일본 정부가 제한을 걸었어. 나 지금은 완전히 손을 뗐어."

"그래, 결국에 자네가 이겼군. 어쩌면 그게 당연한 건지도 몰라. 우리는 말이야, 어떻게 보면 조국의 불황을 거부했기에 돈을 잃은 거야."

"무슨 말이야. 이건 투자라고!"

"물론 주식은 투자 행위지, 투기이기도 하고! 그런데 말이야, 우리는 일본인이야. 여기서 태어나고 자랐어. 여기서 생활해 왔고 여기에 국적을 두고 있지. 우리는 80년대의 영광이 좋았어. 단순히 개인적으로 큰 부를 누리는 것 이상으로 국가의 부유함 자체를 볼 수 있다는 사실에 행복했지. 아마 자네도 잘 알 거야. 한국 역시 큰 발전을 하고 있으니까. 그게 국민의 한 사람으로서 얼마나 자랑스럽고 영광스러운지 말로 다 할 수 없어. 우리의 기업들이 열심히 성장해 외화를 벌어들이고, 우리를 업신여겼던 다른 강대국들과 어깨를 나란히 하며 당당하게 세계시장에 진출하는 모습을 보며 마음이 요동쳤지. 그리고 그 회사들의 주식을 보유하고 있다는 사실에 난 말할 수 없을 정도로 큰 자부심을 느꼈어. 그래, 우리도 할 수 있다. 우리 기업이 만든 제품이 세계에서 가장 좋고 훌륭하다. 세계가 일본을 인정한다. 이제 세계 1위 자리만 탈환하면 된다! 그런데……"

그는 울컥했는지 말을 잇지 못했다. 그의 상기된 표정에는 기쁨과 슬픔이 교차하고 있었다.

"이제 그만해. 무슨 뜻인지 알겠네. 그러니……"

나는 그를 위로하고 싶었다.

"아니, 자네는 몰라! 왜냐하면 자국민이 아니니까! 나는 지금 자네를 비난하거나 질책하는 게 아닐세. 다만 이번 하락장에서 자네와 우리들 사이에는 관점의 차이가 분명 존재할 수밖에 없었다는 걸 말하고 싶었다네. 조국의 불황이 어떻게 자국민과 타국민에게 같아 보이겠는가. 자네는 투자자로서 잘 해냈네. 하지만 우린 투자자로서는 이번에 완벽하게 낙제일세.

우린 일본의 호황을 다시금 보고 싶어 했다네. 그게 패배의 이유야."

"그만하게. 불황 뒤에는 다시 호황이 온다네. 다시 돈 벌 날이 올 거야. 패배라는 말은 쓰지 말게."

"그래. 하지만 난 이미 많은 걸 잃었다네. 꿈같던 시간들이 끝났어. 꿈에서 깨어나니 현실은 최악이더군. 난 패배한 투자자지만, 자네에게 한 가지 해주고 싶은 말이 있다네."

"그래, 말해 보게나."

"절대 투자를 하면서 그 어디에도 휘둘리지 말게. 심지어 애국심도 안 된다네. 오로지, 오로지 자네의 수익만을 생각하게."

"……그래. 꼭 그렇게 하겠네."

"그리고 또 있어. 이게 더 중요한 거야."

"무엇인가?"

"안정된 기반을 만들어놓게. 이건 정말 중요해. 자네가 여기 일본에서 재일교포 여자를 만나 교제하고 있다고 얘길 들었어. 축하하네. 결혼을 염두에 두고 있나?"

그는 이제야 살짝 펴진 얼굴로 웃음기를 보이며 물었다. 나도 풀어진 얼굴로 대답했다.

"그래, 나도 이제 가정을 꾸려야지 않겠나?"

"그것 참 좋은 소식이군! 내가 자네의 동료로서, 가장이 되려 하는 자네에게 조언하지. 우리 같은 투자자는 말이야, 항상 최악의 상황을 준비해야 해. 그리고 그 최악의 상황이 언제든지 우리에게 올 수 있다는 사실을 받아들여야 하지. 그렇기에 자네가 그녀와 결혼을 한다면, 반드시 자네의 집을 가지게. 그리고 안정된 기반을 만들게. 예를 들면, 우리가 예전부터 시기했던 상가 임대업 같은 일이 좋겠군. 자네가 이번에 벌어들인 돈이라면 도심에서 벗어난 지역의 상가를 살 수 있을 걸세. 그게 항상 자네의 가정에게 든든한 보호 장치가 되어줄 걸세. 나는 말이야, 그런 걸 하지 않았어. 오로지 전업으로 투자만을 했지. 그래서 지금 나는 내 가족들을 굶겨야 한다네. 믿어지는가? 내가 가장 사랑하는 사람들을 지켜주지 못하고 있단 말일세."

다시 감정이 격해져 눈물까지 보인 그는 계속 거칠게 말했다.

"투자자는 위험해. 항상 위험해. 하지만 자기가 사랑하는 사람은 지켜내야 한다네. 그러니 지금 내게 맹세하게. 자네가 결혼을 하게 된다면 당장 부동산을 사들인다고. 지금은 값도 싸서 시기도 아주 좋아. 그리고 그 부동산을 통해 자네 투자업이 위기에 처하더라도 결코 자네가 사랑하는 사람을 위험에 빠뜨리진 않도록 하게. 절대 나 같은 사람이 되지 말게나. 부탁일세. 맹세해 주게."

나 역시 그의 구구절절한 진실된 말을 들으며 눈물을 흘리지 않을 수 없었다. 나는 바로 대답했다.

"그래, 알겠네. 맹세하네. 자네 말을 지키겠네. 그리고 정말 고맙네."

"무슨 소릴! 자, 이제 나가봐. 나도 좀 쉬고 싶네. 쉬고 싶어."

나는 알겠다고 한 뒤 자리를 비켜주었다. 그의 말은 진실되었고 또한 현실적이었다. 투자자는 항상 위험을 안고 살아간다. 하지만 위험을 안고 간다는 이유로 사랑하는 사람들까지 위험에 빠뜨릴 수는 없었다. 이건 대단히 중요한 사실이었다. 나는 지금까지 홀로 생활했기에 나 개인만이 중요했다. 그랬기에 투자에 위험이 찾아오면 내 개인적인 고생만 짊어지면 되었다. 하지만 난 앞으로 가정을 꾸려야 했다. 그리고 그 말은 위험이 왔을 때 나 하나만의 고생으로 끝나지 않는다는 사실을 의미했다.

'그래, 그의 말은 정말 옳다. 진정 가치 있는 말이었어. 이건 나아가 심리적으로도 안정을 가져다주어 더 좋은 투자를 하는 데 도움을 줄 것이다.'

난 버블 폭락으로 싸게 나온 집을 하나 구입했고, 상가도 하나 구입해 임대를 놓았다. 그렇게 안정된 생활 구조를 완성시킨 뒤 투자를 계속했다. 그러던 중 나는 내게 좋은 충고를 해주었던 센고쿠의 이야기를 전해 들었다. 그는 자신이 일하던 사무실이 있는 빌딩 꼭대기 층에서 뛰어내렸다고 했다. 그리고 그 사망 보험금은 그의 유족들에게 건네졌다. 결국 그는 가정을 위해 자신의 목숨을 내놓은 것이었다! 이 슬픈 소식에 나는 형언하기 어려운 분노와 슬픔을 동시에 느꼈다. 그리고 주식 투자라는 행위가 얼마나 위험한지를 다시 한 번 뼛속 깊이 새길 수 있었다. 일본의 불황은 그런 비극을 계속 연출해 나갔다. 난 그게 불황의 본질이란 걸 깨달았다. 투자자는 어떠한 위기 속에서도 반드시 살아남아야 한다는 것도.

14

인간을 움직이는 두 개의 지혜는 공포와 이익이다

　1992년이 찾아왔다. 동료의 귀중한 충고 덕분에 나는 안정된 생활 속에서 투자를 계속했다. 그러나 계속된 일본의 불황 속에서 투자에 별 재미를 보지는 못하고 있었다. 물론 무리해서 대주거래를 계속해 나갈 수 있었지만 그 방법은 상당히 위험했다. 다량의 차명계좌와 큰 규모의 자금이 필요했다. 나는 그런 행동을 취하고 싶지 않았을 뿐더러, 더 이상의 공매도 행위도 하고 싶지 않았다. 무엇보다도 이건 욕심의 문제였고, 나는 욕심 때문에 무리한 투자를 감행하는 것은 절대 옳은 투자행위가 아니라고 생각했다. 월스트리트의 유명한 격언 중에 '월스트리트에서는 황소도 돈을 벌고 곰도 돈을 벌지만 탐욕스런 돼지만은 목이 잘린다'라는 말이 정확했다. 난 적어도 황소(상승장 투자자)나 곰(하락장 투자자)이 되어 돈을 벌고 싶었지, 탐욕스런 돼지가 되어 목이 잘리긴 싫었다. 나는 미련 없이 그 같은 행위를 취하지 않기로 하고 대신 새로운 투자처를 찾기로 했다. 주식 이외에 부동산이나 채권, 선물, 외환 등에 흥미를 가지고 그것들을 연구하기 시작했다.

그러던 어느 날이었다. 저녁 7시가 다 돼가는 무렵에 상당히 재미있는 전화가 한 통 걸려왔다. 전화는 매크로 헤지펀드를 운용하고 있었던 펀드매니저에게 걸려온 것이었다. 그 펀드는 일본 엔화를 비롯한 세계 각국의 외환에 집중적으로 투자하는 이른바 FX Forex Exchange 전문 헤지펀드였다. 오랜만에 걸려온 그의 전화였기에 난 반갑게 통화하면서 미국과 유럽의 시장이 어떤지 조언을 구했다. 그랬더니 그가 거두절미하고 심각한 말투로 내게 시장 이야기를 꺼냈다.

"자네, 아직도 영란은행의 위기를 모르나?"

난 영문을 몰라 물었다.

"영란은행? 영국의 중앙은행을 말하는 건가?"

"그렇다네. 지금 영란은행은 우리 헤지펀드들 사이에서 화제의 가십거리지. 영국이 유럽 간 고정환율로 고생하고 있다네."

"환율이라. 난 환율에는 사실 젬병이라네."

사실 나는 환율에 대해서는 경제학적인 약간의 지식만을 가지고 있었을 뿐 그 외의 것은 잘 몰랐다. 그랬더니 그는 놀라며 내게 말했다.

"이봐, 환율을 모른다니 큰일이군! 난 자네에게 고급 정보를 주려 했는데 말이야. 모른다면 소용없네."

"하하, 모른다는 게 아예 모른다는 말인 줄 아나? 그저 그걸로 돈을 벌 만한 충분한 공부를 하지 않았다는 뜻일세. 점점 궁금해지는군. 내가 비록 문외한이지만 한번 들어나 보자고."

"그럼 좋아. 내가 얘기해 주지."

그는 잠시 뜸을 들인 후 말을 이었다.

"지금 현재 전 세계 헤지펀드들은 영란은행을 상대로 전쟁을 펼치고 있다네."

"전쟁? 어떤 방식으로?"

"파운드화를 대규모로 팔아젖히고 있다네."

"파운드화를?"

"외환시장은 주식시장보다도 훨씬 규모가 크지. 거기에 증거금도 낮고 레버리지도 매우 높게 가져갈 수 있는 매력적인 시장이지. 게다가 체결도 매우 원활하다네. 그런데 지금 그런 외환시장에 비상이 걸릴 정도의 파운드화 매도가 이루어지고 있다네."

"도대체 참여자들이 얼마를 팔고 있단 말인가?"

"나도 모르겠네. 참여자는 전 세계적으로 매우 많아. 사실 내가 자네에게 전화한 것도 이 때문일세."

"뭐? 지금 나보고 파운드화 매도라도 하란 말인가?"

잠시 몇 초간 전화기에서 침묵이 흘러갔다. 이윽고 그는 천천히 입을 뗐다.

"이보게나. 이건 정말 최고의 기회일세!"

"자네가 외환 투자에 있어 상당한 전문가라는 건 나도 잘 안다네. 그래서 자네 말을 믿어. 하지만 내 투자 감각은 아직 자네 말을 완전하게 믿지는 못한다네. 나는 내가 직접 확인하기 전까지는 투자할 생각이 없다네."

"그래? 좋아. 불확실한 정보는 듣지 않는다 이거지. 그렇다면 영란은행이 지금 어떤 상황인지 자네 스스로 보고 스스로 투자해 보게나. 난 결코 자네에게 이상한 소릴 한 게 아닐세. 지금 당장 파운드화와 관련된 모든 환율 차트를 보게. 그럼 이만 끊겠네."

그렇게 수화기에서 그의 목소리는 사라졌다. 떨떠름했다. 오랜만에 전화한 동료가 전해 주는 시장 정보가 당황스럽기도 했지만 그가 이런 사실을 함부로 말할 사람이 아니라는 것은 누구보다 내가 잘 알고 있었다. 상황이 심상찮아 보였고, 나는 영란은행의 상황이 궁금해졌다. 환율에 관해서는 잘 아는 바가 없었지만 가격 흐름을 살펴보기 위해 파운드화와 관련된 차트들을 살펴보기 시작했다.

실제로 난 차트에서 전혀 이상한 느낌을 받지 못했다. 물론 약간의 하락 추세가 보이긴 했지만 꼭 투자를 감행하고 싶은 그런 모습을 보여주진 않았다. 아직 시간이 더 필요했다. 그의 전화를 받고 내가 살펴보기 시작한 날은 광복절 이후 일주일 뒤였으므로 8월 22일이었다. 당시의 영국 중앙은행 금리와 외환 차트는 중요한 게 아니었다. 그날을 기준으로 과거와의 추세가 어땠는지가 중요했다. 난 특별한 뭔가를 발견해 내지는 못했다. 다만 그날 이후부터 난 영국의 금리를 살펴보기 시작했다. 금리는 외환시장에서 가장 중요한 지표 가운데 하나였다. 금리의 아주 사소한 상승과 하락만으로도 외환시장에서는 놀라운 가격의 격차를 체험할 수 있게 해주었다. 그리고 무엇보다도 영국 중앙은행인 영란은행 자체와의 대결이라는 그의 말을 미루어볼 때, 영란은행의 금리 조절과 결부되어 있다는 사실을 파악할 수 있었다. 또한 금리와 더불어 외환 차트를 계속 살폈다. 결국 새로운 투자처를 찾던 내게 영란은행의 금리 양상은 상당한 흥미를 불러일으켰다.

사실 영국이 구체적으로 어떤 경제적 불리함을 가지고 있었는지는 정확히 알지 못했다. 환율이 어떤 요인으로 변화하는지도 몰랐고 변동 폭도 잘 알지 못했다. 난 그저 환율의 흐름만을 파악할 수 있었다. 그렇기에 나는 계속 관찰해 나갔다.

그런데 22일 이후 2주간 영국의 금리 추이와 함께 파운드/달러, 파운드/마르크 환율 차트를 살펴보고서 뭔가 이상한 낌새를 느끼기 시작했다. 때는 9월 초였다. 언제나 특수한 사건은 평범한 일상에서 시작되는 법이었다. 그날도 어김없이 난 영국의 차트를 보고 있었다. 차트는 변동 폭의 차이만 있을 뿐, 그 밖에는 별반 다를 바가 없었다. 그런데 평소와 다른 모습의 행동이 눈에 띄기 시작했다. 강렬하게 파운드화의 가치가 내려갔다가 다시 탄력적으로 튕겨 오르는 모습이 관찰되었다. 이 모습은 과거에도 자주 있었지만 이번에는 좀 더 강렬하게 움직였다. 마치 누군가가 파운드화를 인위적으로 거래하는 인상을 자아냈다. 하지만 단순히 이것만으로 파운드화가 평가절하된다는 사실은 알 수 없었다. 당시 영국은 고정금리 체제를 유지하고 있었다. 말인즉슨, 영국의 파운드화는 언제나 고정된 가치를 지니도록 인위적으로 국가가 지정했단 말이다. 이 말을 거꾸로 해석하자면, 지금 헤지펀드들은 영국의 중앙은행을 상대로 인위적으로 파운드화 가치를 낮추려는 한다는 것과 다름없었다.

난 슬슬 몸이 떨려왔다. 그러면서도 알 수 없는 외환에 관한 나의 궁금증이 결국 외환투자, 아니 투기를 향한 집착으로 이끌었다. 나는 그 매니저에게 다시 전화를 걸었다.

"이봐. 자네 말대로 나 스스로 관찰했네. 그런데 몇 가지 궁금한 사실이 있다네."

그러자 그는 알 수 없는 묘한 웃음을 수화기를 통해 내뱉더니 나지막하게 말했다.

"그래, 슬슬 구미가 당기는가 보군. 뭔가? 내가 아는 한도 내에선 친절하게 설명해 주지."

"내가 조사해 본 바로는 영국은 고정환율 체제일세. 고정환율에서는 언제나 환율을 일정한 비율로 유지시켜야 하지. 그런데 지금 자네들은 파운드화를 매도하고 있어. 그 말은 파운드화가 평가절하될 만한 거대한 물결이 다가오고 있다는 말로 들리는군. 자네들은 파운드화와 전쟁을 치르겠다는 것인가?"

그러자 그는 잠시 말이 없더니 진지한 목소리로 말했다.

"음, 반은 맞고 반은 틀리다네. 우선 자네가 알아야 할 사실이 있지. 바로 유로화일세."

그는 유로화를 힘주어 발음했다. 물론 나 역시 유로화를 익히 들어서 잘 알고 있었다. 유럽연합이 만들려는 단일 통화체제가 아니던가. 그런데 거기서 돈을 벌 기회가 나오다니, 무슨 말인가. 그는 계속해서 말을 이어갔다.

"그 준비단계로 현재 영국의 파운드화와 독일의 마르크화를 일정하게 유지시킬 필요가 있었지. 그런데 자네도 알다시피 현재 독일은 동독과 서독의 통일로 인해 자국 내의 통일 비용 때문에 다른 곳에 신경 쓸 겨를이 없지 않나. 우리의 생각은 바로 여기서부터 나온 것이라네."

난 그 말을 듣고 적잖게 놀랐다. 그들의 예상외로 정치적이었고 교활했으며 한편으론 치밀하게 구성되어 있는 것 같았다.

난 그에게 계속 말해 보라고 했다. 그러자 그는 그때부터 흥분해서 말을 하기 시작했다.

"문제는 영국의 요즘 상황일세. 영국은 현재 경제적으로 위험한 상황이지. 결코 지금의 고정환율을 맞추기에 힘든 상황이란 말일세. 내가 조사한 바로는 독일의 도움이 절실하게 필요하지만 독일이 도움을 주지 못하는 그런 상황이란 말이지. 즉, 영국과 독일 간의 상호 통화 괴리에 따른 약세장이 출현하고 있단 말일세."

거기까지 듣자, 난 드디어 상황이 어떻게 돌아가는지 감이 잡히기 시작했다. 전율을 느꼈다. 한 국가의 중앙은행을 상대로 투자자들이 합심하여 투자를 감행할 수 있는 기회는 결코 흔하지 않았다. 그렇다고 내 전 재산을 양국의 환율 괴리에 모두 쏟아부을 만한 확신도 없었다. 난 결국 고민 끝에 내 재산 중 일부를 환율의 소용돌이에 한번 걸어보자는 결론을 내렸다. 난 곧바로 그에게 나도 파운드화 매도에 참여하겠다고 대답했다. 그러자 그의 마지막 말이 아주 대단했다.

"좋은 결정이야. 그리고 혹시나 두렵다면 걱정 말게. 자네도 놀랄 걸세. 지금 우리 측의 선발투수는 아주 촉망 받는 헤지펀드 매니저이니까. 다름 아닌 조지 소로스일세!"

당시 난 조지 소로스가 누구인지 잘 몰랐다. 하지만 그저 알았다는 대답을 하고서 바로 환율 추이를 살펴보기 시작했다. 우선 난 상대적으로 적은 양의 거래를 했다. 난 마르크를 매수하고 파운드화를 매도하는 형태의 거래를 취했다. 그러고는 조용히 상황을 관찰했다.

내가 첫 번째 파운드화 매도를 하고서 열흘이 지났을 때였다. 정말로 파운드화는 마르크화 대비 하락으로 빠져들기 시작했다. 내 계좌에서 수익이 나고 있었던 것이다. 난 기쁜 마음으로 같은 양을 추가로 공매도했다. 일이 술술 잘 풀려나가는 듯했다. 난 환율도 별것 아니라는 생각까지 갖게 되었다.

그러고는 바로 하루 뒤였다. 여유롭게 내 계좌의 수익률을 확인하는데, 이럴 수가! 바로 몇 시간 전만 해도 수익을 내고 있던 내 외환 계좌에서 투자금 대비 막대한 손실이 발생하고 있었다. 영란은행이 드디어 매도한 파운드화를 스스로 사들이는 행위를 시작한 것이었다. 이제부터 전쟁이었다. 난 숨죽이고 상황을 지켜보았다. 외환은 정말 거대한 시장이었다. 난 시시각각 체결되는 주식의 가격을 자주 보아서 가격의 사소한 등락쯤은 보아 넘길 여유를 가지고 있었다. 하지만 외환시장에서는 그조차도 마음대로 허용되지 않았다. 외환시장에선 단 몇 초 만에 내 계좌를 깡통 직전으로 내몰고 있었다. 난 추세를 믿고 싸우려 했지만, 더 이상 외환시장에선 추세란 보이지 않았다. 그리고 무엇보다도 중요한 사실은, 난 영란은행을 상대로 심리적 우위를 점하지 못하고 있단 사실이었다. 나는 하루에도 몇 번씩이나 파운드화 매도 건을 떠올리며 걱정에 빠졌다. 도저히 이길 수 없는 상대라는 생각이 끊임없이 머릿속을 맴돌았다. 그들은 계속해서 우리가 매도한 파운드화를 닥치는 대로 사들였다. 역시 세계의 시티(런던의 금융 중심지를 뜻한다)였다. 난 점점 심리적으로 나약해지기 시작했다. 외환시장은 레버리지가 가장 높은 투자 상품이었다. 다시 말해 가장 '위험하게' 거래할 수 있는 상품이었다. 주식도, 선물 옵션도 외환에는 비할 바가 아니었다. 아주 세밀한 등락에도 내 계좌는 파산과 성공의 아슬아슬한 줄타기를 계속하고 있던 것이다. 난 이 정도의 위험을 감수할 자신이 없었다. 위험을 감수할 자신이 없다는 말은 투자의 세계에선 결국 패배를 인정하는 길이었다.

난 결국 9월 6일, 내 파운드화 매도 포지션을 모두 청산했다. 제법 많은 손실이 있었지만, 손실만이 문제가 아니었다. 문제는 내 정신적 공황이었다. 난 지금껏 투자를 해오면서 이렇게 무섭기는 처음이었다. 환투기, 이것이야말로 말초신경의 자극을 원하는 사디스트들을 위한 게임이라는 생각까지 들 정도였다. 난 전혀 미련을 갖지 않기로 하고 외환에서 손을 뗐다. 그러고는 전혀 다른 사람들의 이야기인 양 받아들였다.

그런데 이후 약 일주일이 지났을 때였다. 지금까지도 내 생애 최악의 투자를 언급할 때 항상 이 파운드화 매도를 들먹이게 될 사태가 일어났다. 독일의 중앙은행인 분데스방크가 고금리로 동결하는 일이 일어난 것이었다! 그 말은 곧 영국의 외환은 이제 벼랑 끝에 내몰리게 된다는 것이었다. 이제 영란은행은 무릎을 꿇을 일만 남았다.

결국 1992년 9월 16일 '검은 수요일Black Wednesday'은 영국의 파운드화 방어 포기와 함께 찾아왔다. 영란은행은 파운드화의 방어를 포기했고, 외환보유고의 3분의 1을 날려먹었다. 그와 함께 하루 동안에만 콜금리를 무려 5%나 올리는 굴욕을 겪으면서 패배를 시인하게 되었다. 5%가 뭐 대수냐고 묻는 사람이 있을지 모르겠는데, 참고로 우리나라 한국은행은 하루에도 몇 번씩이나 0.1% 정도의 금리 조정을 위해 수십 수백 번씩 회의를 한다. 결국 난 복권 발표 하루 전날 당첨 복권을 스스로 찢어버린 것과 다름없는 행위를 한 것이었다.

난 어이가 없으면서도 헤지펀드 매니저들이 참으로 대단하다는 생각이 들었다. 난 도저히 그 위험성을 감수할 자신이 없었다. 그러나 그들은 결국 위험을 견뎌내었고, 믿기지 않는 수익률을 올리고서 유유히 떠난 것이다. 도저히 일반인이 해낼 수 없는 행동을 그들은 해낸 것이다!

그 일이 있은 뒤, 파운드화 매도의 선봉이었던 조지 소로스는 일약 세계 최고의 거물급 인사로 거듭나게 되었다. 일개 헤지펀드 매니저가 영국의 중앙은행을 상대로 무려 10억 달러가 넘는 천문학적 금액을 2주 만에 벌어들인 것이었다(지금 가치로는 훨씬 상회할 것이다)! 그러나 난 조금도 아쉽지 않았다. 솔직하게 내 한계를 알아버린 것뿐이었다. 이것은 그 누구에게도 화를 낼 일이 아니었으며 아쉬워한다고 해결될 일도 아니었다. 다만 공매도에 동참했던 그들의 감정 조절 능력에 혀를 내두를 뿐이었다. 그들은 올바른 판단과 거기에 따른 감정 조절을 통해 정당한 수익을 받은 것일 뿐이다. 결코 내가 왈가왈부할 일이 아니었다. 오히려 난 여기서 다음과 같은 값진 교훈을 얻게 되었다.

스스로 관리할 자신이 있을 정도의 위험만을 지녀라.

난 솔직하게 관리할 자신이 없는 투자처에 무리한 투자를 하였고, 그에 합당한 수업료를 낸 것이다. 이 게임에선 적어도 내가 할 말은 아무것도 없었다.

다만 난 사람들이 조지 소로스를 영란은행을 무찌른 사나이라고 표현하는 것에 대해서는 반론을 제기하고 싶다. 난 거기에 동의하지 않는다. 물론 조지 소로스는 정말 대단했다. 그러나 영란은행은 조지 소로스라는 인물이 없더라도 그런 결정을 내릴 수밖에 없었을 것이다. 이미 추세는 파운드화의 평가절하를 뚜렷이 보여주고 있었고, 이는 시장이 내린 엄숙한 결정이기 때문이다. 조지 소로스는 이 같은 시장의 말씀을 듣고 그대로 행했을 뿐이다. 조지 소로스는 그저 영란은행의 파운드화 평가절하를 좀 더 빠르게 가져오도록 했을 뿐인 것이다. 아마 조지 소로스도 그 사실을 알고 있을 것이다. 영란은행조차도 시장을 이길 순 없다는 사실을!

15

위험을 분산하지 말고, 두려움을 분산하라. 가장 큰 위험은 바로 두려움이기 때문이다

파운드화 투기사건 이후, 이 살 떨리는 경험을 매일같이 하면서 살아가는 헤지펀드 매니저들의 고된 일상을 조금이나마 느낄 수 있었다. 평생의 처음이자 마지막이었던 외환투자는 새로운 교훈과 함께 소스라치게 놀랐던 기억을 남기며 그렇게 끝을 맺었다. 솔직히 말해 다신 그 같은 경험을 하고 싶지 않다는 게 내 궁극적 결론이었다. 클래식 오케스트라에서 활동하며 관객들의 고풍스런 박수를 받고 살아가는 연주자가 로큰롤의 광란 콘서트홀에서 팬들의 광적인 환호 소리를 들으며 연주하는 기분이었다. 한 번은 경험으로 괜찮았지만 두 번은 정신적 쇠약에 따른 고통이 되는 것이다.

그렇게 일을 마치고 난 뒤 다시금 조용하고 편안한 본래의 일상으로 돌아와서 생활할 때였다. 나는 시간이 지날수록 한국으로 돌아가고 싶어 하는 스스로를 느낄 수 있었다. 아직까지 조금은 남아 있는 언어적 불편함과 문화적 차이도 물론 있었지만, 그보다도 오랫동안 떨어져 있었던 조국으로의 귀환을 원한다는 게 가장 큰 이유였다. 오랫동안 등져 지냈던 조국을 이젠 감싸 안고 싶었다. 귀국해서 결혼을 해야 하는 문제도 남아 있었다. 나는 이곳에서 너무 오랫동안 지냈고, 이제 새로운 출발을 위해 끝을 맺어야 했다. 게다가 때마침 한국에서는 민주화의 시대가 열리기 시작했다는 소식이 들려왔다. 군부정권에서 벗어나 민주적인 방식으로의 개선이 있었다는 말을 듣자, 대한민국에서의 투자는 이제 과거 10여 년 전 투자를 처음 했던 그때보다 훨씬 더 안정적이고 투명할 것이라는 생각이 들었다. 여기까지 생각이 이르자 더 이상 미룰 이유가 없어 보였다. 난 일주일간의 청산을 끝내고 한국으로 가는 비행기에 몸을 맡겼다.

한국에 돌아와서는 바로 결혼하고 집을 한 채 마련했다. 그리고 일본에서 세웠던 맹세대로 안정적인 생활을 위해 부동산 매입을 준비하기 시작했다. 나는 점차 투자 대상을 주식 하나로 국한시키지 않고 다각화해야 한다는 사실을 인지하기 시작했다. 물론 부동산을 최초로 매입한 것은 일본에서 맹세한 동료 센고쿠와의 약속 때문이었다. 하지만 그 일 이후에도 나는 몇 가지 문제에 직면하게 되면서 부동산 투자를 진지하게 고려하기 시작했다.

나는 우선적으로 주식 투자에 소요되는 체결에 관련된 문제에 직면했다. 주식에 투자하는 많은 이들이 거래의 체결에 부담을 느끼게 된다. 사실 주식시장은 거래의 체결이 매우 원활한 시장 중 하나이다. 하지만 그건 주식들마다 개인차가 있었고, 투자자마다 개인차가 있었다. 나는 단기적 매매를 선호하는 투자자였다. 그렇기에 나는 진입과 청산에 있어서 남들보다 더욱 민감하게 반응했다. 이 문제는 내가 점점 더 크게 재산을 불려나가자, 더 강하게 나에게 다가왔다. 재산이 불어날수록 내 거래 규모 또한 기하급수적으로 커지게 되었다. 과거 200~300주씩 거래하던 종목에 대해 이제는 최소 2,000주를 매입할 수 있는 규모로 성장했다. 그리고 2,000주 매입은 거래가 활발하지 않은 종목의 경우 단기 투자자에게는 어려운 거래였다. 이건 아이스크림을 1개 사 먹을 때와 10만 개 사 먹을 때의 차이와 다를 바가 없었다. 아마 10만 개를 주문하면 그 슈퍼마켓은 내 주문을 체결하기 대단히 힘들 것이다. 주식시장도 마찬가지였다. 내가 과거 작은 규모로 투자하던 시절에는 전혀 감지하지 못했던 체결에 대한 문제점이 최근 들어 종종 나타났다. 내가 내놓은 매수 주문이 내가 제시한 가격대보다도 3~4포인트 높게 체결되는 일이 상당히 잦아졌다. 그리고 그건 장기 투자자가 아닌 단기 투자자인 내게는 결코 대수롭게 넘길 일이 아니었다. 더구나 청산할 때도 문제였다. 매도 주문을 모두 소화할 때도 똑같이 제시한 가격대에서 몇 포인트를 반납해야 했다. 나는 진입과 청산 양쪽으로부터 규모의 성장으로 인한 비자발적 손실을 감수해야 했다. 이러한 문제점에 직면하자 나는 이른바 제3시장에 대해 고민하기 시작했다.

둘째로 포트폴리오에 대한 인식이었다. 사실 과거에는 포트폴리오에 대한 생각이 전혀 없었다. 즉, 내 재산을 어떻게 분배할 것인지에 대한 개념이 정착될 만한 재산도 없었고 여유도 없었다. 오로지 주식뿐이었다. 그러나 이제는 상황이 달라졌다. 내게는 재산에 대한 여유가 생겼다. 나는 내가 왜 굳이 모든 재산을 위험한 곳에 전부 전진 배치시켜야 하는지에 대한 의문이 들기 시작했다. 그리고 이건 일본의 폭락을 지켜보며 증폭되었다. 나는 폭락에서 돈을 버는 동안 끊임없이 이 생각을 가지고 고뇌했다. 나는 재산을 분배할 권리가 있었고, 또한 이제는 의무도 있었다. 게다가 필요했고 또한 충분했다. 내가 벌어들인 재산은 주식시장에서 나온 돈이지만, 그렇다고 그 돈이 다시 주식시장으로 가야 할 이유는 없었다.

셋째로, 재산에 대한 안정감을 바라는 나의 심리적 동요 때문이었다. 난 과거에 비해 많아진 재산을 보자 점점 겁을 먹고 있었던 것이다. 물론 이건 우스울 수도 있는 생각이었다. 어쩌면 나의 '그릇'이 작은 것일 수도 있었다. 하지만 나는 내 성격에 대범함을 추가시키기보다는 내 재산에 대한 보다 높은 엄격함을 적용시키고 싶었다. 나는 '한 번의 실수로 전 재산을 날린다면, 그만한 낭패도 없을 것이다!'라는 생각을 하루에도 몇 번씩이나 했다. 나에겐 이제 전 재산을 주식에 몰빵할 만한 자신감은 부족했던 것이다. 솔직하게 말해 내 재산을 보호하고 싶었다. 미래에 대한 안정감이야말로 불확실한 투자의 세계에 대한 용기와 결단보다 더 중요하게 느껴지기 시작했다. 그런데 부동산은 자산 중 국공채 다음으로 안전한 투자처가 아닌가. 내가 관심을 두지 않을 수가 없었다. 난 결코 위험을 분산한 게 아니었다. 다만 두려움을 분산시키고 싶었다. 왜냐하면 투자자에게 있어서 가장 큰 위험은 바로 두려움이기 때문이다.

  이 같은 이유로 난 새로운 대안 투자처를 생각해 오고 있었고, 이것이 부동산이라는 새로운 시장을 통해 구체화된 것이었다. 나는 이번 귀국과 함께 새로운 투자처가 내 투자 인생에 있어 중요한 전환점이 되리라 판단했다. 그리고 그 생각에 대해 진지하고 이성적인 마음가짐으로 대했다. 편견을 지양했고 장점과 단점을 면밀히 파악해 현실에 적용해 보았다. 나는 부동산 투자가 내 주식시장 투자에도 상당 부분 기여한다는 사실을 이해할 수 있었다. 내가 생각한 세 가지 사항을 모두 해결해 줄 수 있었고, 안전한 재산을 보유하고 있었기에 주식 투자에 대한 무리한 매매를 지양할 수 있는 심리적 우위 역시 점할 수 있었다. 이건 상당한 플러스 요인이었다. 재산이 적었을 때는 용감했다. 그리고 그래야 했다. 하지만 지금은 상황이 바뀌었다. 나는 재산이 훨씬 많아졌고 용기는 그에 반비례했다. 덕분에 심리적으로도 위축될 수밖에 없었다. 그렇기에 심리적 우위를 지키는 데 일조한다는 측면에서 볼 때, 오히려 주식 투자를 돕는 행동이었다. 나는 부동산 투자에 대한 학습을 시작하기로 마음먹었다.

주식시장과 마찬가지로 부동산에 관한 공부도 난 나에게 맞는 방식을 취했다. 요리사마다 자신 있어 하는 요리 분야가 있고 가수마다 즐겨 하는 곡의 장르가 있듯이, 투자자에게도 자신 있어 하는 방식이 있다는 게 내 지론이었다. 과거 주식 투자를 할 때 가격의 방향성과 사람의 심리를 이용한 투자 기법을 이용했듯이, 부동산도 그 같은 방향으로 공부하기 시작했다. 그래서 난 사람들이 좋아하고 맹목적으로 사고자 하는 부동산의 종류를 파악하기 시작했고, 지금의 한국 부동산 시장이 상승의 추세를 만들고 있는지를 알아보았다. 일주일간 주변 친구들의 도움과 발로 뛴 나의 노력이 보람 있었는지, 난 많은 정보를 취할 수 있었다. 그 정보들에서 나는 몇 가지 유념해야 할 것을 정리해 보았다.

첫째, 사람들은, 특히 우리나라 사람들은 이상하게도 특별하게 '부촌'이라는 인식이 박혀 있는 지역을 임의로 선정하고 있었다는 점이다. 사실 이건 도쿄에서도 매우 일반화된 현상이었는데, 서울에서는 강남구, 서초구, 송파구가 그러했다. 그 지역은 사람들이 이상하게도 빈부의 격차를 부동산으로 느끼는 지역이었다. 이 말은 사람들이 예의 주시한다는 말이었고, 주식 투자로 따지자면 언제나 대중들의 인기를 얻는 그런 주식이었다. 모든 투자에서 그렇듯이 대중들의 인기를 얻는 물건은 가격이 상승한다. 내 생애 최초로 깨달은 이 만고불변의 진리가 부동산에서 통하지 않을 리가 없다고 생각했다. 부동산 중에서도 특히 대중의 인기를 얻고 있다면, 분명 가격은 상승할 것이었다.

둘째, 대한민국의 부동산 가격은 이미 70년대부터 상승의 추세를 그리고 있었다는 점이었다. 물론 부동산의 종류(주거, 업무, 공장 등)에 따라 천차만별일 것이었다. 하지만 거의 모든 부동산들이 근 20년간 상승의 '추세'를 가지고 있었다는 것은 틀림없는 사실이었다. 20년짜리 대한민국 부동산 연감에서 보이는 가격의 형상은 나에게 '상승장'임을 말해 주고 있었다.

셋째, 부동산 가격은 상당히 거시적인 국가의 경제 발전과 함께한다는 사실이었다. 물론 주식시장에서 활동할 때도 이 같은 사실은 알고 있었다. 주식시장 역시 국가의 경제 발전과 함께 발전한다. 하지만 부동산에서는 특히 그 힘이 막강했다. 무엇보다도 부동산 시장에서 대중의 인기를 끌기 위해서는 국가의 경제 발전을 위한 '부동산 개발'이 가장 큰 요소였기 때문이다. 그렇기에 국가가 발전하는 개발도상국이라면 더 열심히 부동산 개발 및 재개발이 이루어질 것이고, 대중들은 이 모습에 크게 환호하여 개발이 이루어지는 곳에서 가격이 매우 상승하는 모습을 관찰할 수 있었다.

이 세 가지를 받아들이게 되자, 난 비로소 부동산 투자에 자신감이 붙기 시작했다. 난 내 재산에서 절반 정도를 부동산에 투자하기로 최종 결정을 내렸다. 나는 비영구적 보유를 목표로 했다. 이건 투자임과 동시에 방어막을 설치하는 것과 동일하다고 여겼기 때문이었다. 나는 본격적으로 매입할 부동산을 찾아다니기 시작했다. 우선 강남과 서초 쪽을 면밀히 탐색하고 다녔다. 주식시장에서는 주식을 바라봐야 하듯이, 부동산 시장에서는 부동산을 바라봐야 한다. 그렇기에 난 구두를 운동화로 바꿔 신었고 정장을 편안한 트레이닝복으로 갈아입었다. 눈은 주식에서 부동산으로 초점이 바뀌었고 몸은 주식시장에서 부동산 시장으로 떠나간 것이다.

그렇게 약 2주간의 탐사를 마쳤을 무렵이었다. 난 한 곳의 부동산에 큰 관심을 가지고 바라보게 되었다. 바로 강남구 도곡동 지역이었다. 사실 강남구는 수많은 이들의 손을 거쳐 간 명실상부 대한민국 최고의 부동산 투기 지역이었다. 인기 있는 지역이었고 대다수의 사람들이 강남구를 주목하고 있었다.

그런데 그런 강남구 내에서도 아직 개발이 덜 된 지역이 남아 있었다. 물론 황폐한 토지라는 게 아니다. 아직 정부에서 정확한 발전 방향을 제시해 주지 않아 개발이 다른 지역에 비해 미흡했다. 인기는 좋은데 개발이 미흡하다는 말은 곧 나중에 개발이 되면 매우 큰 인기를 끈다는 말과 동일하다. 거기까지 생각이 미치자 난 그곳을 집중해서 바라보았다. 둘러보면서 다양한 지형에 대해 고찰했고, 내 자금력과 비교해 보기 시작했다. 확실히 변방에 치우쳐진 곳이었지만 사람들은 여전히 그곳을 알아주고 있다는 사실이 마음에 들었다. 결국 난 그곳의 부동산을 구입했다. 약 3개월간 부동산을 보러 다녔고, 다양한 전문가들의 의견을 수렴한 결과였다.

자, 여기서 많은 사람들이 나의 부동산 투자에 다양한 반론을 제기할 것이다.

첫째로, 부동산은 법률적 지식도 갖추어야 할 수 있는 투자 분야라는 사실을 지적할 것이다. 물론 난 법률에 관해서는 정말 문외한이었다. 딱히 법 관련 일을 한 적도 없었고, 법과대학 출신은 더더욱 아니었다. 하지만 그런 이유로 부동산에 투자하지 못한다는 말은 젓가락질을 하지 못한다고 밥을 먹지 못한다는 말과 다를 바가 없다고 본다. 내가 모른다면 그 분야에 잘 아는 이에게 맡기면 되는 것 아닌가? 난 믿을 만한 부동산 법률 전문가에게 부탁하여 하나에서 열까지 모든 법률사항을 맡겼다. 물론 보수도 넉넉하게 주었다. 그를 고용한다는 것 자체가 이미 나에겐 돈을 투자한 일이었다. 그렇기에 난 신중하게 그를 고용함으로써 어떤 이득을 얻을 수 있고 어떤 손해를 보게 되는지 분석해 보았다. 그러자 답은 간단하게 나왔다. 많은 돈을 보수로 지급하고 법적으로 안전하게 거래하는 게 나중에 어떤 법률적 어려움을 겪는 것보다 훨씬 낫다는 것. 난 법률 전문가에게 아낌없이 보수를 지급했고, 그렇게 했기 때문에 지금까지도 법적으로 불미스러운 일을 겪지 않아도 되었다.

내가 자신 없어 하는 분야에서 결코 '비효율적 만용'을 가지면 안 된다. 난 법에 자신 없었고 투자에 자신 있었다. 그렇기에 내 능력껏 투자하고 전문가에게 법률을 맡겼을 뿐이다. 그런데 많은 이들은 그 보수를 아끼기 위해 자기가 모든 분야를 다 알아야 된다고 생각한다. 그러고는 힘겹게 공부한다. 난 이것이 비효율적인 활동이라는 점을 강조하고 싶다. 밴드에서 기타를 맡은 자가 콘서트에서 드럼까지 치려고 하는 것과 다를 바가 없다. 금세기 미국 역사상 최고의 경영자로 선정된 헨리 포드가 성공한 가장 큰 이유는 자동차 조립에 있어서 '분업화'를 도입했기 때문이라는 사실을 잊으면 안 된다. 나 역시 부동산 투자에 있어 분업화를 통한 효율성을 발휘했다. 보수를 아끼기 위해 자신 없어 하는 분야에 힘겹게 뛰어드는 비효율적

행위는 결코 해선 안 될 것이다.

둘째로, 이미 그 가격이 소위 말하는 가격의 꼭지, 즉 '상투'를 잡는 행위가 아니냐고 반론할 것이다. 물론 어쩌면 여기는 상투일 수도 있다. 하지만 이 세상에서 그 누구도 상투를 알지 못한다는 점을 지적하고 싶다. 상투는 오로지 신만이 안다. 그렇기에 상투라고 지적하는 말만큼이나 상투가 아니라는 말 역시 유효하다는 게 내 생각이다. 오히려 부동산에선 상투를 내가 만들어낼 수 있다고 본다. 부동산의 가장 큰 특징은 주식시장처럼 매일같이 초 단위로 시세가 제공되어 가격의 흐름을 유연하게 알 수 있는 방법이 '없다'는 점이다. 어디까지나 거래할 때만 그 가격을 대략적으로(부르는 가격으로) 파악한다는 사실이다. 흔히 말하는 거래 사례 비교법이다. 이 말은 다시금 곱씹어보면 대중의 심리가 좋을 때는 내 멋대로 호가를 높여도 사람들은 사고, 대중의 심리가 급격히 나빠질 때는 아무리 호가를 낮춰도 사람들이 사질 않는다는 말과 같다. 즉, 난 지금의 가격이 상투가 아니라고 판단했다. 적어도 부동산 시장에 있어서, 상투는 부동산의 주인인 내가 만드는 것이다. 그렇기에 난 여기가 개발되어 대중의 사랑을 독차지할 순간에 호가를 불러서 팔면 적어도 그때만큼은 그게 상투가 되는 것이라고 생각했다.

각설하고, 난 그렇게 내 재산의 일부를 새로운 투자처인 부동산에 투자하였다. 난 비로소 마음이 편해졌다. 오랫동안 가져왔던 유일한 걱정거리가 씻은 듯 사라졌다. 사실 난 내가 생각해도 일본에서의 한 번의 공매도 사건으로 상당히 큰돈을 벌었다. 물론 꽤 오래전부터 증권투자를 시작했지만 그때는 내가 스스로 제어할 수 있는 정도의 돈이었다. 초창기 일본의 호황세에서 벌었던 돈들 역시 내가 제어할 수 있는 정도였다. 그러나 공매도로 번 돈은 달랐다. 그건 내가 평소에 '이만큼만 벌었으면 좋겠다'라고 여겼던 정도의 크기였다. 그렇기에 어쩌면 난 그때부터 그 돈을 무서워했는지도 모른다. 아니, 그 큰돈을 잃는 게 무서웠다고 하는 게 맞을 것이다. 그래서인지 난 점차 내 모든 돈을 전부 한 분야에 투자하는 일은 꺼리게 되었다. 대표적인 게 바로 1992년에 있었던 영란은행 파운드화 투기사건이었다. 난 거기서 돈을 전부 투자하지 않았다. 일부만 투자하였고 그렇기에 더 자신감 있게 일을 해낼 수 있었다고 보는 게 맞을 것이다. 난 여기서 또다시 새로운 교훈을 배웠다.

투자자는 돈을 많이 벌어도 문제이다.

큰돈을 번 만큼 내 마음은 작아진다는 게 이렇게 무서운지 처음 알았다. 그렇기에 큰돈을 번 뒤에는 반드시 자금을 분산하는 게 좋다. 그래야 심리적으로 안정되어 다시 투자 활동을 재개할 수 있는 것이다.

　아무튼 난 이렇게 부동산에 내 재산의 일부를 묶어둘 수 있었고, 나머지를 국공채와 몇몇 회사채에 묻어두었다. 당분간은 주식 투자를 쉬고 싶었다. 아니, 위험하고 스릴 있는 투자 활동에 조금은 흥미를 잃었다고 볼 수도 있었다. 예전처럼 돈을 위해 맹목적으로 일하던 조숙한 청년은 더 이상 온데간데없었다. 난 그냥 아무 생각 없이 시간을 죽이고 싶었다. '시간은 금이다'라는 명언이 그 순간만큼은 내게 통하지 않았다. 나를 위해 떠났던 과거의 여행이 그리웠다. 게다가 나는 아직 신혼여행도 다녀오지 못한 상태였다. 그래, 신혼여행을 통해 내 가정에 활력을 불어넣음과 동시에 더 넓은 세상을 보며 개인적으로도 많은 것을 배우는 시간을 가지고 싶었다. 월스트리트저널로부터 '월가의 인디애나 존스'라는 별칭을 받은 상품투자의 귀재 짐 로저스가 37살에 월가를 떠나 전 세계를 유랑한 것처럼, 나도 여행을 하며 세상을 직접 발로 밟으며 공부하고 싶었다.

　나는 아내와 함께 전국일주를 계획했다. 전국을 돌며 내가 그동안 잊고 지냈던 조국을 돌아보는 시간을 가져야겠다고 결론을 내렸다. 그렇게 대한민국 곳곳을 돌아보며 투자에 대한 생각을 정립하는 시간을 갖고 싶었다.

16

세계는 한 권의 책, 여행하지 않는 자는 단지 그 책의 한 쪽만을 읽을 뿐이다

'여행과 변화를 사랑하는 사람은 생명이 있는 사람이다.'

독일의 작곡가 바그너의 이 말이 지금의 나를 정확하게 대변하고 있었다. 난 바그너가 말한 바로 그 모습대로 살고 싶었고, 생명을 쟁취하고 싶었다. 그런 의미에서 이번 여행은 내게 큰 도움을 주었다. 난 이 여행 속에서 더 많은 공부를 할 수 있었고 더 많은 소통과 사색을 통해 지혜를 쌓을 수 있었다. 개인적으로 난 이 나날들을 평생토록 잊을 수 없었다.

난 우선 서울에서 출발하여 자전거를 타고 서해를 따라 가는 길을 골랐다. 아름다운 서해의 경치와 싱그러운 바다 냄새를 느끼고 싶었다. 시작은 서울 옆 항만도시인 인천으로 결정했다. 오랜만에 느끼는 휴가의 기쁨은 입으로는 노래를 저절로 흥얼거리게 하고, 귀로는 바람의 향연을 만끽하게 하고, 눈은 저 드넓은 세상을 바라보게 만들었다. 그리고 두뇌로는 나의 투자 인생을 다시 한 번 되짚어보았다.

처음 투자라는 행위를 했던 나는 분명 이 일에서 재미를 느꼈었다. 인간의 심리! 바로 그것을 이용하면 앉아서 돈을 벌 수 있다는 당시의 교훈은 가난했지만 용감하고 똑똑했던 한 소년을 매료시켰고, 결국 지금까지 투자자라는 직업을 고수하도록 만든 장본인이었다. 나는 그동안 다양한 상황과 환경 속에서 투자 활동을 함으로써 투자에 대해 배워왔다. 농사라는 가장 기초적인 활동에서 처음으로 투자의 개념을 알게 되었고, 그 이후 외국인들에게 도자기를 대량 매매하면서 투자에 입문하게 되었다. 거기다 시립도서관에서 내 평생의 동반자인 자본시장의 꽃을 만난 일들까지, 모든 게 다 훌륭한 공부였다.

어렸을 때의 일들을 이십 년이 훌쩍 넘은 지금 다시 돌이켜보니, 감회가 새로웠다. 부끄럽기도 하고 재미있기도 했다. 어려움도 많았고 위기는 매순간 나와 함께였다. 하지만 부단한 노력과 투자에 대한 나의 열정이 그 모든 어려움과 위기를 극복하게 해주었다. 그리고 지금의 순간을 내게 선사했다. 그때를 떠올리자 지금의 행복에 감사함을 느꼈다. 그리고 내가 선택한 길에서 좌초되지 않았다는 사실에 또 한 번 감사했다. 난 내가 가고자 했던 방향으로, 그리고 살고자 했던 모습으로 우뚝 서게 되었다. 그런 스스로가 자랑스러웠다.

날이 어둑어둑해져서야 인천 근처에 도착할 수 있었다. 첫

날부터 피곤했지만 난 바다를 보고 싶었다. 비록 어두워지긴 했지만 나는 아내와 인천 앞바다로 갔다. 상쾌한 인천 앞바다를 바라보며 바다 물기에 살짝 젖은 모래에 앉았다. 더할 나위 없이 편안했다. 이대로 이곳 바다에서 밤을 지새우고 싶다는 생각마저 들었다. 그런데 그때, 저 멀리 어디선가 왁자지껄한 소리가 들렸다. 편안함을 깨운 게 고약했지만 한편으론 무슨 일인지 궁금했다. 난 모래를 털고 일어나 그 근방으로 걸어가 보았다.

도착해서 보니 항구 앞에 거대한 화물선들이 즐비했고, 그 주변에서 사람들이 삼삼오오 모여 대화를 나누고 있는 게 보였다. 난 그렇게 일하는 그들이 보기 좋았으며 한편으론 반가웠다. 일을 방해하지 않는 범위 내에서 대화를 나누고 싶다는 생각이 들었다. 난 조심스럽게 그들에게 다가가 예의바른 말투로 물었다.

"실례합니다. 혹시 일에 방해되지 않으신다면 몇 가지 여쭤봐도 될까요?"

"아, 뭐 그러시오. 우리도 이제 막 일을 끝내고 회포를 풀러 가려던 중이었소. 안 그래도 술자리에 사람이 부족해서 걱정했는데 잘됐군. 뭣하면 같이 동석하시겠소?"

그들 중 한 명이 친절하게 날 맞았다. 나는 동석하고 싶었지만 아내가 마음에 걸렸다.

"사실 제가 안사람과 함께 와서 곤란할 것 같아요."

"음, 그렇다면 어쩔 수 없군요."

"아, 아까 보니 매우 큰 배에 있던 물건을 이리저리 나르시던데, 어떤 일을 하고 계시는지요?"

그는 그 말을 듣더니 호기롭게 대답했다.

"아, 우리들은 중국과 대만에 무역업을 하고 있소. 그리고 멀리는 태국과 베트남에도 하고 있지요. 그들 나라에서 싼 물건을 들여와 우리나라에 팔고, 우리나라에서 싼 물건을 들여다 그쪽 나라에 팔고 있다오. 요즘 상황이 굉장히 나아져서 오늘 이렇게 우리 모두가 모여 흥겨운 술잔을 기울이려고 하는 것이오."

내가 보기에도 그들은 매우 흥겨워 보였다. 모두 자신들의 일을 자랑스러워하고 있었다. 마치 훌륭한 거래를 마친 후 계좌의 손익을 결산하는 투자자의 모습과 흡사해 보였다. 나는 그 생각이 들자 엷은 미소가 지어졌다. 그리고 궁금증에 계속 말을 걸었다.

"요즘 동아시아의 물류산업이 발전하고 있다던데, 뉴스로만 듣던 내용을 이렇게 직접 보게 되니 기쁩니다."

그는 바로 맞장구쳤다.

"그렇소. 아시아는 지금 세계를 놀라게 하고 있소. 흐흐. 무역을 하고 있는 나도 놀랄 때가 한두 번이 아니라오. 서로가 모두 경제 성장을 이루고 있어서 한 번 무역 왕래를 할 때마다 돈을 점점 더 크게 벌 수 있다오. 선생이 무슨 직업군에서 일하는지는 모르겠지만, 아마 지금 가장 쉽게 돈 벌 수 있는 시기이니 쥐꼬리만 한 연봉에 얽매이지 말고 크게 한번 사업이나 해보시구려."

그러자 옆에 있던 다른 이가 말했다.

"나도 한마디 거들겠소. 솔직히 우리나라도 전두환 시절부터 매우 경제가 좋아졌다는 사실을 알 거요. 3저 호황? 뭐 어쨌든 좋소. 그때부터 좋아졌던 것이오. 거기다 올림픽까지 열더니 어느덧 우리나라가 선진국의 대열에 들어가기 시작했소. 그러더니 우리나라뿐만 아니라 주변의 다른 동아시아 국가들, 이를테면 중국이나 대만, 베트남, 태국 등지가 동반 경제성장을 이루었소. 이게 바로 아시아의 새로운 국면이 아니고 뭐란 말이오? 난 아시아의 성장을 굉장히 좋게 보고 있다오. 선생도 서양 물 좀 먹은 것 같은데, 오히려 아시아가 더 나을 것이오. 지금부터가 아시아의 시대란 말이오!"

그들의 말에 뚜렷한 근거는 없었다. 다만 자신들이 무역업을 하면서 겪은 경험들이 총체적으로 상호작용하여 느낀 감상을 술에 의지하여 내뱉은 것이 분명했다. 그러나 난 그들의 말을 경청했다. 난 결코 경제가 일반적인 지표나 숫자로만 증명해낼 수 있는 학문적인 영역이라고 생각하지 않았다. 내가 투자라는 직군에서 일해서인지는 모르겠지만, 나는 경제는 학문의 영역에서만 국한되게 다루어질 수 있는 존재가 아니라 감각적 요소가 항상 결합해 유기적으로 돌아가는 것이라는 생각이 들었다. 즉, 내 경험이 말해 주는 경제는 한마디로 예술에 가까웠다. 수십만 아니 수백만 가지의 경제적 활동 요소가 결합하여 이루어낸 초대형 걸작품이란 것이다. 그렇기에 그 예술 활동에 참여했던 이들이라면 모두가 경제에 대해 논할 자격이 있는 자들이라고 생각했다. 그래서 지금 이 인천 항구 선착장 앞에서 얘기를 나누는 일도 매우 훌륭한 경제 공부였다. 난 아내에게는 조금 미안했지만 결국 새벽이 넘어가도록 그들과 흥겨운 대화를 나누었고 많은 것을 배울 수 있었다.

이때 배운 것 중 하나는 바로 우리나라가 수출입에 상당한 영향을 받는다는 사실이었다. 말인즉슨, 수출입이 잘되면 우리나라는 경제성장을 할 수 있고, 해외가 불황이라 우리나라가 수출입에 어려움을 겪으면 된서리를 맞게 된다는 뜻이다. 물론 대한민국 성인이라면 누구나 우리나라가 수출입에 상당히 민감한 국가라는 사실을 알고 있다. 분명 우리나라의 성장은 자원 가공을 통한 수출이 주를 이루었기 때문이었다. 하지만 사실을 아는 것과 그 사실을 직접 눈으로 보는 것은 내게 확연한 차이를 가져다주었다. 나는 나아가 환율에 대한 예전 기억까지 떠올렸다. 당시 조지 소로스를 필두로 전 세계 외환 트레이더들이 파운드화 하락에 집중 매매를 하자 영국 중앙은행이 환율 괴리에 빠졌던 사건. 만약 이 일이 한국에서도 벌어진다면 수출입에 치명타를 입을 것이고 결국 큰 어려움을 겪을 수밖에 없다는 생각이 들었다. 상당히 큰 공부였다. 아직 대한민국에 관한 지식이 부족했던 나에겐 이 같은 간단한 상식 하나하나가 다 소중했다.

난 다시 길을 떠났다. 서해를 바라보며 여행하는 기분은 정말 상쾌했다. 끼니때가 되면 아내와 함께 근처 식당에서 밥을 사 먹었고, 어김없이 그곳의 주민들과 이야기를 나누었다. 그들은 결코 날 차갑게 대하지 않았다. 항상 많은 사실들을 알려주었다. 자기네 동네의 땅값이 어쨌다는 둥, 혹은 잘 알지 못하는 주식에 몰빵했던 이른바 '묻지 마 투자' 이야기도 해주었다. 난 그 말들을 유쾌하게 경청하며 여행을 해나갔다. 상당히 더디고 방향성이 없는 여행이었지만 난 개의치 않았다. 어느 날은 한 어물전에 들러 그곳의 상인들과 해산물을 거래하기도 했고, 요즘 경제 상황이 어떤지 묻기도 했다. 그러면 그들은 자신들이 아는 한도 내에서 성실하게 답변해 주었다. 난 점점 더 똑똑해졌다. 살아 있는 공부를 하고 있었다. 길 위에 서서 사람들에게 들은 말과 직접 눈으로 본 상황들은 내게 학교 역할을 해주었고, 여행 중에 가지게 된 대화는 나를 더 나은 학생으로 만들어주고 있었다.

그런 식으로 난 한 달간 서해를 돌아다녔다. 잠을 자고 싶으면 근처 여관에서 하루를 묵거나 교회에서 자기도 했다. 인상 깊은 장소는 사진기로 담았으며, 피곤할 때는 하루 종일 바닷가에 누워 있기도 하였다. 하지만 공부하는 자세는 결코 놓지 않았다.

그렇게 서해를 다 돌고는 남해 쪽으로 갔다. 배를 타고 여행하면서 이 훌륭한 섬 지역이 아직도 관광단지로 개발되지 못하고 있다는 사실이 신기했다. 정말 아름다웠다. 내가 붙일 수 있는 어떤 미사여구를 다 쓴다 해도 모자랄 것 같았다. 새삼스레 대한민국이 참 아름다운 나라라는 생각을 했다. 만약 한려해상 지역이 훗날 관광단지로 개발이 된다면, 정말 엄청난 수익을 낳을 수 있을 것이라고 확신했다. 지중해의 아름다운 자연경관을 끼고 있는 유럽 국가들은 한 해 관광 수입으로만 엄청난 돈을 벌어들인다고 한다. 그들은 자연이 준 특혜를 마음껏 이용해 돈을 버는 것이다. 마찬가지로 우리나라도 남해 지역을 관광자원으로 이용한다면 정말 큰 수입원을 가지게 될 것 같았다. 아마 아시아에서 가장 아름다운 지역 중 하나로 대한민국 남해가 꼽히게 될 것이고, 전 세계인이 이곳을 주목하게 될 것이다.

남해 여행도 마친 뒤 난 마지막으로 동해를 가고자 했다. 당시 난 약 2개월간 집을 비운 채 여행하던 중이었고, 슬슬 긴

여행에 부담을 느끼고 있었다. 그러던 중 집에서 연락이 왔다. 지나치게 오래 집을 비웠으니 이제 그만 돌아오는 게 좋겠다는 부모님의 연락이었다. 젊었을 때 해외에서 지내기도 했던 나로선 그 같은 부모님의 말씀을 외면하고 싶진 않았다. 난 동해에서 특별히 경제 진원지인 울산과 포항만 들르고 바로 서울로 귀환하려 했다. 그런데 이때 울산과 포항에서 알게 된 사실이 날 놀라게 했다.

이 놀라운 이야기를 하기에 앞서, 한 가지 묻고 싶은 게 있다. 경제의 발전과 패망을 가져오는 요인은 무엇일까? 다양한 대답이 나올 수 있겠지만 내가 보기엔 발전과 패망 둘 다 바로 자금의 융통, 즉 금융이라는 존재에 의해 결정된다고 생각했다. 자금이 있어야 사업을 시작할 수 있고, 그렇게 기업이 돌아야 경제가 발전하는 것이라고 본다. 그래서 자금을 융통하기 위해 기업들은 돈을 빌린다. 돈을 빌리게 되면 어떻게 될까? 빌린다면 수중에 자신의 자본보다 더 많은 돈을 쥐게 되는 것이고 더 크게 사업을 시작할 수 있다는 말이었다. 그래서 사업이 성공한다면 그 빌린 돈을 갚으면 되는 것이다. 그런데 반대로 사업이 실패한다면, 혹은 이익을 내지 못한다면 어떻게 될까? 자기 자본을 날림과 동시에 빌렸던 돈과 그 이자를 물어야 하는 고통을 짊어지게 될 것이다. 흔히 이를 학문적으로 '레버리지 효과' 혹은 '지렛대 효과'라고 부른다. 즉, 레버리지 효과를 이용하면 사업을 할 때 성공하면 크게 성공할 수 있고 실패하면 크게 실패할 수 있는 것이다. 스스로가 강심장이고 사업에 확신이 있을 때만 써야 하는 것이었다.

그런데 내가 간 포항과 울산에는 온통 다 강심장들만 있는 것 같았다. 내가 동해안 지역에서 유일하게 들를 곳으로 이 두 도시를 택한 이유는 순전히 경제 중심도시이기 때문이었다. 경제개발 당시 이 두 지역은 항만, 조선, 철강 및 중화학 공업의 중심지가 될 수 있도록 국가 주도하에 설계되었다. 그 결과, 내가 갔을 때 그곳의 모습은 정말 장관이었다. 어마어마한 크기의 선박이 건조되고 있었고, 그 옆으로 거대한 발전소가 위치해 있었다. 또 포항에선 우리나라에서 가장 큰 철강회사가 철을 제조하고 있었다. 살면서 그렇게 큰 공장을 본 적은 처음이었다. 난 단번에 압도되었다. 이 모든 생산물들이 전 세계로 수출된다고 생각하니 새삼 우리나라가 자랑스럽다는 생각이 들기도 했다. 그렇게 내가 감탄하고 있을 때, 난 그 이면에 커다란 위험이 도사리고 있었는지는 꿈에도 몰랐다. 그리고 그 위험은 그곳에서 일하는 그들도 모르고 있는 것 같았다. '지렛대가 있으면 지구를 들 수도 있다'라고 말한 아르키메데스처럼, 그들은 빌린 돈이라는 지렛대로 점점 더 무모하게 사업을 펼쳐 나가고 있었던 것이다.

내가 이 사실을 알게 된 것은 울산의 한 조선소에서 일하는

지인을 만나면서였다. 오랜만에 만난 그와 일상적인 안부를 묻고는 재무와 금융에 관련된 분야를 얘기할 때였다. 그는 아무렇지도 않게 거액을 은행에서 빌려다 쓰고 있다는 사실과 해외에서 신용으로 계약하는 일 등을 내게 말해 주었다. 난 처음엔 조용히 듣고만 있었다. 그런데 그가 말하는 차입금의 액수 단위를 듣고 나니 어이가 없었다. 정말 상상을 초월하는 규모였다. 아무리 사업이 잘되어가고 있다고는 하지만 재무적 건전성을 경시할 정도로 레버리지를 이용하고 있다는 사실은 결코 간과해선 안 될 사항이었다.

'이건 좀 위험하다……'

직감적으로 난 그렇게 느꼈다.

"그런데 그렇게 높은 차입금과 해외 의존도라면 재무적으로 위험하지 않나요?"

"에이, 요즘 다 그렇게 사업합니다. 다른 분야에선 더한 곳도 많아요. 경기가 좋으니까 너 나 할 것 없이 그러는 거지요. 우리도 호황이 아니면 이러겠습니까?"

그는 대수롭지 않다는 듯 말했다.

"대단히 죄송스런 말이지만, 그 말은 곧 경기가 나빠지면 너무 큰 위험에 빠진다는 뜻이지 않습니까?"

나도 모르게 차갑게 되물었다. 그러자 그가 정색하며 말했다.

"경기가 나빠져? 에이, 그런 말 함부로 하지 마요. 우리는 산업의 역군들입니다. 그런 게 온다 한들 모두 이겨낼 수 있어요. 지금까지 그렇게 발전했고요. 물론 그럴 일도 없겠지만. 이제 이 얘기는 그만하기로 하지요."

난 더 이상 대꾸하지 않았다. 하릴없이 술만 축내며 다른 얘기를 하다가 자리가 파한 뒤 숙소에서 휴식을 취했다. 휴식을 취하면서도 머릿속에는 그가 말한 내용들이 맴돌았다. 분명 이건 문제였다. 그곳 사람들은 양날의 칼이 무엇을 의미하는지 잘 모르는 것 같았다. 양날의 칼이 커지면 커질수록, 자신의 목숨도 조금씩 위태로워지고 있다는 사실을 말이다. 그러다 양날의 칼은 어느 날 예고 없이 당신을 벨 것이었다. 알다시피 바이러스는 결코 몸속에 들어오자마자 질병을 양성하진 않는다. 그들은 오랜 시간 차근차근 사람의 몸을 잠식해 나가면서 병원체를 만들어 체내에 질병을 양성한다. 특히 무서운 바이러스일수록 그 정도가 심하다. 그래서 사람들은 조금씩 천천히 아파하지 않는다. 어느 날 갑자기 미칠 듯한 통증을 호소하며 아파하고, 그때서야 검사 결과 병의 확산이 말기에 이르렀다는 사실을 알고서 뼈저리게 후회한다. 그래서 예방이 중요하다는 말이 나오는 것이다. 하지만 그들은 불황이라는 병에 걸려도 좋다는 듯이 전혀 예방이라는 것을 생각하고 있지 않았다.

내가 지나치게 민감한 것일지도 몰랐다. 하지만 설령 그렇더라도 그건 내가 진정으로 불황이라는 게 언제 어떤 식으로 어떻게 오는지를 눈앞에서 목격했기 때문이었다. 난 80년대 후반 일본의 공황을 경험했었다. 그게 얼마나 무서운 건지 체감으로 알고 있었다. 내가 알았던 사람들이 하루가 다르게 얼굴이 달라지고 성격이 달라졌다. 한꺼번에 셀 수 없이 많은 이들이 실업자가 되었고, 몇몇은 극단적인 결정을 내리기도 했다. 그리고 이 모든 게 언제나 탐욕으로 물든 인간의 광기가 기반이 된다는 사실도 난 배웠다. 그렇기에 이 같은 많은 기업들의 무리한 사업 확장은 내게 전혀 기껍게 보이지 않았다. 한번 확인해 볼 가치가 있었다.

여기까지 생각이 미친 나는 여행에서 돌아온 뒤 대한민국 기업들이 재무적 상태를 어떻게 끌고 가는지 알아보기 시작했다. 그러자 정말 놀라운 결과가 나왔다. 대부분의 기업들이 너나 할 것 없이 위험천만한 곡예를 하고 있었던 것이다. 경기가 호황일 때 곡예사는 칭찬을 받겠지만, 경기가 불황일 땐 도살장에 끌려가 쥐도 새도 모르게 사라질 운명이다. 난 조금 이른 감이 있더라도 부동산을 제외한 국공채와 회사채를 팔아야겠다는 생각을 하기 시작했다. 경기는 호황의 절정으로 솟아나고 있었지만, 미련을 버리고 팔아야겠다는 생각 하나로 내 머릿속은 미친 듯이 돌아가고 있었다. 나는 지나치게 조급한 마음가짐으로 행동하는 게 아닌지 점검했다. 결과적으로는 그때 내 행동이 조급했던 게 맞았다. 나중에서야 알았지만, 난 지수를 기준으로 정점 대비 훨씬 이르게 매도했다. 한마디로 잘 매매하지 못했다. 하지만 당시 나의 입장에서는 크게 버는 것보다 관심을 두는 상황은 크게 잃는 경우였다. 크게 잃는 일이 없어야 내 위치를 유지할 수 있었다. 또한 항상 빠른 청산을 자주 해오던 그동안의 경험 역시 한몫했다. 나는 청산에 있어서는 조금의 미련도 없이 칼같이 행했다. 무엇보다도 모든 바이러스들(경제적 바이러스도 포함된다)은 초기엔 보이지 않다가 진정으로 위기가 오는 순간에 갑작스럽게 우리 앞에 모습을 드러낸다는 것을 나는 잘 알고 있었다. 젊은 시절의 나라면 또 몰랐겠지만, 지금의 나로서는 도저히 감당할 자신이 없었다.

윈스턴 처칠의 절친한 친구이자 월가의 투자자 중 유일하게 대통령 경제 자문 담당자 자리까지 맡았던 버나드 바루크는 자신이 주식시장에서 큰돈을 번 이유를 한마디로 이렇게 말했었다.

나는 항상 너무 빨리 판다. 그래서 부자가 되었다.

17

과거를 공부하지 않은 사람들은 똑같은 오류를 되풀이하고, 과거를 공부한 사람들은 오류에 빠지는 다른 길을 찾아낸다

　사람은 항상 감정을 가지고 살아가는 고차원적 동물이다. 감정이 있다는 사실을 두고 수많은 과학자나 사회학자, 심지어 인문학자들까지 찬사를 늘어놓았다. 하지만, 적어도 투자의 세계에서만큼은 감정은 바로 적Enemy이었다. 나는 내 경험을 통해 인간의 감정, 특히 군중심리가 얼마나 무서운 자산 거품을 가져왔는지, 그리고 갑작스럽고 재빠르게 그 거품이 사라져 사람들이 어떻게 도탄에 빠졌는지를 너무 잘 알고 있었다. 이 상황 덕분에 경제는 언제나 순환한다는 교훈을 몸으로 경험했다.

　몸으로 경험한 사실은 쉽게 잊기 어렵다. 단순히 머리로 배운 것과는 천지 차이다. 운동을 할 때 처음 몸으로 착실하게 익혀놓으면 나중에는 몸이 알아서 반응하듯이, 내가 몸으로 배운 경제적 공황은 그 이후 일어나게 될 또 다른 공황에 대해서도 알아서 반응을 할 수 있게 해주었다. 그것은 바로 1997년 한국에서 빛을 발하였다.

여행에서 돌아온 뒤 난 일부러 편안하게 하루하루를 보내고 있었다. 평온함이 투자에 가장 큰 도움이 된다는 사실을 알고 있었기에 난 그 마음 상태를 유지하고자 했다. 그리고 여행의 효과로 내면에서 새롭게 투자에 대한 열정이 피어오르게 되었다. 물론 예전처럼 모든 돈을 전부 투자에 쓰고 싶진 않았고, 일부만 쓰기로 결정하고 움직였다. 당시 난 집에서 신문만 4개를 구독하고 있었다. 그와 함께 집에다 컴퓨터를 하나 장만해서 인터넷으로 주식시장의 시세를 면밀히 측정하였다. 이전의 공허했던 마음은 눈 녹듯 사라졌고, 투자에 대한 무상감도 열정으로 채워졌다. 난 위급상황에 대처할 수 있도록 스탠바이하고 있었다.

그러던 어느 날, 난 신문에서 놀라운 기사를 하나 발견했다.

'동남아시아의 경제가 휘청거리다!'

난 그 기사를 꼼꼼히 읽기 시작했다. 기사에서는 태국, 필리핀, 홍콩, 말레이시아 및 인도네시아에까지 대부분의 동남아시아 국가가 연쇄적 외환 위기를 겪고 있다는 것이었다. 심지어 태국의 수상은 그 배후인물로 조지 소로스를 지적했다고까지 나왔다. 물론 조지 소로스가 혼자서 한 일은 결코 아닐 것이다. 다만 1992년 파운드화 투매 때처럼 추세의 선봉에 섰을 것이 분명했다. 다 읽고 나자 나도 모르게 자전거 여행에서 만났던 무역업자들이 생각났다. 그리고 우리나라에선 무역이 생명이라는 사실도 떠올랐다. 머릿속에서 그 몇 가지 사실들이 일련의 과정처럼 빠르게 지나갔다. 그러면서 각 사실들의 연결고리가 보이기 시작했다. 그 연결고리를 다 꿰자 한 가지 가설이 나왔다.

'동남아시아 경제에 위기가 오면 그건 우리에게도 온다. 그리고 그 위기가 만약 기업 실적에 영향을 미친다면, 레버리지 효과가 이제부터 주인을 공격할 것이다!'

몸이 떨렸다. 비록 몇 가지 사실만을 가지고 생각해 낸 간단한 추리에 불과했지만, 내 몸은 격렬하게 과거 일본의 거품을 떠올리고 있었다. 지금 문제는 동남아의 외환 위기가 아니었다. 그로 인해 드러나게 될 우리 기업의 부실함이 문제였다. 특히 금융기관의 부실함이 제일 큰일이었다. 금융회사는 아무렇지도 않게 이곳저곳 회사에 차입금을 마구 뿌려주었다. 만약 기업의 실적이 나빠서 차입금을 갚지 않는다면 금융기관은 빌려준 돈을 회수할 수 없게 되고 그 결과 파산을 해야 될 것이었다!

특별한 일은 결코 갑작스럽게 일어나지 않는다. 사람들은 갑작스럽게 일어난다고 말하지만, 그것은 본인들이 무감각했던 나날을 기억하지 못하는 것뿐이다. 상황의 내면을 면밀히 파악하고 앞으로 다가올 위험에 대해서 예방을 할 줄 아는 사람들에게는 결코 놀랍고 갑작스런 일이 아닌 것이다. 나 역시 그 당시 작금의 상황에 대한 면밀함을 유지함으로써 대한민국에 다가올 위기에 대해 예의 주시했다. 내가 이전에 일찍 팔았던 채권들도 시간이 지날수록 점점 위험해지기 시작했다. 채권도 믿지를 못할 지경이었다. 채권이 가장 안전한 투자자산 중 하나인 것은 맞지만, 기업의 그 같은 위험천만한 장부를 보고도 회사채에 투자할 용기가 있는 사람이라면 차라리 도박을 권하고 싶을 정도였다. 더 이상은 안전하질 않았다!

그렇게 1997년은 점차 위급한 국면으로 치닫기 시작했다. 대한민국은 지나치게 투기 열풍이 일어나고 있었다. 과거엔 주식의 주 자도 모르던 사람들이 너도 나도 주식시장에 발을 담그기 시작했고, 수많은 사람들이 집을 사기 위해 위험천만한 대출을 끼기 시작했다. 거기에 기업에선 아까 말했듯이 아슬아슬한 곡예 행진을 계속하고 있었다. 버블은 계속 불어나고 있었지만 사람들은 그 버블이 언제 터질지를 아무도 궁금해하지 않고 있었다. 오히려 그들은 버블이 무한대로 커질 수 있을 것이라 여기는 것 같았다.

하지만 버블은 그 본성을 절대 벗어나지 못한다. 거품은 그저 거품일 뿐이다. 거품이 너무 커지게 되면 자연스럽게 어느 순간 그 거대함을 이기지 못하고 터지게 된다. 이것은 태초부터 있었던 만고불변의 진리이며 경제 상황 속에서도 유효한 원리다. 또한 주식시장은 말할 것도 없었다. 항상 호시절이 있으면 그 이면의 시절도 있는 법이었다. 이 평범한 경기순환의 원리만 잘 깨우쳐도 큰돈을 벌수가 있다. 하지만 문제는 대중들이 '그러질 못 한다'는 점이다. 대중들은 큰 위험을 보고 큰 기회라고 생각하기에 돈을 잃는다. 그 누구도 돌봐주지 않는 투자의 세계에서, 도대체 무슨 생각으로 위험을 기회로 바라보는지 알고 있는가? 정말 간단하다. 그것은 그들이 경제적 상식이 부족해서가 아니다. 바로 이것 때문이다.

기회를 놓쳐버릴 것 같다는 안타까움.

돈 벌 기회를 놓치고 있다는 안타까움이 사람들의 올바른 이성과 판단을 흐리게 만들어 돈에 눈이 먼 투자 장님으로 퇴보시키는 것이다. 그렇기에 경제 상황을 똑바로 알고서 지금의 위험을 인지하고 있다고 해도 사람들은 무모한 투자를 감행하는 것이다.

남은 돈을 벌고 있는데 나는 돈을 벌지 못하고 있다는 안타까움과 그에 따른 조급함은 투자자가 버려야 할 제1의 천성임을 잊어선 안 된다. 사람은 누구나 자신이 뒤처지고 있다는 생각이 들 때, 이성적인 판단을 잘 하지 못한다. 인간은 심리적으로 상당히 나약하다는 말이다. 우린 인간으로 태어난 이상 우리들의 심리에 지배받는 게 당연하다. 하지만 진정으로 당신이 돈을 벌고 싶다면 인위적으로라도 심리의 지배에서 벗어나야 한다. 상당히 철학적인 말이기에 어쩌면 대부분의 사람들은 공감하지 못하고 이런 말을 할 것이다.

"그런 말을 누가 못해! 나는 비법을 원한다고!"

그러나 평생 투자를 해오면서 느낀 한 가지 사실은, 투자에는 비법이 존재하지 않는다는 것이다. 비법 따윈 없다. 다만 성공한 투자자들은 자기만의 방식으로 자신의 마음을 다스렸기에 돈을 벌 수 있었다는 사실만을 기억해야 한다. 나 역시 마음을 다스리기 위해 도쿄에서 가장 조용하고 인적이 드문 곳에서 투자를 시작하면서 큰돈을 벌었다는 사실을 잊어선 안 되었다. 또한 수많은 위대한 투자자들이 심리적 우위를 점하기 위해 공들인 노력을 잊어선 안 된다. 제시 리버모어는 자기만의 사무실에서 혼자 일했으며, 버나드 바루크는 철새 사냥터로 떠나기도 했다. 워런 버핏은 조용한 자신의 고향 오마하에서 한 발자국도 떠나지 않았으며, 존 템플턴은 휴양지인 바하마제도로 사무실을 옮겼다.

반드시 심리적 우위를 점해야 한다. 심리적으로 지고 들어가는 순간부터, 이미 당신은 마이너스 수익률을 기록하고 있다는 뜻이다. 당신이 어떤 분야에 투자를 감행하든, 심리적 우위는 항상 그림자처럼 따라다닐 것이다.

   각설하고, 버블이 커지게 되면서 내 불안도 점점 증폭되었다. 이제 어느 경제적 스캔들이 터지기만 하면 바로 버블도 터져버릴 순간이었다. 쉽게 말해, 부풀어난 거품에 경제적 스캔들이라는 바늘을 살짝 찌르기만 하면 '펑' 하고 터져버린다는 말이다. 결국 대한민국이 짊어지고 있던 풍선은 1997년 초 터져버렸다. 우리나라의 외환보유고가 말라버린 일이 생긴 것이다!

   내가 바라본 시야에서 사건의 정황은 다음과 같았다. 우선 1997년 초 대한민국에서 유명했던 대기업 한보그룹이 부도를 내는 상황이 왔다. 강남에 있는 '그 아파트'로 유명한 회사가 파산을 한 것이다! 신문은 이 사실을 대서특필했지만 난 그리 놀랍지 않았다. 이 같은 사실은 이미 여행 때 예상되었다. 문제는 그러고 나서 우리나라의 중소기업들이 약속이라도 한 듯이 줄줄이 도산을 하는 사태가 일어나기 시작했다는 것이다. 기업의 창업과 도산은 항상 빈번하다. 하지만 중소기업이 줄줄이 파산하는 일은 결코 빈번한 일이 아니며, 정상적인 일은 더더욱 아니었다. 난 이상한 낌새를 맡기 시작했다. 울산에서 일하는 지인이 떠올랐다. 그리고 그가 말했던 기업의 부채액도. 거기까지 기억해 내자 등줄기로 땀이 솟아났다. 이젠 한 치 앞을 바라볼 수 없는 상황에 직면한 것이다. 난 직감적으로 주도면밀해질 필요가 있다고 느꼈다.

그 일이 있은 몇 개월 뒤, 내가 아까 말했던 동남아시아 외환 위기가 찾아왔었다. 그러자 이 연쇄적 외환 위기로 인한 찬바람은 결국 우리나라에도 찾아왔다. 신문은 그런 사실을 말해 주지 않았지만, 시장은 그렇지 않았다. 동남아의 외환 위기 사실이 돌자, 주식시장은 강한 하락을 하면서 장을 마쳤다. 뜨거워진 시장에 부어진 차디찬 냉수였다. 만약 우리나라에 문제가 없었다면 그 같은 사실은 곧바로 별일 아니라는 시장 분석가들의 판단으로 급반등을 해야 했다. 그러고는 그날의 하락은 건전한 조정의 한 모습으로 비치고 말았어야 했다.

그러나 시장은 그렇질 않았다. 수많은 애널리스트들과 투자 전문가, 경제 전문가가 예상했던 말과는 정반대로, 시장은 급상승을 이끌어내지 못했다. 한국의 강세장에서 그전까지는 볼 수 없었던 모습을 보여주기 시작했다. 과거에도 투자 과열에 따른 강렬한 하락이 있었다. 하지만 그 같은 하락은 며칠 뒤 복수라도 하듯이 거래량을 동반한 더 큰 반등으로 올라서서 상승의 추세를 계속 만들어갔다. 하지만 지금은 아니었다. 반등은 매우 부실했고, 비실거리며 하루를 마감하는 형식이었다. 매일매일 소폭의 상승과 하락이 찾아왔다. 난 이 사실을 굉장히 중요하게 받아들이기 시작했다. 드디어 코스피 지수에서 박스권이 만들어지기 시작한 것이다. 위기가 왔을 때 그걸 이겨내지 못하는 주식시장의 모습만큼 중요한 일도 없다. 그런데 소위 경제 전문가란 사람들은 그 사실을 시장이 최근 가졌던 강렬한 상승장에 대한 일종의 '숨 고르기'라는 표현으로 무마했다. 그들은 다양한 정보와 학문적 소양을 근거로 지금의 상황을 분석하고 예상했다. 나는 그들의 분석을 텔레비전으로 시청했지만 도대체가 뭔 소리를 하는지 알 수가 없었다. 이런 말이 과연 국민들에게 얼마나 신뢰를 줄지 의심이 될 정도였다. 시장은 결코 이해할 수 없는 곳인데, 그들은 이해하려 하는 것 같았다. 그 어떤 천재도 시장을 이해할 순 없다. 그래서 난 경제 전문가들의 분석을 본 것에 대해 후회하면서 바로 잊어버렸다.

경제 분석가들이 분석한 날로부터 일주일쯤 지나자, 지지부진했던 시장에서 드디어 거대한 움직임이 일어나기 시작했다. 드디어 시장 참여자들의 심리가 어느 한 방향으로 쏠리기 시작한 것이다. 난 엄숙하게 그 상황을 지켜보았다. 만약 박스권에서 위쪽으로 벗어난다면 바로 매수할 것이었고, 박스권에서 아래쪽으로 벗어난다면 투자를 하지 않을 작정이었다(당시 한국에선 공매도나 대주거래가 어려웠다. 물론 한국에서는 하고 싶지도 않았지만). 애석하게도, 시장은 하락을 연출했다!

난 그 사실을 보자 비로소 대한민국 주식시장에서 약세장이 도래했음을 느끼기 시작했다. 아직 확신의 단계까진 아니었지만 잠정적으로 그렇게 결론을 내린 뒤, 나머지 안전하다고 판단했던 소규모의 국채들도 다른 원매자에게 약간의 할인을 거쳐 전부 팔았다. 이젠 계좌 속에 부동산을 제외한 현금만이 존재하게 되었다. 난 이제 위기의 지역에서 한발 물러나 관람하는 자세로 시장을 보는 입장이 된 것이다. 참여자가 아닌 관람자의 입장이 되자 상황이 좀 더 명확히 보이기 시작했다. 주식시장은 연일 하락세였다. 이제야 군중들은 요란스러워지기 시작했다. 우리나라에 투자를 감행했던 외국의 스마트 머니 Smart Money가 매일같이 빠져나가고 있었다. 외국의 자금이 빠져나가자, 점점 더 시장의 매수세는 사라지기 시작했다. 경제 전문가들은 다시 지금의 상황을 분석하기 시작했다. 이미 하락의 추세가 보이고 있었는데, 상황을 분석하는 건 의미가 없는 행위였다! 그들은 지금의 상황을 또 다른 논리로 말하기 시작했다. 그들은 항상 논리정연했으며 언제나 그럴듯했다. 하지만 논리정연하다는 사실 자체가 이미 글러먹은 사고방식이었다. 난 TV를 끄고 시장의 모습만을 관찰하기 시작했다. 시장은 잠시 쉬어가는 양상이었다. 좀 더 아래쪽에서 새로운 박스권을 만들어가고 있었다. 대중들 중 몇몇이 이제 떨어질 만큼 떨어졌다고 여기는 것 같았다. 그들은 얼마 지나지 않아 곧 시장이 오를 거라는 기대감 속에 무리하게 매도 물량을 받아내고 있었다.

그렇게 참여자들의 심리가 뒤엉키는 동안 신문에 나온 대문짝만 한 기사를 보고 난 할 말을 잃어버렸다.

'대한민국의 외환보유고 위험'

대한민국 외환보유고가 비상이라니! 난 식사를 하다 말고 신문부터 찬찬히 읽기 시작했다. 기사는 현재 한국은행이 보유하고 있는 외환이 부족하다는 사실과 함께 그 경우 일어나게 될 위험 상황을 지적하고 있었다. 물론 뒤쪽에는 안심하라는 외환 담당자의 말이 쓰여 있었고, 텔레비전에서는 외환보유고 사태에 대해 지나치게 과장되었다는 인터뷰도 나왔다. 도대체 뭘 안심하라는 건지 이해가 되질 않았다. 외환이 부족한데 안심하라는 말을 하는 것 자체가 이미 난센스였다. 외환이 부족하게 되면 상황은 점차 악화될 것이 뻔했다. 드디어 거대해진 풍선에 바늘이 들어온 것이다!

난 다시 지난 자전거 여행 때 만났던 무역업자들이 생각났다. 무역으로 먹고사는 나라에서 외환이 부족하다는 말이 무엇을 의미하겠는가? 간단하다. 외국 손님이 카지노에서 돈을 땄다. 그러고 난 뒤 칩을 현금으로 바꾸어달라고 부탁했더니 딜러가 현금이 부족하다면서 칩을 교환해 주지 않는 것과 똑같다. 현금으로 바꾸어주지 않는 카지노에 과연 손님들이 와줄까? 천만에! 손님들은 절대 그곳에 발을 들이지 않을 것이다! 그리고 지금, 우리나라도 그런 일이 일어나고 있었다. 결국 그 사실이 발표되자 미국의 신용평가기관 S&P에서 한국의 신용평가등급을 하향 조정함과 동시에 외국인 투자자들이 모두 매도에 나서기 시작했다. 드디어 손님들이 손을 털고 일어나기 시작한 것이다.

외국인들의 집단 매도로 인해, 주식시장에서는 두 번째 박스권까지 파괴되면서 진정한 하락의 추세로 접어들기 시작했다. 이젠 대중들도 점점 사실을 받아들이기 시작했다. 헛된 희망이 눈을 가리는 시절은 지나가 버렸다. 사람들의 마음속에 비로소 공포가 들어차기 시작했다. 그 같은 공포를 반영이라도 하듯 우리나라의 시가총액 1위에서 15위까지 전 종목이 큰 폭으로 동반 하락했다. 매우 특수한 경우였다. 대한민국 최상위 종목 15개가 모두 하락한다는 것은 흔치 않았다. 하지만 그런 특수한 일이 일어났다는 것은 곧 지금의 경제 상황이 특수하다는 방증이었다. 펑 하고 터진 풍선은 이제 바람을 빼면서 아래로 고꾸라지는 일만 남은 것이다. 그러나 상황이 조금 달랐다. 그리 쉽게 고꾸라지지 않았다. 전 종목이 동반 하락한 이후, 시장은 잠시 하락장을 거부하듯 며칠간의 상승을 이끌어냈다.

난 이를 보자 슬며시 매수를 하고 싶다는 마음이 들기 시작했다. 충분히 떨어질 만큼 떨어지고 있었고, 지금부터 사들이기 시작하면 적어도 약세장이 끝나고 강세장이 도래했을 때 수익을 많이 낼 것 같았다. 그리고 약세장의 힘도 초반과는 다르게 더 둔화되어 있었다. 사 놓으면 훗날 비싸게 팔 수 있다는 욕심이 날 부추기고 있었던 것이다. 백화점 바겐세일 기간에 옷을 사지 않으면 배가 아프듯이, 지금처럼 주식이 싸졌을 때 사지 않으면 두고두고 후회할 것 같았다.

그러나 난 결국 참아냈다. 심리적 압박감을 이긴 것이다. 난 시장의 움직임을 좀 더 열심히 살펴보았다. 시장은 이전보다 덜 심하게 하락하긴 했지만, 중요한 것은 여전히 시장은 하락의 추세를 가지고 움직인다는 사실이었다. 군중의 심리는 아직 공포였다. 난 좀 더 지켜보기로 했다. 만약 군중들이 용기를 가지고서 새롭게 상승장을 만드는 시기가 온다면, 그때 매수해도 결코 늦지 않았다.

하지만 엎친 데 덮친 격으로 시장은 오히려 새로운 사실 덕분에 더 크게 떨어지고 말았다. 1997년 11월, 한국이 IMF에 도움을 요청한 것이었다. IMF는 국제통화기금의 약자로 전 세계적으로 외화 지원을 해주는 국제기구였다. 물론 대가도 지불해야 했다. 말인즉슨, 이제 우리나라는 IMF의 말이라면 뭐든 들어줘야 했다.

결국 1997년 12월부터, 우리나라는 대규모 구조조정이 일어나기 시작했다. 구조조정! 이 얼마나 효율적이면서 무서운 단어란 말인가. 기업은 다이어트에 들어가기 시작한 것이다.

IMF의 지시에 맞춰, 기업은 자기네들에게 비효율적인 모든 것을 제거하기 시작했다. 특히 사람을 말이다. 결국 우리나라는 실업대란이 일어나기 시작했고, 수많은 비자발적 실업자들이 돈 없이 추운 새해를 맞이해야 했다. 이제 우리나라는 단순히 주식시장을 떠나 범경제적으로 불황을 맞이하게 된 것이다. 주가는 말할 것도 없이 떨어졌다. 이미 코스피 지수는 과거 최고점 대비 반토막이 나 있었고, 수많은 주식 부자들의 전설은 한강의 차디찬 물줄기와 함께 떠내려가게 되었다.

  사실 우리나라 사람들은 과거 70년대 경제성장 때부터 줄곧 호황을 구가해 왔다. 제1, 2차 오일 파동을 제외하곤 단 한 번도 경제적 불황을 겪어본 적이 없었다. 그 말은 곧 지금의 경제활동인구들은 어떻게 대처해야 할지 모른다는 말과 같았다. 과거 내가 보았던 일본도 꼭 같았다. 물론 위기가 일어나게 된 원인은 다르지만, 거기에 대응하는 사람들의 모습은 국적을 불문했다. 어느 곳이든지 아수라장을 연출하고 있었던 것이다.

  이제 대중들은 불황을 몸으로 느끼기 시작했다. 가계의 소비는 줄었고, 기업의 투자는 낮아졌으며, 정부는 하루에도 몇 번씩 긴급소집을 감행했다. 그러나 달라지는 것은 아무것도 없었다. 지옥의 소용돌이에서 빠져나가기엔 늦은 것이었다.

  그렇게 지옥의 1997년이 지나가고, 드디어 1998년의 새해가 찾아왔다. 수많은 대기업들이 줄줄이 도산을 하였고, 국민들은 큰 충격에 빠졌다. 대부분의 월급쟁이 아버지들은 눈물을 머금고 일자리를 찾아다녔고, 취업 준비생들은 자신의 처지를 한탄하며 한숨을 내쉬었으며, 공무원들은 매달 나오는 작지만 소중한 자신의 월급을 보면서 다행이라는 표정을 짓는, 그런 새해였다. 이제 몇몇 사람들 사이에서는 대한민국 자체가 파산할지도 모른다는 말까지 나돌게 되었다. 그 누구도 한 치 앞을 바라볼 수 없는 파국이었다!

18

호황은 좋다, 하지만 불황은 더욱 좋다

1998년의 대한민국은 싸늘하기 그지없었다. 적어도 투자의 세계에서는 그러했다. 공포를 뛰어넘어 대한민국에 저주를 퍼붓는 사람들까지 생겼다. 그러면서 도대체 어디서부터 엉키게 된 건지 모두가 궁금해했다. 나 역시 지금의 경제 불황이 어디서부터 잘못되었는지 정말 궁금했다. 난 다양한 매체를 통해 저마다 주장하는 불황의 원인과 대안을 살펴볼 수 있었다. 그러나 애석하게도 그들의 주장은 다 제각각이었고 답보적인 수준이었다. 결국 그들의 분석도 다 쓸모없었다.

경제 전문가들도 우왕좌왕하며 지금의 경제 불황을 일관되게 설명하지 못하자, 사람들은 점차 대한민국의 파산을 점치기 시작했다. 국민이 국가의 파산을 걱정하고 있는 상황이라니! 부끄러운 고백이지만 사실 나 역시 그러했다. 나도 앞으로의 대한민국 경제가 어떻게 나아갈지 알 수 없었다. 어두운 미래만큼 사람을 두려움에 떨게 만드는 것도 없다. 난 두려웠다. 돈을 전부 원화로 가지고 있었기에 치솟는 환율을 보자 우리나라에서도 아프리카의 국가처럼 천문학적인 환율 위기를 겪지 않을까 걱정이 되었던 것이다. 달러가 몇 달 전과 비교했을 때 정말 심각한 차이를 내고 있었다. 대한민국에서 외환은 사막의 오아시스나 다름없었다. 난 점점 우리나라의 원화를 믿지 못하게 되었다. 원화와 달러와의 괴리는 점점 더 커져만 갔다.

결국 나도 이러한 두려움에 굴복하고 원화를 쥐고 있는 일이 현명하지 못하다는 결론을 내렸다. 나는 원화의 대부분을 금과 같은 안전자산, 그리고 몇몇 미술품을 사는 데 썼다. 또 외국 돈으로 환전도 하였고, 여차하면 외국으로 갈 수 있도록 여권도 다시 준비했다. 그렇게 난 조국을 등지는 행위를 하고 있었던 것이다. 지금 생각해도 그 당시 나의 행동은 도덕적으로 올바르지 못한 행위였다. 하지만 난 투자자였다. 투자자는 자신의 재산을 보호해야 할 의무가 있다고 생각했고, 공포에 질려 있던 당시의 난 그게 옳다고 여겼다. 난 정말로 여차하면 외국에서 살려고 했다. IMF는 여전히 대한민국을 옥죄고 있었고, 중소기업은 이미 씨가 말라 있었다. 고용은 증대되지 못하고 있었고 더 이상 한국은 신용이 있는 국가가 아니었다. 그러나 그런 대한민국에서 나조차도 깜짝 놀랄 만한 일들이 일어나게 되었다. 어쩌면 내가 알게 된 대한민국의 진짜 저력은 바로 거기에 있었다!

난 대한민국 사람들이 여타 다른 나라 사람들과 국민성에서 어떤 차이를 보이는지를 비교하길 즐겼었다. 대다수의 심리학자나 여행가가 즐기듯이 내게도 그 같은 비교가 흥미로운 공부였던 것이다. 대개 일반적으로 우리가 알고 있는 우리나라의 특성은 다음과 같을 것이다.

'대한민국의 국민들은 자기 고집이 세고 조금은 다혈질적인 성격을 가지고 있음. 또한 일을 처리함에 있어서 빠르게 해내고자 하며, 느리게 하는 모습을 잘 견디지 못함. 정이 많고 인정에 약함.'

난 여기에 한마디를 더 덧붙이고 싶다. 내가 뉴스에서 보게 된 대한민국 국민들의 행동을 보고서 말이다.

대한민국 국민은 특히 위기에 강함. 어려운 상황에서 더 강해지고 단단해지며 현명해짐.

불황에 대해 우리나라 사람들은 분명 처음에는 힘들어하고 고통스러워했다. 하지만 점점 힘들어질수록 점점 강해졌다. 곳곳에선 아나바다 운동(불필요한 지출을 줄이자고 만든 운동으로 '아껴 쓰고 나눠 쓰고 바꿔 쓰고 다시 쓰고'의 준말)이 펼쳐지고 있었고, 사람들은 금을 내면 국가에 도움이 된다는 말에 너도나도 금을 기부했다. 심지어 자기 결혼반지까지 내놓았다. 힘들었지만 거기에 굴복하지는 않고 있었다. 모두가 허리띠를 졸라매고 이겨내자는 분위기가 형성되었다. 흔히 말하는 파이팅 넘치는 분위기로 확산되어 갔다. 이건 내가 일본에서 보던 국민성과는 사뭇 대조적인 모습이었다.

　대한민국은 분명 경제성장이 어려운 나라이다. 중동은 석유가 난다는 이유만으로 앉아서 돈을 번다. 하지만 우리나라는 그 흔한 석유조차 한 방울도 나지 않는다. 금광은 일제강점기 때 이미 다 털렸으며, 교육은 일제강점기와 한국전쟁 때문에 몇십 년이나 뒤처져 있었다. 사회적 인프라도 전쟁의 상처로 인해 턱없이 부족했고, 국제적으로는 북한과의 대치로 해마다 천문학적인 금액을 국방비에 소요할 수밖에 없었다. 즉, 처음부터 우린 매우 열악한 환경에서 남들과 경쟁하기 시작했던 것이다. 하지만 우린 전 세계가 놀랄 만한 경제성장을 일구어냈다. 모든 경제학자가 경악했고 투자자들이 신기해했다. 다만 정작 주인공이었던 우리 대한민국 국민들만이 놀라워하지 않았을 뿐이다. 우린 기적을 그렇게 일구어냈다. 난 이제야 알았다. 대한민국의 저력은 바로 개개인의 국민이라는 사실을 말이다. 검정색 기름도, 번쩍이는 황금도 아니다. 드넓은 평야도 아니며 최첨단의 교육도 아니다. 대한민국 국민이라는 존재,

그 자체가 이미 대한민국이 가진 최고의 재산이자 경쟁력이었던 것이다!

그리고 그런 그들이 지금 위기 상황에서 숨거나 도망치지 않고 불황을 타개하기 위한 불굴의 노력을 기울이고 있었다. 나는 과거 일본에서 안타깝게 일생을 마친 내 동료 센고쿠가 또다시 떠올랐다. 그때 그는 자신의 매수 행위를 자신이 일본인이라는 이유로 정당화했었다. 나는 그의 말을 비로소 이해할 수 있었다. 나는 한국인이었다. 그리고 그런 내게 대한민국의 외환 위기는 반드시 헤쳐 나가야 할 조국의 시험대이지, 단두대가 아니었다. 우리나라는 반드시 이를 극복해야 했다!

그 같은 고민의 결과로, 난 내가 한 행위에 대해 말할 수 없을 정도의 부끄러움을 느꼈다. 난 우리나라가 거대한 위험에 봉착했다는 이유만으로 완벽하게 등지려 했다. 그러나 다른 국민들은 그렇지가 않았다. 그들은 새롭게 도약할 그날을 믿고서 혼신의 힘을 다해 경제를 다시금 일으켜 세우려 노력하고 있었다. 결국 이 같은 엇갈린 행동은 나에게 새로운 마음가짐을 가질 기회를 마련해 주었다. 투자자라는 직업을 가진 자로서 조국을 위해 해야 할 일은 다름 아닌 대한민국에 대한 새로운 강세장을 위한 투자자가 되어야 한다는 사실을 깨달은 것이다!

난 이제 더 이상 대한민국의 미래를 비관적으로 보지 않게 되었다. 여전히 힘들었지만 한 줄기 빛이 있었다. 난 그 빛을 믿어보고 싶었다. 앞으로 불황이 끝나면 도래할 강세장을 위해서, 난 다시 모든 화폐를 원화로 바꾸었다. 그러고는 증권 거래 계좌에 다시금 증거금을 납입했다. 이젠 대한민국의 장밋빛 미래를 매수하려는 '강세장 투자자'로 변한 것이다.

그렇게 난 대한민국의 주식시장을 바라보았다. 물론 난 결코 싸졌다는 이유만으로 주식들을 주목하지는 않았다. 애국심도 중요했지만, 투자에서는 애국심보다는 이성적인 사고력과 상황 판단이 더 중요했다. 과거 남들을 의식해서 일본의 약세장 속에서 매수했던 불쾌한 1,500주를 잊었을 리 없었다. 난 내 경험이 말해 주는 대로 시장에 투자를 감행할 뿐이었다. 난 추세가 보일 때까지 조용히 관찰만을 계속하였다. 최적의 순간을 기다리며 그동안 투자는 하지 않았다. 그렇게 약 4개월이 지났다. 난 무려 4개월간 상황을 분석했고 전문가의 의견을 모두 살폈다. 그리고 나만의 생각의 실타래를 엮어나가기 시작했다. 물론 국가가 내놓는 지표들도 꼼꼼히 기록했다.

나는 대한민국이 일종의 유동성 위기에 빠졌다고 판단했다. 대개 유동성 위기란 기업이 자금 조달에 있어 차질을 빚게 되어 사업에 어려움을 겪는 일을 뜻한다. 이걸 대한민국이라는 개체로 생각해 본다면, 현재 한국은 기업의 무리한 팽창이 있었고 그게 외화의 부족으로 인한 외환 유동성에 빠져 생긴 어려움이었다. 결국 기업 자체의 경영 악화라기보다는 상대적으로 외화 자체에 대한 유동성이 메말라버렸기에 생겨난 결과였다. 다시 말해서, 대한민국이 외화를 가져오기 위해 적극적인 노력을 기울인다면 새롭게 회복할 수 있는 턴어라운드Turn-Around를 기대해 볼 수 있었다. 그렇다면 핵심은 대한민국이 외화를 어떻게든 조달하는 일이었다. 그리고 그 일은 실제로 대단히 놀라운 형태로 진행되었다.

우선 대한민국은 빠르게 부실채권을 정리했다. 대단히 굴욕적인 일이긴 했지만 어떻게든 부실한 채권에 대해서는 국가적 차원에서 빠르게 해외로 매각하여 외화를 조달했다. 그리고 기업은 IMF가 제시하는 혹독한 구조조정을 모두 실행에 옮기고 기업 재무구조의 안정화를 충실하게 이행했다. 게다가 국민들은 아나바다 운동과 금 모으기 운동을 통해 외화의 탈출을 막고 외화를 오히려 끌어왔다. 정말 놀라운 일들의 연속이었다. 정부, 기업, 가계 모두가 하나같이 허리띠를 졸라매고 더없이 열심히 일했다. 나는 이 모든 상황들을 빼놓지 않고 모두 살펴보았다. 그리고 그렇게 관찰하던 중 4개월이 지난 시점부터는 주식시장에서도 더 이상의 급격한 하락을 만들지 않는 모습을 발견했다. 또한 신저가를 갱신하지도 않았다. 신저가를 갱신하지 않고 약세장에서 지지부진한 심리선이 생겼다는 사실만큼 중요한 게 또 있을까? 물론 아직 확실히 강세장이라고 판단하기에는 시기상조였다. 그러나 지지선은 매우 강했다. 매도 세력은 그 지지선 앞에 서자 더 이상 팔지 않았다. 거기에 뉴스와 신문에서 대한민국의 경제가 과거 1997년 말보다 더 나아지고 있다는 실제적 지표들을 발표하기 시작했다. 그때부터 투자심리는 조금씩 살아났다. 사람들은 이제 바닥을 찍었다고 생각했다. 내가 보기에도 그런 것 같았다. 대중들이 서서히 대한민국의 주식시장을 주목해 주기 시작했다. 난 그 추세에 올라타야 했다. 당시 시장을 주도하는 은행주와 증권주 중에서 실적이 양호하고 부채가 적은 우량주 4개 종목에 대해 각각 1,000주씩 매입했다. 총 4,000주를 매입한 것이다. 그러고는 시시각각으로 변하는 상황을 체크하기 시작했다. 뭔가 이루어질 것 같은 느낌이었다.

하지만 내가 바라던 강세장이라고 보기에는 일렀다. 내가 매수한 뒤 바로 4종목들이 모두 약속이라도 한 듯이 우르르 무너지기 시작했다. 난 좀 더 참아보기로 했다. 그렇게 나흘째였다. 전체 수익률이 -5%가 되자, 난 바로 손절매했다. 여전히 약세장은 계속되고 있었고, 경기가 나아져도 사람들의 심리까지 나아진 것은 아직 아니었던 것이다. 바람직한 손실이었다. 난 손실을 겸허히 받아들였다. 그러고는 좀 더 시장을 주시했다. 확실히 용기 있는 자들이 투자를 시작한 것 같았지만, 아직 군중들은 폭풍의 회오리 한복판에 있었다. 난 추세보다 좀 더 앞서서 투자를 한 것이었다. 난 다시 기다리기로 했다. 시간이 지날수록 대한민국의 경제는 점차 나아지기 시작했다. 호황이 있으면 불황이 오듯이, 불황이 왔으면 그 이후에는 다시 호황이 찾아오게 되는 것이다.

그와 함께 투자심리도 점차 나아지기 시작했다. 또다시 주식시장에서 상승세가 이루어졌다. 이번엔 좀 더 길었다. 무려 4일간이나 연속해서 상승을 이루었다. 난 투자를 다시 해볼까 생각했지만, 아직 이게 단순한 반등인지 아니면 강세장의 시작인지 확신할 수가 없었다. 좀 더 시간이 필요했다. 확실한 추세를 보고 싶었다. 그렇게 약 3주를 더 기다렸다. 그러자 점점 추세의 윤곽이 드러나기 시작했다. 몇 번씩 있던 하락의 폭도 점점 작아지기 시작했다. 그에 따라 상승의 폭도 점점 커지기 시작했다. 시장에는 드디어 조금씩 햇살이 비치기 시작한 것이다! 난 그 사실을 보고서 이전에 매도했었던 4개 종목을 다시금 1,000주씩 매입하고는 조용히 상황을 지켜보았다. 그러자 그 주식들은 며칠간 크게 상승했다. 난 이제 슬슬 추세에 대한 확신이 생기기 시작했다. 이제 시장은 정말로 되살아나고 있었다. 끝이 보이지 않을 것만 같았던 이 공포의 시간들은 어느새 대중의 용기와 믿음을 통해 사그라지기 시작했다.

이제 대한민국의 경기는 살아나고 있었다. 결코 호황은 아니었지만 불황도 아니었다. 난 조정의 순간을 자주 맞이했고,

거래 규모가 크지 않은 덕택에 민첩하게 빠져나올 수 있었다. 그리고 새롭게 조정을 벗어난 주식을 매입하면서 수익을 계속 불려나갔다. 난 그때부터 대한민국에서 일어나는 새로운 강세장 속에서 투자를 계속했다. 완벽하게 강력한 상승시장은 아니었지만, 분명 차트의 흐름은 하락을 벗어나 상승을 보여주고 있었다. 도저히 벗어날 수 없을 것만 같았던 외환 위기를 벗어나 대한민국은 새롭게 도약하려 하고 있었다. 또다시 새로운 시대가 열리는 것이었다.

나는 내가 매수한 종목들을 통해 수익을 낼 수 있었다. 시장은 외환 위기로 인한 바닥을 이미 보여주었고 새롭게 상승했다. 나는 1999년 중반부터 수익을 내기 시작했다. 어둠이 점차 사라지고 있었다. 그리고 조금씩 어둠속에서 가늘게 비치는 햇살을 바라볼 수 있었다. 지표는 점점 더 좋아지기 시작했다. 무역 흑자를 달성하기 시작하면서 대다수의 주식들이 새롭게 턴어라운드하며 상승하기 시작했다. 그리고 그러한 주식들 속에서 시장은 새롭게 강세장을 만들어나갔다. 나는 이러한 시장의 흐름을 바라보며 주식시장이란 곳이 참으로 기가 막힌 곳이라는 생각을 했다. 불과 일 년 전만 해도 여의도는 침체 분위기를 넘어서 참담할 지경이었다. 증권가에서 들리는 얘기들은 하나같이 너무 비관적인 나머지 도무지 상승의 여력을 바라볼 수도 없을 정도로 자극적이었다. 그런데 일 년이 지난 지금은 또다시 새롭게 희망을 얘기하고 있었다. 나는 투자자가 주식시장보다 훨씬 후행한다는 사실을 이해할 수 있었다. 그리고 선행하는 자만이 비로소 돈을 벌 수 있다는 사실 역시 이해할 수 있었다. 그런데 문제는 대다수의 투자자들도 이 모든 내용을 잘 알고 있지만 정작 그 상황이 자기 앞에 닥쳤을 때는 올바르게 행동하지 못한다는 거였다. 내가 잘 알던 어느 증권사의 펀드매니저가 대표적이었다. 그는 국내에서도 최고의 대학이라는 곳에서 경제학과 경영학을 전공한 수재였다. 그리고 대학 시절 높은 성적을 거두며 미국 경영학 석사 과정 MBA까지 마친 엘리트 중의 엘리트였다. 그러고는 당당하게 증권사의 펀드매니저로 입사했던 그의 연봉은 억대가 넘었다. 그런 그에게 주식시장에서의 수익이란 실로 간단해 보였다. 하지만 정말 놀랍게도 그는 자신이 엄청난 시간과 돈을 들여 배운 수많은 지식들을 전혀 사용하지 못했다. 그는 대한민국에 외환 위기가 온 뒤 주식을 빼지도 않았고, 이후 외환 위기를 극복해 나가는 과정에서 주식을 매수하지도 않았다. 나는 이 얘기를 그의 동료에게서 전해 들었다. 나는 궁금해서 물었다.

"아니, 그가 97년 말에 주식을 빼지 않고 보유한 이유가 도대체 뭐래?"

"자기도 모르겠대. 다만 잃고 있는 자신의 펀드를 보며 팔아야 한다는 사실을 머리로는 이해했지만 가슴은 이해하지 못했다는 말을 하더군."

"그럼 98년이 지나고 99년부터 다시금 매수를 하지 않은 이유는 또 뭐지?"

"똑같아. 머리로는 이해했지만 마음은 불안하더래."

나는 그 펀드매니저의 솔직한 말에 적극 동의했다. 나 역시 머리로 이해하는 것과 실제 마음으로 받아들이는 것 사이에 커다란 간극이 있다는 사실을 잘 알았기 때문이었다. 그의 이 같은 언행은 투자자들이 대부분 가지고 있는 일종의 특성이었다. 이건 전쟁과 비슷했다. 전쟁놀이와 전쟁은 달랐다. 실제로 주식시장에서 투자를 하게 되면 자기가 가졌던 수많은 생각들은 접어두고 그 순간의 모습에 압도되어 근시안적인 행동을 끊임없이 되풀이하게 된다. 상승에 우쭐해하고, 하락에 벌벌 떤다. 그게 돈을 잃는 95% 투자자의 행동이었다.

이 점은 이미 수많은 위대한 투자자에 의해 회자되었다. 대표적인 일화가 바로 존 템플턴의 이야기이다. 존 템플턴은 대공황 당시 돈을 빌려 여러 주식을 매입하여 장기간 묻어두었다. 그의 행동은 실로 간단하게 들리지만 실상 이 같은 행동은 어지간한 확신과 재능이 없으면 해내기 어려운 일이었다. 하지만 그는 대공황의 한복판에서 엄청나게 저렴해진 주식들을 매입했고, 몇 년 뒤 놀라운 수익률을 획득할 수 있었다. 그것은 시장이 호황과 불황을 반복한다는 사실을 정확히 이해하고 있었기에 해낼 수 있는 일이었다. 그리고 그는 이렇게 말했다.

'이번에는 달라This time, it's different'라고 말하는 투자자는 주식시장에서 가장 비싼 네 단어의 가치를 치르게 된다.

나는 그가 왜 이 말을 했는지 비로소 이해했다. 내가 일본의 폭락을 바라보고 한국의 폭락을 바라보며, 폭락 이후 새롭게 상승하는 모습을 보았기 때문이었다. 항상 시장은 돌고, 또 돌았다.

언제나 역사는 이전 시대를 마감하면 새로운 시대가 왔다. 그러나 사람들, 특히 투자라는 직군에서 일하는 대다수는 항상 역사의 어둠 속에서 밝음을 바라보지 못하고 밝음 앞에서 어둠을 바라보지 못한다. 이건 현 상황에 대한 감정적 영향을 받았기 때문에 그럴 수 있다. 실제로 투자자라는 직업은 항상 감정적 영향 속에서 살아간다. 그리고 그 영향 덕택에 항상 미래를 통해 돈을 버는 직업임에도 불구하고 미래를 바라보지 않고 현재만으로 상황을 치부해 버린다. 이는 어찌 보면 투자자가 가지는 딜레마라 볼 수 있었다. 모든 투자자들이 미래를 예측해서 투자를 감행해야 했지만, 거꾸로 대부분의 투자자들은 현실에 물들여져 투자를 했다. 그래서 대부분의 투자자는 돈을 잃는다. 그리고 그렇게 생각하지 않았던 극소수의 투자자만이 그러한 다수의 투자자의 돈을 가져간다. 이게 주식시장의 생리였다.

나는 이러한 시장의 하락과 상승, 상승과 하락을 경험했다. 비록 위대하다고 말하는 투자자들만큼의 경험을 가지진 않았지만, 나 역시 내 인생을 반납하고 얻게 된 투자의 경험이 있었다. 그리고 그 경험이 말해 주는 최종적인 답은 시장은 돌고 돈다는 사실이었다. 언제나 호황이 있으면 불황을 대비하고, 불황이 있으면 또한 호황을 기다려야 했다. 그런 의미에서 주식 투자는 어떻게 보면 간단하다. 하지만 이건 돈을 가지고 인간의 심리를 자극하는 일이기에 결코 간단하지 않은 게 되어 버린다.

나는 이번 대한민국의 외환 위기 사태를 경험하면서, 과거 일본에서 경험했던 대폭락을 떠올렸다. 이 두 사건은 내게 있어 정말 거대한 차원의 시장 흐름이었다. 나는 흐름의 한복판에 있으면서 인간이라는 동물이 얼마나 정신적으로 나약한지 배울 수 있었다. 그리고 돈에 의해 얼마나 쉽게 타락할 수 있는지도 볼 수 있었다. 내가 보기에 시장은 스스로 부드럽게 움직이려 노력했지만 그 참여자들은 경직된 마음으로 움직였다. 그리고 그게 현실이었다.

그래서 주식시장에서 돈을 번다는 것은 정말로 어려운 일이었다. 절대 이 일을 쉽게 여겨서는 안 된다. 그리고 참여자라면 모두가 이 일이 결코 쉽지 않다는 사실을 알게 된다. 그건 나 역시 그러했다. 이것은 거래를 해오며 내면에서 본능적으로 느끼고 있던 사실이었다. 인간의 심리와 싸우는 일이기에 결코 쉽지 않았다. 또한 월급처럼 일정한 금액이 나오는 것도 아니라는 사실은 절망적인 상황을 자주 연출했다. 몇 달간 계속 손실을 입을 때는 생활고 때문에 너무나 힘든 나날의 연속이었다. 그리고 그때마다 항상 '내가 투자와 맞는 사람일까?'라는 생각을 수십 수백 번 반복했다. 투자라는 행동은 이미 그 자체로도 빛과 그림자를 동시에 가지는 야누스적인 직업이었다. 주식시장 자체도 상승과 하락이 있지만, 투자자 본인에게도 항상 상승과 하락이 있다. 이게 투자의 본질이었다.

19

19세기가 영국, 20세기가 미국의 시대였다면, 이제부터는 중국의 시대이다

 난 대한민국에서 강세장 투자를 하면서 주변에 나의 투자 경험을 들으려는 사람들이 몰려든다는 사실을 깨달았다. 그들은 날 마치 투자의 스승인 양 바라보면서 투자의 비법을 물었다. 적잖이 당황스러웠다. 처음에는 내가 아는 범위 내에서 대답을 했다. 하지만 문제는 그 다음이었다. 그들은 나중에는 내가 투자한 종목까지 묻는 게 아닌가?

 "선생님, 그런 말은 저도 압니다. 그런 말만 하지 마시고 대관절 어떤 종목을 사셨는지를 알고 싶은데요?"

 "이거 참, 그거 하나 알려주는 게 그렇게 힘듭니까? 같이 돈 좀 벌자는데 왜 이렇게 빡빡하게 구는 겁니까?"

 릴케는 '명성이란 결국 새로운 이름 주위에 모여든 오해의 총합에 불과하다'라는 말을 남겼다. 난 이 말을 비로소 실감했다. 믿기지 않겠지만, 솔직하게 말해서 내가 유명해질수록 내 투자 실력은 떨어져가고 있었다. 투자자는 결코 유명해지면 안 된다는 사실을 절실히 깨닫는 순간이었다.

사람들에게서 받는 관심에 힘들어지자, 날 알아보지 못하는 새로운 곳으로 잠시 떠나 있어야겠다는 생각이 들었다. 유명하다는 것은 그만큼 날 바라보는 눈이 많아진다는 말이다. 적어도 투자의 세계에서 자기를 바라보는 눈이 많아지면 감정적으로 흔들릴 위험이 있었다. 유명해질 때부터 투자의 감각이 약해진다는 사실을 명심해야 할 것이다. 투자는 은밀히 자기만이 알 수 있도록 해내야 한다. 해서, 난 잠시 대한민국을 떠나 있고 싶었다. 그리고 재미있게도 내가 선택한 여행지는 당시 내가 생각해 왔던 가정을 시험해 볼 곳으로 정해졌다.

그 가정은 월스트리트의 유명 투자자인 짐 로저스의 글과 인터뷰를 보면서 떠오른 것이었다. 그는 자주 언론이나 글을 통해 미래의 성장 동력인 개발도상국에 관한 언급을 했었다. 나는 그의 주장과 근거를 살펴보며 상당히 논리적이란 인상을 받았다. 그리고 그런 그의 글을 읽던 중 투자에 관한 재미있는 생각을 하게 되었다. 바로 '국가별 투자군' 선정이라는 것이었다. 생각해 보면 난 대한민국과 일본, 그리고 미국과 영국에 투자를 했었다. 여기서 엄밀하게 내 실력으로 투자한 곳이라면 대한민국과 일본만이 해당되었다. 그리고 거기서 큰돈을 벌었다. 그런데 아이러니하게도 내가 돈을 번 그곳은 당시 경제개발이 매우 급진적으로 일어났던 장소였다. 당시 투자를 시작했을 때는 잘 느끼지 못했지만, 지금 와서 생각해 보니 그러했다. 적어도 투자를 시작한 국가를 선정함에 있어서는 운이 좋았던 것이다. 국가가 경제적으로 성장하는 곳에서는 분명 장기적으로 주가가 상승한다. 그 말을 다르게 생각해 본다면, 국가의 경제성장이 더딘 곳은 주가 성장을 기대하기도 어렵다는 말이 아닐까? 난 순간 그런 생각이 든 것이다. 한마디로 장기적 추세에 있어서 군중들의 심리도 중요했지만, 그 같은 군중들의 심리와 함께 국가의 경제성장도 중요하다는 생각을 하게 된 것이다. 난 이 같은 가정을 직접 확인해 보고 싶었다. 그래서 각 국가들의 경제 발전도와 그에 따른 주가 상승을 차트로 확인해 보기 시작했다. 그러자 정말 놀라운 사실을 발견할 수 있었다. 미국은 엄청난 경제성장을 이루었던 1920년대에서 1950년대까지의 기간 동안 종합주가지수의 변화폭이 매우 컸다. 또 대한민국은 1970년대 경제성장 시기부터 1998년 IMF 시기까지 종합주가지수의 변화폭이 엄청났다. 일본 또한 마찬가지였다. 난 새로운 사실을 한 줄로 정리했다.

국가가 경제적으로 크게 성장하는 기간에는 주가 변화의 폭도 엄청나게 크다.

여기서 중요한 점은 주가 '변화'의 폭이라는 점이었다. 즉, 경제가 크게 성장할 때 주가는 단순히 크게 오른다는 것이 아니라 크게 오르내린다는 점이 중요했다. 이 말은 1929년 미국의 대공황, 1989년 일본의 버블 붕괴, 1997년 대한민국의 IMF 외환 위기에서 파악할 수 있었다. 분명 이들 국가는 경제적으로 성공 가도를 달리고 있었고, 약세장이 오기 전 주가의 상승이 매우 컸던 시기였다. 즉, 성장 동력이 강력한 국가에서는 강한 상승만을 보여주지 않고, 강한 상승과 동시에 강한 하락을 함께 나타냈다. 상당히 흥미로운 사실이었다.

난 이 사실을 새롭게 이용해 보고 싶다는 생각이 들었다. 경제적으로 엄청난 발전을 구가하는 장소를 찾아보고, 그곳에서 진정으로 강렬한 주가 변화가 일어나는지 알아보고 싶었다. 그리고 실제 투자를 통해 높은 수익과 동시에 내 가정에 대한 답도 얻고 싶었다. 결국 내 여행지는 경제 발전이 두드러진 국가들로 좁혀졌다. 그래서 2003년 당시 내가 선택한 국가는 IT 성장 가도를 달리던 미국과 골드만삭스가 선정한 경제성장 국가인 브릭스BRICs 국가군이었다. 브릭스는 2000년대를 전후해 빠른 경제성장을 거듭하고 있는 브라질·러시아·인도·중국 등 신흥경제 4국을 일컫는 경제용어인데, 난 그중에서도 우리나라와 가깝고 13억 인구라는 무한한 내수시장을 가진 나라 중국을 주목했다. 당시 중국은 브릭스 국가군에서도 특히 유망하다는 인정을 받은 국가였다. 또한 이곳은 증권거래소가 활성화되고 수많은 회사들이 주식 상장을 하면서 젊은 주식 재벌들을 양산해 냈다. 적극적 부동산 개발로 인한 부동산 재벌도 많았다. 덩샤오핑의 '선부론先富論(일부가 먼저 부유해진 뒤 이를 확산한다는 이론)'에 따라 먼저 주식과 부동산에서 빠르게 부자를 양산해 낸 것이었다. 투자 중에서도 특히 주식과 부동산에 관심이 많던 나는 이내 중국에 매료되었다. 새로이 경제 성장의 태동을 보이는 이 거대한 나라에 대한 궁금증이 내 기대를 한층 증폭시켰다.

결국 난 2003년 말, 중국행 비행기에 몸을 실었다. 일종의 출장이었다. 우선 베이징에 들른 후, 상하이와 홍콩 등지에서 약 3주간 체류하기로 결정했다. 당시 베이징은 중국의 수도로서 행정과 정치를 관할하는 도시였다. 우선 그곳에서 중국의 특징과 성격을 알고 싶었다. 그리고 중국의 경제 중심지인 상하이와 홍콩에서는 실제 중국에서 일어나는 다양한 경제적 상황들과 그에 따른 중국의 경제성장 모습을 관찰하고 싶었다. 물론 그 과정에서 나의 가정이 맞는다는 사실을 증명해 내기 위해 중국에서의 투자를 하면서 지낼 생각이었다. 비행기 내에서 이 같은 구상을 끝내고 중국 톈진 공항에서 내린 뒤 바로 베이징으로 향했다.

베이징에 도착하자, 난 놀라지 않을 수 없었다. 베이징 내에서도 중심지라고 불리는 왕푸징 거리와 그 인근 지역을 돌아다닐 때였다. 난 그렇게 거대한 백화점과 빌딩, 그리고 믿을 수 없을 정도로 많은 인파는 처음 봤다! 시민들의 수에서 난 단연 압도되었다. 베이징에는 정말로 사람이 너무 많았다. 난 서울의 중심가도 자주 다녔고, 도쿄의 중심가 또한 자주 다녔다. 그래서 내 나름대로 사람들이 많은 지역에 대해 잘 '적응'하는 편이라고 생각했다. 하지만 여기는 아니었다. 정말이지 인산인해가 따로 없었다. 도대체 이 많은 인구를 모두 거느리고 있는 중국은 얼마나 거대할지 상상조차 되지 않았다.

중국을 돌아다니면서 느낀 나의 감상은 간단했다. 한마디로 언빌리버블! 믿기지 않는다는 사실이었다. 중국은 연 7~8%대의 경제성장을 거두고 있었다. 그 거대한 나라가 무려 8%라니! 그렇기에 난 만약 워런 버핏과 같은 훌륭한 가치 투자로 억만장자가 되고 싶어 하는 사람이라면 지금 중국 증권시장에 투자를 시작하면 좋겠다는 생각이 들었다. 중국은 워런 버핏이 가치 투자를 처음 시작했던 1950년대의 미국의 상황과 매우 비슷하다고 느꼈다. 적어도 난 그 시대를 살지 않았고 경제학적으로 완벽한 지식을 가지지 못하여 잘 모른다. 하지만 30년간 주식을 투자해 온 사람으로서 중국이 보여주는 무한한 가능성을 피부로 느꼈다. 지금부터 저평가된 훌륭한 주식을 눈 꼭 감고 30~50년만 묵혀둔다면, 미래의 새로운 워런 버핏은 이곳 중국에서 생길 것이라 확신했다.

나는 이 거대한 국가의 역동성을 바라보며, 이들의 눈이 산업화를 넘어서 금융시장으로 돌아가게 된다면 어마어마한 파급효과를 낳을 수 있으리라 보았다. 만약 이 수많은 인구가 단체로 중국의 증권시장에 눈을 돌린다면, 이거야말로 진정 뜨거운 돈Hot Money의 장이 열릴 것이었다. 나도 모르게 "억!" 하는 소리가 입에서 터져 나왔다. 13억이 단체로 주식시장에서 매수를 외치는 모습을 상상하자, 난 도저히 이곳에서 주식 투자를 하지 않으면 안 될 것 같은 생각에 사로잡히게 되었다. 13억의 매수만 생각해도 저절로 입이 벌어졌다. 결코 관광만 하면서 시간을 축낼 겨를이 없었다. 며칠 뒤 난 바로 상하이와 홍콩을 향해 출발했다. 이번 출장의 진정한 목적지인 그곳에서는 더욱 큰 충격을 받았다. 그곳은 베이징보다 훨씬 더 경제적으로 큰 성장을 일구어내고 있었다. 첨단을 달리는 모습이었고, 수많은 빌딩들이 즐비한 가운데 중국의 경제성장을 단적으로 보여주는 많은 모습들을 감상할 수 있었다. 중국 경제의 현주소를 이곳에서 파악했다. 이 멋지고 놀라운 광경 속에서 내가 내린 결론은 하나, 결국 중국 증시에 투자하겠다는 것이었다.

난 바로 증권사를 통해 중국 주식에 투자할 수 있는 계좌를 만들기 시작했다. 당시에 이 일은 어렵게 진행되었다. 공산주의에 기반을 두었던 나라였기에 투자에 대한 제한이 많았고 상당히 까다로웠다. 거기에 난 실제로 외인이었고 한국으로 귀국해야 했다. 한국에 와서도 투자에 원만함을 유지하기 위해 특정 브로커를 설정해야 했고 전화 주문 등에 있어서도 하나하나 세심하게 확인을 해야 했다. 일일이 설명하면 끝이 없을 정도였다. 하지만 그만한 가치는 있다고 여겼다. 난 그 절차를 모두 거쳐서 결국 계좌를 설정할 수 있었고, 투자를 감행할 수 있었다.

당시 난 상하이 증시와 홍콩 증시(항셍 지수)를 동시에 바라보며 진행했다. 중국의 강세장은 때마침 제법 안정적인 모습으로 다가오고 있었다. 지금 당장 거래를 체결해야 마땅할 정도였다. 내가 해외시장에 대한 정보 없이 투자한다는 점에 대해 사람들은 의아스러워할 수도 있었다. 그러나 추세 추종자에게 있어서 시장이 어디인지는 중요하지 않았다. 그 시장이 뚜렷한 추세를 만들어나간다면, 조금도 주저할 이유가 없었다.

난 그렇게 중국의 공기업과 부동산 개발 회사의 주식들을 차례로 매수했다. 중국은 공기업이 현재의 강세장을 이끌어나가고 있었다. 그리고 한 달 정도 뒤에 난 중국에서도 특히 부동산 관련 주식들이 한꺼번에 거대한 상승을 이끌어나간다는 사실을 발견했다. 사실 직접 중국에서 벌어지고 있는 부동산 개발 현장만을 보아도 알 수 있을 것이다. 지금 중국은 천지개

벽이 이루어지고 있었다. 우리가 생각하는 고풍스럽고 예스러운 모습이 가득한 베이징의 거리는 이제 우아하고 깔끔한 서구식 건물들로 탈바꿈해 가고 있었다. 단연 부동산 관련 주식들은 시장을 이끌어나갈 수밖에 없었던 것이다. 그리고 이 모든 산업의 발전 속에서, 중국 증시는 내 예상대로 빠른 폭으로 상승을 구가해 나갔다.

20

삶이 그대를 속일지라도
슬퍼하거나 노하지 말라, 슬픈 날에는
참고 견디라, 즐거운 날이 오고야 말리니

 지난날 내 투자 인생을 돌아보면, 언제나 실수하면서 그 실수를 통해 배워왔다. 항상 배우는 자세를 유지했고, 그런 태도가 날 성장하게 만들어 오늘날의 내가 되었다. 그런 내가 가장 중요하게 공부한 부분은 바로 나의 '감정'이었다. 대부분의 많은 초보 투자자들은 감정과 관련된 부분에 대해 회의적인 반응을 보인다. 마치 처음 클래식 오케스트라를 감상하는 것과 비슷하게 느끼는 것 같다. 낯설고 뭔가 화려한 것 같지만 나와는 이질적이라는 기분. 그리고 무엇보다도 너무나도 따분하다는 느낌. 그러고는 이렇게 말할 것이다.

 "뭔가 멋지긴 한데, 지겹기 짝이 없어."

 나 역시 이해한다. 내가 하는 감정과 관련된 수많은 이야기가 지나치게 난해할 때도 있고 또한 지나치게 일반적이라는 사실을 말이다. 그러나 난 지금까지도 이 감정에 대한 공부를 게을리하지 않는다는 사실이 스스로 자랑스럽다. 무슨 말인지 이해가 되는가? 투자자에게 있어서 가장 자랑스러운 행동은 바로 자신의 감정을 공부하고 이해하는 행위라는 것이다. 어찌 보면 난 투자자가 아니라 수도승에 가까울 정도였다. 하지만 다들 알다시피 모든 수도승이 다 열반에 이르는 것은 아니다. 수도승들 중 대다수는 자신의 감정을 이겨내지 못한 채 파계승이 되어버린다. 그리고 그 같은 대다수는 투자 세계에도 엄연히 존재하며 누구나 그렇게 될 수 있었다. 물론 2003년의 나도 예외는 아니었다.

당시 중국의 증시는 내가 예상했던 바대로 강렬한 변동 폭을 겪으며 강세장을 띠고 상승 중이었다. 난 중국이라는 국가군을 올바르게 선택했고, 거기에 맞게 내가 할 수 있는 일들을 해오고 있던 중이었다. 당시 중국은 경제성장의 여파와 정부의 통화정책 등으로 인해 증시 강세를 넘어 중국의 전반적인 모든 자산 가격의 상승을 연출했다. 주식과 부동산 등의 자산을 비롯하여 농산물, 축산품에 이르기까지 대다수 상품의 가격이 오르기 시작했던 것이다.

하지만 내 직업 덕분에 나는 이 같은 현실을 나름대로 괜찮게 받아들이고 있었다. 난 이 상승장이 중국의 낮은 금리에 따른 자산 가격 상승이라는 것을 감안하고서 강세장에서 마음껏 부동산 개발 관련 주식들을 매입했다. 나는 공격적으로 투자를 감행하고 있었다. 그리고 정말 고맙게도 중국의 저금리는 내게 믿을 수 없을 정도로 높은 확률의 투자 진입 성공률을 보여주었다. 나는 10회의 투자 감행 시 최소 7회 이상은 수익을 내고 있었다. 지금까지 투자했던 때 중에서 최고의 감각을 펼쳐 보이고 있었다. 너무나도 높은 투자 성공률에 스스로가 놀랄 정도였다. 나는 한국 주식 투자와 중국 주식 투자를 병행했었다. 그리고 내게 최고의 감각을 제공해 주던 시장은 내가 있는 곳과는 몇천 킬로미터 떨어진 대륙이었다. 이 상반된 투자 공간과 그 안의 방식 속에서 나는 내 속에 악마의 꽃이 피어나고 있었다는 사실을 깨닫지 못했다. 나는 너무나도 훌륭하게 투자하고 있었고, 그 결과물은 항상 만족을 선사해 주었다. 나는 나의 성적을 도저히 자랑스러워하지 않을 수 없었다. 그리고 그 자랑스러움 속에서 나의 힘들었던 과거가 아스라이 지나갔다. 나는 단순히 돈을 얻고 잃음을 떠나서, 투자라는 행위에 대해 '성공'이라는 간판을 걸어도 부끄럽지 않다는 생각이 들기 시작했다. 그리고 그 덕분에 내 자랑스러움은 자만심이라는 화학작용을 일으키기 시작했다. 마치 우라늄의 핵분열 반응처럼 이 반응은 너무나도 강렬하고 빨랐기에 스스로도 눈치채지 못할 정도였다. 이러한 생각의 변질 속에서 일어나는 거대한 폭발력으로 인해 내 마음속 원칙들은 점점 희미해져갔다. 그리고 퇴색한 마음속에서 악마의 꽃은 이렇게 피어났다.

'어느 시장에서 더 잘 버는지 한번 시험해 볼까?'

정말 놀랍게도 난 수익의 비교를 해보고 싶다는 생각을 했다. 이건 하나의 호기로운 발상에 불과했다. 하지만 문제는 그 같은 내 호기를 부추기는 듯한 중국 증시의 상승이었다. 중국의 강세장은 새 시대를 여는 듯했다. 당시는 사스SARS라는 질병이 중국을 강타하던 시기였다. 사스 때문에 투자 심리가 위축될 것을 우려한 중국 정부에서는 새롭게 금리를 인하하는 정책을 펼쳤다. 금리 인하는 언제나 버블을 만들기 좋은 기술이다. 동시에 위기의 순간에는 필수 불가결한 선택의 도구였다. 그러나 위기라고 여겼던 중국 정부의 예상과는 달리 중국의 투자 심리는 전혀 위축되지 않았다. 추세는 여전히 강렬하게 지속되었으며, 적어도 투자자들은 전혀 사스를 느끼지 못하는 듯한 인상이었다. 말인즉슨, 사스로 인한 금리 인하는 버블을 만드는 비눗방울로 전락해 버리고 만 것이다.

그래서일까. 난 이 일로 인해 생겨난 중국 증시의 거대한 상승에서 단 한 차례도 잃지 않고 있었다. 아니, 손절매할 이유가 없었다. 언제나 상승, 상승, 또 상승이었다! 한 번도 잃지 않는 내 모습에 나 자신도 모르게 점점 감정의 통제를 잃어가고 있었다. 나는 언제부터인가 호기로운 발상을 현실화하기 시작했다.

그 같은 생활은 확실히 재미있었다. 그 어느 때보다도 내게 투자는 재미있는 게임으로 다가오기 시작했다. 과거 일본에서 고생했던 날들과 상반되는 이 나날들을 즐기고 싶었다. 난 과거의 고생에 대한 비열하고도 소심한 보상심리에 불타 있었다. 한마디로 난 돈을 벌기 위해 투자를 하는 게 아니라 돈을 벌어야 먹고살 수 있다는 압박감을 즐기며 게임을 하는 중이었던 것이다. 아, 그렇게 난 초심을 잃는 중이었다!

초심을 잃은 자가 과연 올바른 거래를 할 수 있을까? 전혀 그렇지 않다. 언제나 초심을 잃은 자는 톡톡한 대가를 치르며 다시금 초심을 가슴에 새기게 되는 과정을 겪는다. 그리고 그건 내 기억으로 2003년 8월 23일, 중국 정부가 지급준비율을 높인다는 강도 높은 정책을 발표하면서 내게 다가오기 시작했다. 드디어 중국 정부가 뜨거워진 증시에 제동을 걸겠다고 발표한 것이었다. 그 발표가 뜨자마자 중국의 증시는 너 나 할 것 없이 급락했다. 내가 보유하고 있던 주식은 단 하나도 빠짐없이 모두 하락했다. 분명 이건 주목해야 할 사실이었으며, 추세를 바꿀 아주 중요한 사건이었다.

하지만 내 머릿속에서는 추세가 중요한 게 아니었다. 난 추세가 바뀔 만큼 중요하다는 것쯤은 알고 있었다. 하지만 알고 있기만 했지, 그걸 응용하지 못했다. 쉽게 말해 난 지식이 있었지만 그걸 지혜로 응용시키지는 못했다. 그 이유는 바로 나의 그 알량한 마음가짐 때문이었다. 난 추세가 바뀐다는 사실보다도 내 자존심의 추락에 대한 걱정이 더 컸다. 난 머리가 아파왔다. 난 절대 고려해선 안 되는 사항을 고려하고 있었다. 시장에서는 오로지 시장의 추세만을 중요시 여기던 내가, 어떻게 이렇게까지 타락할 수 있단 말인가! 덕분에 나는 그날 하루 종일 아무 짓도 하지 않았다. 당시 나의 생각은 오로지 하나였다.

'그래, 이 하락 뒤에는 분명 소폭이나마 반등이 있을 거야. 그때 팔아야지. 그래, 바로 그래야 돼. 안 그러면 난 생활비를 잃으니까. 좋아, 약간은 오를 때 팔자. 괜찮을 거야.'

난 생활비를 날릴 것 같다는 이유로 소폭의 반등을 기대하며, 팔지 않았던 것이다. 정말 놀라운 나의 변화였다. 언제나 나는 신고가에 매수하고 신저가에 매도했다. 그런데 그런 내가 이 같은 실수를 저지른 것이다. 그리고 문제는 다음 날 내가 기다리던 소폭의 반등이 오지 않았다는 사실이었다. 반등은 없었고, 난 더 큰 혼란에 빠졌다. 난 결국 닷새가 지나서야 내 주식을 낮은 가격에서라도 팔아야겠다는 생각을 굳혔다. 당시 중국 증시의 급락은 굉장히 가팔랐다. 말인즉슨 내가 주식을 팔기 위해서는 상당히 낮은 가격에 내놓아야 한다는 뜻이었다. 난 적잖은 양의 손실을 보고야 말았다. 며칠간 꿈을 꾼 듯했다. 난 분명 잘못하고 있었다. 나는 완벽하게 패배했다.

나는 내 마음에게 패배했다. 내 불필요한 감정들 덕분에 너무도 불필요한 수업료를 거대한 액수로 지불해야 했다. 나는 정신이 번쩍 들었다. 그리고 다시 한 번 다짐했다.

자만심에 기초한 쓸데없는 호승심을 부리지 말 것.

난 중국의 강세장을 보고서 자만심에 빠졌다. 나아가 그걸 통해 재미있는 용돈벌이 게임을 생각하면서 불필요한 호승심을 자극하게 되었고, 결과적으로 발등에 불이 떨어졌는데도 멍청이처럼 가만히 서 있었던 것이다. 너무나도 당연한 패배였다. 난 다시는 이러지 않겠다고 맹세하고 시장의 급락 이후 당분간 투자를 하지 않았다. 그렇게 한 달 정도 지나 내 마음속에서 그 같은 호승심이 사라지고 예전의 나로 돌아오고 나서야 다시금 투자를 시작했다. 그런데 정말 믿기지 않겠지만, 중국에서는 또 다른 혹독한 교육이 날 기다리고 있었다. 그리고 그 교육의 교관은 지난번과 동일한 중국 정부였다.

내가 손실을 입었던 당시의 중국 증시는 뜨거움의 한복판이었다. 그리고 그 뜨거움은 2003년 금리 인상에도 굴복하지 않았었다. 물론 금리 인상 발표가 있고 나서 하락을 했다. 그리고 나도 거기서 잃었다. 그러나 내가 투자를 쉬고 관망만 하던 때에 중국 증시는 이미 다시금 그 하락을 회복하고 있었다.

요컨대 내가 보기에는 지나친 하락을 우려한 중국 정부가 다시금 유동성을 풀어준 듯했다. 그리고 그 효과는 2003년 말에서 2004년 초부터 본격적으로 나타나기 시작했다. 즉, 2004년 초부터 내가 바라던 강세장의 시초가 지수에서 드러나기 시작한 것이다.

난 중국 증시 지수의 상승세를 포착해 냈다. 단순한 상승이 아닌 강세장의 신호가 다가온 것이었다. 내 기억으로 2004년 초에 내가 파악한 강세장의 모습은 마치 2003년 초의 강세장의 모습과 상당히 유사했다. 난 더 이상 망설일 이유가 없었다.

'지금은 2003년이 아니다. 이제 새롭게 강세장 투자를 해야겠군.'

난 다시금 중국 국영 기업과 부동산 개발 기업 등 총 5종목에 대해 강세장 포지션을 취했다. 그리고 몇 번의 조정과 상승을 모두 감내하면서 꾸준한 수익을 올렸고, 결국 2004년 4월, 조정의 돌파를 보는 순간 바로 새롭게 첫 번째 추가 매수를 시행했다. 난 완벽하게 예전 페이스로 돌아와 거래를 하고 있었던 것이다!

하지만 내가 좋게 바라본 이 강세장을 또다시 나쁘게 보는 이들이 있었다. 역시나 중국 정부였다. 그들은 이 같은 강세장은 지나친 버블이라고 판단했다. 맞다. 그들은 정확하게 지금의 상황을 짚어내고 있었다. 그리고 나 역시 추가 매수를 한 뒤 중국의 상황을 분석하던 중 또다시 중국 정부가 금리 인상을 취할 수도 있겠다는 생각이 들었다. 결국 난 원자바오 총리의 금리 인상 발언이 나오는 순간 매도하기로 마음먹었다. 2003년의 강렬한 추억은 내게 그렇게 하도록 지시하고 있었던 것이다. 그리고 진짜로 원자바오 총리는 일 년 만에 또다시 강도 높은 금리 인상을 선언했다. 때는 2004년 4월 28일이었다. 중국 증시에 투자하는 모든 사람들은 그날을 잊을 수 없을 것이다. 다름 아닌 차이나 쇼크China Shock의 시발점이 되는 날이었으니 말이다.

난 원자바오 총리의 말이 나오자마자 시장에서 매도 주문을 꺼내들었다. 체결은 상당히 어려웠다. 사람들은 일 년 전 그날을 새롭게 기억해 내는 듯했다. 그러면서 그들의 고통스런 경험은 일 년이 지난 지금 욱신거리는 상처처럼 다가왔던 것 같다. 너 나 할 것 없이 모두가 강렬하게 매도 주문을 꺼내든 것이다. 내 매도 주문은 이미 다른 사람들보다 한참 뒤처졌다. 난 조급해졌다. 또다시 여기서 매도를 해내지 못한다면 나 자신을 용서하지 못할 것 같았다. 난 좀 더 강렬하게 매도 주문을 내야겠다고 생각했다. 손에서 땀이 났다. 내 눈에서는 시시각각으로 변하는 숫자만이 새겨지고 있었다. 체결되는 가격이 점차 내려가자, 난 지금의 상황에선 지정가가 먹히지 않을 것 같다는 생각이 들었다.

'제기랄, 설마 시장가로 팔아야 한단 말인가!'

난 시장가로 팔기가 정말 싫었다. 도대체 내 주문이 어떤 가격으로 체결되는지도 모르는 채 시장에게 맡기긴 싫었던 것이다. 그렇게 10초간 내 두뇌는 사방팔방을 헤매고 있었다. 머릿속 두뇌회전이 정지한 듯한 느낌이었다. 그렇게 방황의 30초가 지나자, 내 정신을 새롭게 가다듬는 상황이 출현했다. 다름 아닌 내 전화기가 울린 것이었다.

벨소리에 잠시 패닉 상태에서 벗어날 수 있었다. 난 상황을 너무 과대평가하고 있었다. 지나친 긴장 상태에 놓였던 내 육신은 기다렸다는 듯이 풀렸다. 난 잠시 숨을 한 번 고르고 전화를 받았다.

"네, 여보세요?"

"인사말은 됐네. 본론부터 말하지. 자네 지금 주식 매도에 열을 올리고 있겠지?"

난 그의 목소리와 말투를 듣고 나서 바로 알아차렸다. 그는 홍콩의 증권가에서 꽤나 알아주는 애널리스트였다. 난 애널리스트를 믿지 않았는데, 그는 특별했다. 정말 믿기지 않을 정도로 놀라운 그의 정보 능력 때문이었다. 그는 중국인이 아닌 외국인이라는 신분임에도 불구하고 중국 유수 기업의 임원들과 매우 친했으며 그들로부터 좋은 정보를 얻어 왔다. 심지어 그의 인맥은 중국 정부 관료에게까지 뻗쳐 있어서, 중국 금리 인상이 4월 중이라는 것도 맞힌 특출한 친구였다. 그런데 그런 그가 이 시간에 전화를 해온 것이다.

"그렇다네. 지금 주식 매도 중이지만 잘되고 있진 않지."

난 솔직히 대답했다. 그는 웃으며 한마디로 간결하게 잘라 말했다.

"팔지 말게."

"뭐, 뭐라구?"

난 적잖이 놀랐다. 그의 말은 항상 이유가 있었다.

"대관절 무슨 이유로 그런 말을 하는 거지?"

"자네도 어지간히 작년에 뎄나 보군. 지금 현재 원자바오 총리가 왜 저런 발언을 하는 것 같나?"

"당연히 지금의 물가 상승과 경기과열을 제지하기 위해서겠지."

난 너무나도 당연하다는 듯이 말했다. 그러자 그는 혀를 차며 말했다.

"겨우 생각한 게 그건가? 좀 더 깊이 생각해 보지 그러나? 자넨 너무 정치를 모른단 말이지."

"뭐? 정치? 대관절 무슨 정치를……."

그는 내 말을 끊으며 자신의 생각을 논리적으로 말하기 시작했다.

"현재 경기과열을 두려워하는 것은 사실이네. 하지만 중국의 입장에선 현재의 경기과열은 너무나도 당연하다는 것을 자네나 나나 중국 정부나 모두 알고 있지. 중국은 지금 연 10% 성장을 목표로 하고 있으니 말일세. 그들에게 있어서 경기과열은 결코 나쁜 게 아니란 말이지. 오히려 이번 금리 인상을 통해 그들은 체력을 기르려 한다고 볼 수 있네."

"체력을?"

난 점점 얼이 빠지기 시작했다. 이미 난 매도 창도 보지 않고 그의 말에 점점 빠져 들어가고 있었다.

"그래. 체력 말일세, 체력! 중국 정부는 증권, 부동산 및 모든 투자자들이 약세장에 대비한 체력을 기르길 원한다는 것일세. 그들은 작년처럼 또다시 금리 인상을 통한 하락을 하나의 조정으로 만들려는 속셈이지. 그러고는 또다시 하락 이후 유동성을 풀어줘서 다시금 증시가 새롭게 상승하도록 유도할 것이란 말일세. 작년처럼 또 중국 정부의 속셈에 속지 말게나!"

난 마치 셜록 홈즈와 대화하는 기분이었다. 그 순간만큼은 나도 왓슨 박사가 되어 경청 중이었다.

'이 말대로라면 중국 정부는 정말 용의주도한 존재다!'

난 그제야 이성을 찾기 시작했다. 그리고 일련의 고리를 연결하고는 말했다.

"종합해 보면, 현재의 금리 상승은 일종의 트레이닝이군. 이런 일이 일어날 수도 있다는 식의 트레이닝 말일세. 그러고는 투자자들이 좀 더 노련해지길 원하는군. 그렇게 훈련을 시키고 나서 다시금 연말에는 작년처럼 강세장을 만들어줄 거란 말이지?"

나의 말에 그는 호기롭게 대답했다.

"바로 그거지! 그럼 자네에게 좋은 일이 있기를 바라네."

뚜, 뚜. 신호음만 남긴 채 그는 전화를 바로 끊어버렸다. 전율이 일었다. 난 지금도 이때의 대화를 잊을 수가 없다. 아마 많은 사람들이 본격적으로 투자자의 길을 걷게 되면 이 같은 상황을 반드시 맞이할 것이다. 나 역시 그러했고, 초창기의 나는 이 같은 대화를 언제나 무시했다. 왜냐하면 내가 읽고 익힌 투자 관련 서적에서는 결코 내부 정보를 듣고 투자하지는 말라고 했기 때문이었다. 하지만 난 이번만큼은 심리적으로 굉장히 흔들렸다. 뭔가 정말로 중요한 사실을 들은 듯했다.

'어떤 행동이 옳은 일이란 말인가. 아아, 중국에서의 투자가 이렇게 날 괴롭히다니.'

난 고민했다. 언제나 스스로의 판단만으로 투자를 감행하던 내가 이 차이나 쇼크 앞에선 무력해지는 것을 느낄 수 있었다. 게다가 무엇보다도 그날은 너무나도 체결이 어려웠다. 난 나도 모르는 사이에 체결이 잘 안 된다는 사실에 화가 나기 시작했다. 거기에 통화했던 이야기까지 머릿속에서 지나가자 난 결국 매도를 하지 않았다. 그 대신 나는 주의 깊게 관망했다.

뭔가 꺼림칙했지만 그렇다고 반드시 주식들을 팔아야겠다는 생각이 들지도 않았다. 만약 그게 사실이라면 지금 매도하는 행위는 꼭두각시와 다를 바가 없는 행위 아닌가? 난 드디어 자존심까지 내세우기 시작했다. 난 어기면 안 되는 규칙들을 또다시 어겨가고 있었다. 드디어 파계승이 되어가는 것이었다.

그렇게 난 계속 관망했다. 주가는 매일같이 떨어졌다. 난 점점 더 몸이 떨려왔다. 내 평생에 이런 기분은 처음이었다. 아니다, 딱 한 번 있었다. 바로 작년 이맘때, 똑같은 상황에서 말이다! 난 위화감을 느끼기 시작했다. 본능적으로 지금의 내 행동이 올바르지 못하다는 것을 느꼈다. 하지만 애석하게도 내겐 그 느낌을 따를 용기가 없었다. 난 어느새 또다시 주가가 오르길 바라고 있었다. 그리고 언젠간 이 금리 인상에 따른 조정도 끝나겠지 하고 생각했다.

하지만 기다리던 상승은 오지 않았다. 내가 손가락 빨고 상승만 마냥 기다리던 기간이 무려 3주하고도 4일이었다. 25일이란 시간동안 난 호구처럼 살았던 것이다. 난 내 규칙을 25일간 어기고 있었다!

난 결국 중국 증시의 지수가 고점 대비 20%가량 떨어질 때가 되어서야 내 잘못을 뉘우쳤다. 설령 그 통화 내용이 사실이라 하더라도 그건 엄연히 내 규칙을 벗어나는 행동이었다. 난 결코 정보에 의해 판단하지 말아야 했으며, 손절매를 올바르게 지켜야 했다. 그리고 마냥 오르기만을 기다리지도 않아야 했다. 왜냐하면, 난 추세 추종자Trend Follower이기 때문이다!

난 결국 씁쓸하게 내 주식을 모두 거두어들였다. 또다시 큰 손해를 본 것이다. 2년간 2회에 걸친 이 무시무시한 교육은 그렇게 끝이 났다. 난 웃었다. 그래, 분명히 기억난다. 난 이때 진심으로 크게 웃었다. 아주 제대로 배운 것이다. 난 내가 겪은 이 일들을 결코 나쁘게 생각하지 않기로 다짐했다. 이 모든 일들은 다 내 마음속 해이함을 말끔히 씻어준 교육이었다. 난 규칙을 어겼고, 거기에 합당한 처분을 받은 것이다. 쓰디쓴 배움 뒤에 나는 맹세할 수 있었다.

절대 자신의 규칙을 어기지 말 것.

내 행동은 어쩌면 가치 투자자나 기본적 분석가가 보기에는 옳은 일인지도 모른다. 하지만 분명한 건, 내 규칙에는 벗어나는 행동이었다는 사실이다. 난 내 규칙을 어겼다. 다른 누구의 규칙도 아닌 내 규칙을 말이다.

여담이지만, 중국 증시는 그때를 바닥으로 찍고서 2005년 초부터 다시금 강세장에 들어갔다. 결국 그 애널리스트 녀석의 말이 옳았다고 볼 수 있는 대목이었다. 그리고 내가 그의 말대로 계속 팔지 않고 있었으면 2005년 초부터 새롭게 이익을 낼 수 있었다. 하지만 그건 내 스타일이 아니다. 내 방식이 아니란 말이다. 그게 중요했다. 그렇게 생각하자 난 후회하지 않았다. 오히려 더 차분해졌다는 게 맞을 것이다. 왜냐하면 난 2005년 초의 강세장을 보고서 또다시 내 방식대로 투자를 감행했으니까. 그리고 그때는 내 혹독한 2년간의 교육 덕분인지 안정적으로 돈을 벌기 시작했다.

21

정신 나간 군중이 시세를
어떻게 끌고 갈지는 정말 알 수 없다

    중국에서 지내면서, 난 전 세계적인 강세장의 시장을 찬찬히 바라보았다. 나는 2005년부터 또다시 시작된 중국의 강세장에서 투자하며 이전의 큰 손실을 메우고 있었다. 중국의 금리 인상에 따른 혹독한 교육 이후 다시 안정되게 투자했고, 계좌는 조금씩 회복되고 있었다. 나의 투자는 이전처럼 매우 보수적이고 규칙적으로 실행되었다. 비록 계좌는 이전에 비해 많이 쪼그라든 상태였지만, 회복에 대한 믿음은 점점 더 커져 나갔다. 그러한 안정된 마음은 중국 증권시장과 거시적 경제 상황에 대한 객관적인 판단을 내리는 데 유효했다. 나는 중국에서의 투자를 계속하면서 전에 비해 세계가 돌아가는 모습을 더 열정적으로 관찰할 기회를 갖게 되었다. 그 기회는 나아가 내게 새로운 시장을 바라보게 만들어주었다. 그것은 이른바 파생상품 시장이라는 곳이었다.

지금도 많은 사람들이 파생상품이 뭔지를 잘 모른다. 나 역시 그러했다. 나는 파생상품에 크게 관심을 두지 않았다. 내게는 자본주의의 꽃은 주식시장이라는 생각이 지배적이었다. 물론 파생상품이 다양한 상품이나 외환, 지수, 금리 등을 일정 양식에 따라 시장에서 사고팔 수 있도록 고안해 낸 금융상품이란 사실은 알고 있었다. 하지만 파생상품에 관한 실질적인 지식이나 계산법 등에 대해서는 무지했다. 그런데 내가 잠시 홍콩에 갔을 때, 놀랍게도 사람들은 파생상품에 열광하고 있었다. 많은 홍콩 시장 참여자들은 주식시장과 채권시장을 넘어 파생상품에 대한 거대한 규모의 시장을 조성하고 있었다. 나는 그곳에서 ELW Equity-Linked Warrant(주식 워런트 증권)라는 파생상품을 접할 수 있었다. 홍콩에서 근무하던 투자자들 중 대부분이 새롭게 시장에 나오게 된 파생상품인 ELW에 열광하였다. 그 상품은 빠르고 강렬하게 투자자들의 지갑에 돈을 넣어주거나 강탈해 가는 특징이 있었다. 투자자들은 이 같은 도박에 가까운 게임을 통해 잊지 못할 전율을 느끼며 돈을 벌거나 잃었다. 그들은 대개 돈을 벌 때는 수천 퍼센트씩 벌었고, 잃을 때는 완벽하게 쪽박을 찼다. 나 역시 그 같은 상품에 관심이 갔다. 단순히 돈을 벌거나 잃는 것을 넘어 신상품에 투자한다는 생각이 내 마음을 요동치게 만들었다. 그러나 난 2006년 미국의 한 경제학자가 발표한 미국 파생상품 거래에 관한 경고문을 읽고서 파생상품의 위험성에 대해 진지하게 생각해 보았다.

파생상품의 가장 큰 특징은 그 형태가 실로 다양하고 복잡하다는 점이었다. 그 복잡성 속에서 지나칠 정도로 높은 레버리지를 가지고 있다는 점이 난 꺼림칙했다. 무엇보다도 중요한 것은 내가 파생상품을 공부하면서 실질적으로 느낀 점이었는데, 그것은 바로 파생상품의 위험성 관리는 내가 배우고 익힌 방법으로는 불가능하다는 것이었다. 파생상품은 금융공학을 통한 일종의 시스템 트레이딩을 통해 돈을 번다. 그러나 애석하게도 난 컴퓨터가 아닐 뿐더러 컴퓨터를 통해 시스템 트레이딩을 구사하는 전문가도 아니었다. 인간의 심리적 상황과 경험으로 느낀 가격 추세만이 내 주식 투자 기술의 전부였다. 그것만으로는 레버리지가 몇 배를 넘나드는 파생상품을 거래하기에는 역부족이었다. 파생상품은 도박과 가장 비슷했다. 돈을 쉽고 크게 벌 수 있지만, 그만큼 쉽고 크게 잃을 수도 있다. 또한 위험관리가 너무 힘겹다. 그렇기에 금융공학이라는 학문이 생겨났으며, 파생상품이란 청개구리를 다룰 수 있는 유일한 인물은 바로 금융공학을 전공한 이들이라는 것이다.

이 같은 사실을 통해 파생상품에 투자하길 꺼렸던 나는 그때부터 파생상품에 대한 미국의 투자를 주목하기 시작했다. 수많은 경제 분석가와 시장 분석가들이 말하는 미국의 상황은 한마디로 금융시장의 확장을 통한 성장이었다. 그런데 문제는 그들이 이용하는 금융시장의 확장이 바로 파생상품을 이용한 것이라는 점이다. 쉽게 말해, 가상의 돈을 끌어들여 끊임없이 새로운 상품을 개발해 나가는 방식이었다. 그리고 거기에 가장 치명적인 사실은 바로 시장의 호황이 끝난 후 시장이 불황에 들어섰을 때, 이 같은 거대한 레버리지는 다시금 우리의 목을 향해 겨누는 칼날이 된다는 사실이었다. 믿기지 않는가? 하지만 난 언제나 경기의 초호황에서 불황을 생각했기에 지금껏 살아남을 수 있었다. 난 버나드 바루크의 말을 존중했고, 코스톨라니의 경험을 존경했으며, 리버모어의 생각에 동의했다. 그렇기에 난 미국의 파생상품이 호황 시절에는 가장 훌륭한 물건이지만, 불황 시절에는 가장 끔찍한 무기로 돌변할 것이라는 사실을 느낄 수 있었다. 그리고 지금 현재 중국의 급속한 팽창은 미국을 점점 더 조급하게 만들고 있었다. 미국은 한마디로 초대형 화약고를 하나 가지고서 으스대고 있었다. 다만 모든 화약고가 그렇듯이 문제는 그걸 잘 관리하지 못하면 초대형 참사를 가져올 수도 있다는 사실이었다. 그리고 미국은 점점 더 그 같은 참사의 현장으로 가까워지고 있었다.

　계속적으로 미국의 경제 상황을 체크해 가면서, 난 점점 더 두려움에 몸이 떨리기 시작했다. 수많은 경제 전문가들의 객관적인 자료들에 따르면 미국의 행동은 많은 문제점을 가지고 있었다. 우선 FRB는 무려 6년간이나 엄청나게 낮은 금리를 유지하면서 미국에 대량의 화폐를 찍어내도록 유도했다. 즉, 그들은 경제라는 풍선을 부풀리는 데 가장 크게 일조한 셈이다. 풍선이 부풀면 안타깝게도 그 풍선이 언젠간 터질 거란 사실은 생각하지 않는다. 난 순간적으로 과거 일본 버블 붕괴의 상황을 회상했다. 그때도 역시나 대중들이 미친 듯이 경제 호황을 축복하던 순간, 그들의 웃음과 환호에 맞물리는 톱니바퀴처럼 거꾸로 그들을 옭아매면서 붕괴는 시작된다. 지금도 그러했다. 풍선은 정말 미친 듯이 커지기 시작했다. 특히 부동산이 그랬다. 자료들에서는 미국의 저당 대출 전문 금융기관인 프레디맥과 페니메이가 지불 능력이 낮은 서민들이 주택을 구입하기 위해 이용하는 부동산 대출Sub prime-Mortgage에 대한 채권을 모두 보증하며 대출에 제한을 두지 않는다는 점을 자주 지적했다. 이건 정말 큰 문제였다. 그들은 재무제표를 읽을 줄 모르는 멍청이들로만 구성된 것 같았다. 부동산 저당 대출은 항상 대출 이행에 대한 신용도가 가장 중요한 사항이었다. 하지만 그들은 전혀 고려하지 않고 신용도가 매우 낮은 이들에게까지 집을 사는 데 막대한 돈을 빌려주었다. 그들은 미국 모기지 시장을 '부실화'시키고 있었다. 물론 부동산 대출은 확실히 안전하게 돈을 벌 수 있는 좋은 대출 방식이란 게 일반적인 견해이다. 그리고 미국이란 빅브라더Big Brother의 보호가 있었다. 그러나 그건 어디까지나 부동산에 대한 담보율이 안전 노선을 벗어나지 않았을 때의 이야기였다. 지금은 그들의 부동산 대출은 도를 넘어서 아슬아슬하게 줄타기를 하고 있지 않은가. '서브프라임 모기지'라는, 낮은 신용의 서민들에게 주택자금을 과도하게 대출해 주는 이 위험한 행위를 통해 무려 5조 달러가 넘는 액수를 보증했다!

서브프라임은 현대 금융에 제동을 거는 세계 최대의 폭탄으로밖에 볼 수 없었다. 낮은 신용의 서민들에게 주택자금을 대출해 주면, 그들이 제대로 갚을까? 아마 그렇지 못할 것이다. 하지만 대출회사들은 그 사실을 역이용하기 시작했다. 자금을 갚지 못하면 그 대신 그들이 샀던 주택을 가져갈 것이고(저당권), 그걸로 대출자금을 대신하는 행위를 계속하면 된다고 생각했던 것이다. 그리고 그러한 새로운 조합의 저당채권을 투자 은행과 같은 첨단 금융시장에 팔아 넘겼다. 그렇게 끊임없이 유동성을 유지했다. 하지만 그것 또한 한 가지 가정이 성립해야 가능하다. 바로 '부동산 가격은 계속 오른다'라는 점이다. 부동산 가격이 낮아지기 시작한다면, 그들의 장사는 수지가 맞지 않게 되고, 결국 파산하게 될 운명이었다!

그들은 그러한 운명의 소용돌이를 피하기 위해 한 번 더 위험한 짓을 벌이기 시작했다. 위험성을 회피시켜 줄, 소위 말하는 위험을 헤지Hedge해 줄 파생상품과 채권을 투자회사가 자기들끼리 서로서로 돌려 팔았던 것이다. 다시 말해 자신들의 대출 사업에 대한 안전성을 보장받기 위한 상품을 투자회사들끼리 일종의 파생상품 통정매매를 시작한 것이다. 그들의 돈벌이는 상당히 정교했고, 매우 교활하기 짝이 없었다. 만약 자기들이 위험해지면 다른 이들까지 그 위험에 끌고 들어가겠다는 물귀신 전략이나 다름없었다. 덕분에 이제 미국의 월스트리트는 서브프라임 모기지라는 이름하에 한 배를 타게 되었다. 만약 그 배가 부서진다면 모두가 그 피해를 보게 될 것은 뻔한 이치였다. 예전에 내가 본 영화 중에 한 해적이 나오는 영화가 있었다. 그 해적은 자기가 해오던 해적질을 정당화시키기 위한 방안으로 주변의 해적이 아니었던 동료들까지 끌어들인 뒤 자기의 배에 태웠다. 그러고는 모두가 배에 타자 다짜고짜 바로 닻을 올려 항해를 시작했다. 그 뒤, 조용히 갑판으로 걸어 나와 그들에게 이렇게 외쳤다.

"자네들은 이제 모두 나와 한 배를 타게 된 것이라네. 싫든 좋든 우린 언제나 함께 살고 함께 죽는 운명이 된 것이지."

난 그 영화를 보면서 해적의 이 대사가 상당히 인상 깊었었다. 그리고 지금의 월스트리트 상황도 그것과 닮은 데가 있어 보였다.

하지만 그 같은 나의 걱정과는 상반되게, 중국에서는 성대하게 올림픽 준비에 한창이었다. 올림픽이 다가올수록 중국의 경제는 더 호황이었고, 내 계좌는 꾸준히 수익률을 올리고 있었다. 확실히 중국은 경제성장이 매우 활발한 국가였으며, 난 그 덕분에 지난 몇 년간 크게 돈을 벌 수 있었다. 하지만 난 미국의 저 미친 듯한 행태를 보자, 곧 위기가 다가올 것 같다는 생각이 들었다. 이는 비단 나만의 의견이 아니었다. 많은 경제 전문가들이 미국에서 일어나는 일에 대해 유감스럽다는 의사를 표시했다. 객관적 지표들 역시 하나둘씩 적신호를 켜고 있었다. 상당히 어리석고 위험한 일이라고 주장하는 그들의 말에는 확실히 일리가 있었다. 경제에 관해 약간이라도 아는 사람들이라면 그 말을 듣고서 위험을 인식할 수 있었을 것이다. 그러나 우리가 맛있는 음식 앞에서 식탐 때문에 그 속에 있는 해로운 성분에 대해서는 잘 생각하지 않는 것과 마찬가지로, 호황의 즐거움 속에 빠진 월스트리트의 천재들은 이 금융 위기의 도래를 인식하지 못하는 것 같았다.

　결국 난 중국 증시 상승장의 한복판에서 주식 매매의 규모를 줄여나가기 시작했다. 언제 올지 모르는 시장의 반전 속에서 민첩하게 행동할 수 있게 하기 위함이었다. 내 지성과 동물적 감각은 또다시 위험이 다가오고 있음을 알려주기 시작했다. 난 내 직관을 존중했다.

　나는 또 한 번 거대한 약세장이 도래할 것이라는 생각에 흥분되기 시작했다. 언제 시장의 끝이 올지 몰랐기에 작은 규모로 더 짧게 매매를 하며 시장을 관찰해 나갔다. 시장의 하락 반전은 언제 올지 모를 일이었다. 이를 알기 위해서는 시장의 꼭지를 알아야 한다는 뜻인데, 내 수많은 경험에 따르면 이건 절대 알 수 없는 사항이었다. 그걸 알려고 하면 절대 안 되었다. 다만 반응해야 했다.

실제로 만유인력의 법칙을 발견한 물리학자이자 한편으론 주식시장의 투기꾼으로 활약했던 아이작 뉴턴 또한 당시 테마주였던 남해회사 주식에 투자했었다. 그리고 완벽하게 꼭지에 사서 폭락하는 모습을 바라보며 자신의 재산을 날려먹었다. 그러고는 이렇게 말했다.

천체 운동은 센티미터와 초 단위로 측량할 수 있으나, 정신 나간 군중이 시세를 어떻게 끌고 갈지는 정말 알 수 없다.

세계에서 가장 위대한 물리학자라는 칭호를 받은 이가 주식시장에 대해 한 말이 이것이었다. 이 말이 우리에게 시사해주는 것은 뭘까? 그렇다. 바로 절대 시세의 꼭지와 바닥을 알 수 없다는 사실이다. 만약 그걸 알 수 있는 사람이 나타난다면, 내가 해줄 수 있는 말은 다음과 같다.

"이 사기꾼 같은 놈. 만약 네가 그걸 맞힐 수 있다면, 난 널 신이라고 불러주마!"

물론 시가총액이 작고 내부에 불상사가 있는 기업의 주식은 좀 다르긴 하다. 이들은 대개 단기적으로 엄청난 양의 자금을 이용해서 몇몇 소수가 주식의 가격을 선동하는 행위로 인해 시세가 움직일 수 있다. 즉, 돈 있는 놈들이 한 기업의 주식을 주무르는 행동이 일어나는 것이다. 그러나 기억해야 할 점은 바로 그들이 결코 올바른 행동을 하고 있는 게 아니라는 사실이다. 대개 이것을 '작전'이라고 부르는데, 작전은 쉽고 간단하게 돈을 벌 수 있는 좋은 수단이지만 그 자체로 이미 증권거래법상 불법이라는 점을 알아두기 바란다. 누군가가 시세를 조종했다는 사실이 알려지면 아마 쉽게 돈을 벌 순 있지만, 쉽게 만져볼 순 없을 것이다. 대한민국의 검찰과 검사들이 그 시세 조종을 가만히 봐주고 있지만은 않을 것이기 때문이다. 즉, 상투를 만들게 된다면, 그 자체로 이미 국가와 전쟁을 펼쳐야 한다는 의미이다. 따라서 내가 한 저 말은 순수하게 합법적인 범위 내에서만 국한되는 말임을 알려주고 싶다.

이처럼 난 상투에 대한 철저한 무지를 평생 고수하고 있었기에 지금까지도 이렇게 행복한 투자를 하고 있다고 생각한다. 상투를 알 수 없기에 예전보다 작은 규모로 더 짧게 매매했고, 그 결과 시장이 결국 하락 반전하여 수직 하강하는 상황이 도래하였을 때 민첩하게 시장에서 빠져나올 수 있었다. 주식시장에서는 욕심을 줄이면 돈을 지킬 수 있었다. 문제는 너도 나도 여기에 대해(바닥과 천정을 찾는 법) 해답을 구하려 한다는 사실이다. 만약 답이 있는 문제였다면, 이미 오래전에 사람들이 그 해답을 구했을 것이었다.

과거 유럽에서 선풍적인 인기를 끌었던 금을 만드는 마술인 연금술을 기억하는가? 연금술은 그 이름만으로도 많은 사람들을 혹하게 한다. 금을 만드는 비결이라! 과연 그게 성공했는가? 만약 성공했다면 이 세상에서 금은 가장 가치 없는 돌멩이에 불과했을 것이다. 하지만 결국 유럽의 연금술사들의 꿈은 한순간의 달콤한 망상에 지나지 않게 되었다. 될 수만 있으면 얼마나 좋겠는가. 하지만 그건 불가능의 영역이었다. 그걸 빠르게 깨달은 사람들은 자기 분수에 맞게 다시 일상으로 되돌아올 수 있었지만, 거기에 매달린 사람들은 평생 연금술에 목숨을 맡긴 채 쓸쓸하게 죽어갔다. 이걸 꼭 기억해야 했다. 주식의 최고점과 최저점을 알려 하는 행위는 과거 유럽에서 유행했던 연금술과도 같다는 사실을 말이다. 불가능을 향해 자신의 소중한 것을 거는 행위란 말이다. 당신이 주식의 최고점과 최저점을 알 수 있다면, 아마 이 세상에 투자 관련 직업군은 필요치 않을 것이다.

홍콩과 상하이를 통해 매매하던 내게 중국에 관한 소식은 대부분 낭보였다. 당시가 2007년 10월이었다. 중국에서 전해지는 지표는 너무나도 훌륭한 나머지 악재에 관한 우려는 나올 생각조차 하지 못했다. 차가운 바람과 낙엽이 사람들의 얼굴을 스치고 가는 날이었지만, 증권거래소의 투자자들은 단 한 명도 쓸쓸해 보이질 않았다. 모두가 신경제를 외치고 있었다. 중국의 투자자들도 슬슬 희망과 낙관을 넘어서서 광기와 탐욕으로 심리를 옮겨가고 있었다.

난 주식 객장에 들러서 사람들이 하는 양을 살펴보는 것을 즐기는데, 그곳은 주식 투자를 하는 군중들의 심리를 아주 재밌게 파악할 수 있는 공간이기 때문이었다. 그날도 어김없이 사람들이 즐거움의 축배를 들고 있었다. 홍콩의 증시는 무려 52주 신고가 갱신을 매일같이 외쳐댔다. 추세는 확실히 있었지만, 추세에 탐욕이 껴 있다는 사실이 날 항상 꺼림칙하게 했다. 사람들이 탐닉하는 주식들도 전부 추세가 있었지만 지나치게 가파른 상승세를 가지고 있었다. 일찍이 과거에는 없었던 그런 상승세 말이다. 난 언제나 그렇듯 올바르지 못한 추세에 대해서는 의심과 긴장의 끈을 놓지 않았다. 내가 보기엔 점차 시장은 탐욕의 돼지우리로 변질돼 가고 있었다. 사람들은 현명한 투자자에서 탐욕스런 스크루지로 변해가고 있었다. 인간의 탐욕이 만들어낸 추세에서는 매도가 확실한 답이었다. 하루가 다르게 상승하고 있었지만, 난 점점 거기에 대해 미련을 가지지 않게 되었다. 이성을 잃은 추세에 탑승하는 행위는 이카로스의 위태로운 날개 위에 탑승하는 행위와 다를 바가 없기 때문이다. 오로지 위로만 열심히 날아갔던 이카로스에게 주어진 결말은 녹아버린 날개와 끝없는 추락뿐이었다!

난 이제 순수한 내 현금을 가지고 면밀하게 관망할 때가 되었다고 생각했다. 신흥시장에서 크게 돈을 벌 수 있다는 사실을 발견했고, 거기에 따라 돈을 벌었다. 난 만족스러웠고 이 미칠 듯이 격렬하게 움직이는 중국 증시에서 이제 그만 발을 뗄 시기가 찾아왔다고 생각했다. 언제나 그랬듯이 조용히 추세가 꺾이는 모습을 관찰하면 되는 것이었다. 과거 일본에서 그랬고, 영국의 영란은행에서 그랬고, 한국의 IMF 시절에 그랬듯이, 이번에도 어김없이 시장의 엄숙한 계시는 차츰 인간의 탐욕 속에서 자라나고 있었던 것이다.

2007년 12월 당시의 코스피 지수의 모습은 상당히 애매했다. 뚜렷한 추세는 이미 2007년 11월에 사라져 있었다. 코스피 지수는 11월에 한 번 말도 안 될 정도의 폭으로 크게 떨어졌었다. 물론 당시 난 중국의 증시에 주목해서 모르고 있던 사실이었다. 확실히 놀랄 만한 조정이었다. 아니, 어찌 보면 약세장이라고 추측할 만도 했다. 하지만 코스피는 거기서 바로 약세장을 연출한 게 아니었다. 최고 2,100에서 무려 1,700까지 떨어졌던 지수는 그 같은 하락 이후 다시 급반등을 했다. 반등은 강렬하게 1,900까지 올라섰으며, 그 뒤 약간의 숨 고르기를 했다. 이른바 박스권 장세를 만든 것이다. 대중들이 여기서 한 번

치열한 심리전을 벌이고 있었던 것이었다! 만약 탐욕이 이긴다면 1,900의 박스권에서 더 크게 올라갈 것이었고, 공포가 이긴다면 1,900의 박스권을 아래로 뚫을 것이었다. 결과는 탐욕의 승리였다. 여전히 사람들은 탐욕에 물들어 가격을 끌어올리고 있었다. 덕분에 코스피는 새롭게 2,100의 고가를 넘어섰다. 난 설마 했다. 여기서 만약 더 높이 상승한다면, 아직도 인간의 탐욕이 끝나지 않고 계속된다는 뜻이었기 때문이다. 하지만 탐욕은 미국의 금융 위기로 종말을 고했다. 미국에서 비로소 서브프라임에 따른 위기가 가시적으로 표면화되기 시작했기 때문이었다!

상황은 이러했다. 원래 미국의 유명 투자회사인 베어스턴스가 2007년 7월에 서브프라임에 투자한 헤지펀드 2개가 파산했다는 소식을 전했다. 하지만 당시 강렬했던 아시아 시장은 이를 무시했다. 그리고 한 달이 지나 8월, FRB는 재할인율을 0.5% 더 인하하였고 골드만삭스는 헤지펀드에 30억 달러를 추가 지원했다. 즉, 사실상 월스트리트의 한 배 타기는 2007년 8월부터 서서히 그 밑바닥이 뚫려 물이 새고 있었던 것이었다. 이때 다우 지수는 하락을 가져왔고 그에 따라 사람들은 서서히 불안감을 시장에 내비치기 시작했었다. 덕분에 다우 지수의 그 같은 하락으로 우리 증시에서도 영향을 미쳐 얼마 뒤 하락을 가져온 것이었다. 그러면서 상황에 대한 사람들의 공포와 망설임이 기존에 있던 희망과 탐욕에 맞서 싸우기 시작했다. 다우 지수는 이 기간 동안 12,750선에서 지지선을 만들었다. 하지만 이 탐욕의 지지선은 2008년의 시작과 함께 뚫리기 시작했다. 미국에선 2008년의 시작과 함께 지지선이 파괴되면서 약세장의 국면이 도래한 것이었다. 그와 함께 우리나라의 코스피 지수는 2,100에서 더 크게 상승할 여력을 빼앗기게 되었고, 하락을 연출하기 시작했다. 중국도 마찬가지였다. 중국도 내가 빠져나간 이후 무지막지한 상승을 해낸 뒤 11월부터 기다렸다는 듯이 비정상적인 하락세를 보였다. 지나치게 큰 나머지 항셍 지수는 거기서 더 크게 반등을 하지 않았다. 그리고 2008년이 되자, 지루한 박스권을 형성하기 시작했다. 결국 종합적으로 한국, 중국, 미국 모두 그 시점부터 서서히 약세장의 국면으로 접어들기 시작한 것이었다.

이제 사람들은 서브프라임 모기지의 진상을 파악하기 시작했다. 투자자들은 새롭게 자기가 보유하고 있던 주식의 현금흐름 표를 다시 살펴보았으며, 거기서 누출된 무리한 파생상품 거래에 따른 손실을 보기 시작할 것이었다. 그 끔찍한 장면을 스스로 확인해야 했다!

22

이리의 자유는
곧 양들의 죽음이다

난 차트의 시세와 뉴스 보도를 보고서 흥분을 감출 수 없었다. 난 또다시 약세장을 만나게 된 것이었다. 1989년 일본과 1998년 한국에서 그랬듯이, 하락장은 인간의 공포로 생성되기 때문에 오르는 것에 비해서 몇 배나 빠르게 떨어졌다. 이 말은, 공매도는 매수보다 몇 배나 더 빠르고 크게 벌 수 있다는 뜻이었다. 난 약세장이 연출되는 이 상황을 결코 그냥 넘어갈 수 없었다. 곰이 황소를 거칠게 뜯어내고 있었다. 황소의 뿔은 잘려나갔으며, 그럴수록 곰의 발톱은 더더욱 강렬하게 내려찍고 있었다. 그림이 그려졌다. 황소와 곰의 싸움이 눈에 선했다. 그리고 내 눈에 선하게 보이는 만큼 내 안의 투기자로서의 마인드가 다시 한 번 요동치기 시작했다. 하지만 곧바로 공매도를 감행하지는 않았다. 난 시장이 완벽한 모습을 가질 때까지 기다렸다. 더군다나 그 당시 공매도는 오로지 선물거래로만이 가능했다. 난 파생상품 거래를 상당히 꺼림칙하게 생각했다. 하지만 선물거래는 가장 기초적인 형태의 단순한 파생상품이었고, 공매도가 매우 자유롭다는 사실이 날 계속 선물거래로 이끌었다. 그리고 선물거래는 주식시장의 움직임과 가장 비슷했기에, 내가 레버리지의 조절만 잘 해낸다면 주식처럼 거래할 자신이 있었다. 그러나 선물은 주식보다도 레버리지가 훨씬 더 크게 작용하는 상품이란 건 변함이 없었다. 그 말은 돈을 딸 때 훨씬 크게 따지만, 잃을 때 훨씬 크게 잃는다는 뜻이었다. 난 신중해질 필요가 있었다.

그래서 난 몇 날 며칠을 거래 없이 지냈다. 상황을 좀 더 지켜보면서 거래를 시작하고 싶었다. 그렇게 2월이 되자, 다우 지수, 코스피 지수, 상하이&항생 지수가 모두 같은 모양으로 애매한 반등을 끝내고 하락하기 시작했다. 선물의 큰 레버리지 덕분에 내 전 재산을 끌어다 쓰지 않아도 되었기에, 난 선물계좌에 내 재산 중 일부만 증거금으로 입금하였다. 그런 뒤 침착하게 코스피 지수 선물을 증거금의 30%에 한해서 매도 포지션을 취했다. 난 이 순간을 항상 기다려왔었다. 무려 일 년이나 기다려온 상황이었다. 난 결코 우연하게 이 상황을 때려 맞힌 게 아니었다. 지난날 남들보다 일찍 팔았던 그때를 생각하자, 난 너무나도 담담하게 내 몫을 이번 약세장에서 받아내야겠다는 생각이 들었다. 이건 탐욕을 이긴 투자자가 받아내야 될 정당한 대가였다. 그렇기에 난 흥분하지 않았다. 너무나도 당연한 상황이었다. 그렇게 조용히 지수선물에 공매도를 때려 넣고는 잠시 시장을 관망했다. 언제나 추세를 추종해야 했기에, 무리하게 모든 돈을 다 공매도에 쓸 순 없었다. 새롭게 갱신되는 신저가를 기다리면서 시시각각 변화하는 숫자의 흐름을 면밀히 관찰했다. 이 같은 일은 심리적으로 매우 고된 활동이었다. 마치 포커게임에서 끊임없이 더 큰 돈을 걸다가 결국에는 올인을 외치는 프로 도박사의 떨리는 마음처럼, 투기자도 거래를 할 때마다 마음 한구석에는 떨리는 심장의 고동소리를 무시하지 못했다. 그러나 그걸 이겨낼 심리적 강인함이 있어야 투자자는 돈을 벌 수 있었다. 그리고 그러한 심리적 강인함은 시장에 대한 여유로운 마음가짐과 심리적 우위를 점한 진입 시점, 그리고 지난날의 투자 경험이 만들어주었다. 투자자는 언제나 심리적으로 약해질 때 진다는 사실은 그동안 내가 내야 했던 엄청난 액수의 수업료가 증명해 주었다.

난 지금 위험한 거래를 시도하는 중이었다. 물론 전 재산을 다 쓰진 않았지만(이 역시 심리적 안정을 위해서였다!), 거래 규모는 내가 평소에 가지던 규모보다 더 컸다. 결코 한 번에 모든 돈을 매도 포지션에 넣을 수는 없었다. 난 반드시 필승의 방향으로 거래를 해나가야 했고, 그러려면 매매 규모를 조절해야 했다.

그렇게 난 주도면밀하게 며칠간 관찰했다. 시장은 점차 약세장의 뚜렷한 징후들을 보여주기 시작했다. 신저가가 나타나기 시작했고, 반등은 매우 미약했다. 더욱 놀라웠던 사실은, 이 세 나라의 증시 지수가 모두 똑같은 모양으로 약세장을 보여주고 있다는 사실이었다. 난 속으로 쾌재를 불렀다. 이제 돈은 내 앞에서 어서 주워가라고 손짓하고 있는 것과 다름없었다. 난 미미한 반등에서 포지션을 정리했다. 그리고 다음 신저가를 기다렸다. 내가 주의 깊게 지켜보며 신저가를 기다리는 동안 증권시장에서는 아우성이 터지고 있었다. 뉴스에서 나오는 뉴욕 증권거래소의 모습은 한마디로 지옥이었다. 사람들은 전화기가 불편했는지 큰 소리로 매도 호가를 불러젖히고 있었고, 사방팔방에서 휴지 조각이 된 종이들이 장렬하게 휘날리고 있었다. 영원한 낙관만을 얘기하며 히죽거리던 그들의 얼굴에선 이제 절망의 씨앗이 피어나고 있었고, 핏발 선 목덜미에선 탐욕의 꽃이 지고 있었던 것이다.

항상 약세장은 어딜 가나 변함없었다. 결국 인간의 내면 심리는 절대로 변하지 않기에, 나의 거래방식 또한 영원히 변하지 않았다. 그리고 3일 뒤, 시장은 반등을 꺾고 새로운 저가를 갱신했다. 나는 그 신저가에서 바로 매도 포지션을 취했다. 매도 포지션은 위아래로 강렬히 흔들리더니 이내 깊은 나락으로 떨어지기 시작했다. 내면 깊은 곳에서 희열이 느껴졌다. 이 느낌은 1989년 일본 버블 붕괴 이후 처음이었다. 심장은 시장의 재하락을 보여줄 때마다 점점 더 뜨거워졌고, 난 그걸 식히기 위해 부단히 노력해야만 했다. 내가 살아 있다는 느낌이 들었다. 바로 이 약세시장에서의 거래야말로 나에게 카타르시스를 주는 그런 존재였다. 난 나도 모르게 히죽 웃었다. 바로 이 느낌! 난 이 짜릿하고 황홀한 말초적 자극을 위해서 거래를 하고 있었던 것이었다. 그리고 그 자극을 감내하고 얻는 자본 이득이야말로, 나의 판단이 옳았고 나의 정신력이 강했다는 유일한 증거였다. 그렇기에 지금의 난 누구보다도 옳은 존재였다. 올바르게 추세를 탔으므로 내가 선물거래에서 레버리지를 이용하는 일은 결코 위험한 일이 아니었다.

시장은 잠시 휴식기를 거치는 듯했다. 세 종목 모두 다 동일하게 봄이 시작되는 3월부터 잠시 또다시 상승의 시간을 가졌다. 그런데 이때는 특히 코스피의 상승이 두드러졌다. 약세장인 건 확실했지만 대한민국에 투자하는 군중들은 그런 사실에 아랑곳하지 않는 듯했다. 아무래도 그들은 자기들 나름대로 '가치 투자'를 하고 있는 것 같았다. 물론 코스피를 주도하는 주식들의 가치는 매우 떨어져 있었다. 하지만 문제는 지금이 약세장이란 사실이다. 시장이 이미 "지금은 약세장이 도래했으니 모두들 주식을 파십시오"라고 말하고 있었지만 사람들은 시장의 목소리를 무시했다. 시장의 계시를 무시하는 사람치고 주식시장에서 살아남은 사람은 단 한 명도 보질 못했다. 난 주식 객장을 한 번 들러야겠다는 생각이 들었다. 거기서 과연 사람들이 어떤 생각으로 코스피 지수를 올리고 있는지를 알고 싶었다. 객장에 도착하자, 사람들은 예상외로 활기를 띠고 있었다. 그들은 지금까지가 '매우 건전한' 조정이라고 떠들어대고 있었다. 난 그들의 대화 사이에 한 번 껴들어 보고 싶었다. 과연 무슨 논리를 가지고 있는지가 정말 궁금했다.

"저기, 요즘 다시 코스피 지수가 오르고 있군요. 요새 왜 이렇게 오르는 걸까요?"

내가 이렇게 묻자, 오십대 중반쯤 되어 보이는 증권맨이 나에게 친절하게 말해 주었다.

"요즘 대다수의 주식들이 원래 가치에 비해 저평가되었기에 사람들이 너도나도 사들이고 있는 겁니다. 나도 한 10년 보유할 목적으로 많이 사들였답니다."

"오호, 그래요? 그렇다면 과연 얼마나 사들였죠?"

"내가 살 수 있는 한도 내에서 모두 사들였소."

난 약간 어이가 없었다. 그들은 가치 투자 역시 추세를 거슬러선 안 된다는 사실을 잊고 있는 듯했다.

"만약에 말입니다. 당신이 산 주식이 훨씬 더 떨어진다면 어떻게 할 겁니까?"

"뭐요? 그럴 리가요. 설사 그런다 하더라도 난 전혀 꿈쩍도

하지 않을 것이오. 10년을 보유할 목적이라 하지 않았소. 10년 뒤에는 분명 당신도 놀랄 만큼 올라 있을 거요."

"당신이 산 종목은 주로 시가총액이 높은 주도주였나요?"

"하하, 주도주는 지지부진하게 움직인다오. 난 아직 가치가 드러나지 않은 코스닥의 주식을 샀어요. 오늘도 상한가를 쳤죠. 10년 뒤가 벌써부터 궁금해질 정도입니다."

난 여기까지 그와의 대화를 마치고 망연자실했다. 나중에야 알았지만 그는 증권영업으로 꽤 많은 돈을 벌었다고 한다. 물론 결코 자신이 돈을 굴린 적은 없다고 했다. 항상 고객들에게 충고만 해줬던 사람이었다. 그런데 그런 그가 자기 돈으로 투자한 까닭은 워런 버핏의 책을 읽고 나서부터였다고 했다. 하지만 내가 보기에 그는 워런 버핏에 대해서 매우 일부분만 아는 것 같았다. 워런 버핏은 결코 그런 식으로 투자를 하진 않았다.

사람들이 워런 버핏에 대해 많이 오해하고 있었다. 실제로 워런 버핏의 가치 투자 기법은 전 세계적으로 매우 유명했다. 그의 활약 덕분에 다양한 투자 기법 중에서도 특히나 가치 투자는 가장 올바른 투자 기법으로 치부되고 있었다. 물론 가치 투자는 매우 안정적으로 꾸준한 수익률을 올릴 수 있는 좋은 방법이긴 했다. 그러나 문제는 워런 버핏 본인은 지금껏 구체적인 사항을 언급한 적이 없다는 사실이었다. 그의 투자에 관한 대부분의 글은 그의 주변인이나 그를 취재한 몇몇 투자자 혹은 저널리스트들이 쓴 것들이었다. 그들은 아마 버핏과 대화를 하거나 그가 인터뷰 중에 언급했던 사실을 가지고 글을 써나갈 것이다. 그리고 나아가 그가 사들인 종목들의 특징을 파악하고, 그의 정신적 지주이자 스승이었던 벤저민 그레이엄의 기법에 성장주 투자 전문가였던 필립 피셔의 투자 기법을 보태어 책에 실었을 것이다. 이렇게 완성된 가치 투자 책들은 안타깝게도 대중들을 주식시장으로 유혹하게 되는 것이다.

그러나 워런 버핏이 성공한 이유에는 몇 가지 추가해야 할 사항이 있다. 난 이 점을 오래전부터 생각하고 있었다. 사실을 명확히 판단하고, 자기의 투자 방식을 정립하는 게 투자의 세계에서 가장 옳은 일이기에 난 항상 객관적인 시각으로 그의 성공을 바라보았다.

첫째, 버핏이 활동한 1950년대에서 1990년대까지는 미국이 세계 역사를 주름잡는 시대였음을 기억해야 한다. 그 말은 국가적인 비상사태로 인한 주식시장의 피해가 없었던 시절이었다는 것이다. 만약 버핏이 내전 중인 국가에서 태어났다면, 지금의 부를 거머쥘 순 없었을 것이다.

둘째, 미국의 본격적 경제성장은 버핏이 활동하던 시기와 매우 비슷하다. 나는 경제성장이 활발한 국가에서 주가는 크게 변동한다는 사실을 발견했었다. 실제로 1929년 대공황 이후의 장기적인 시각에서 볼 때, 새롭게 거대한 상승장을 가져왔던 시기에 활동을 시작했던 버핏에겐 더할 나위 없이 좋은 여건이었다. 만약 그의 가치 투자가 1900년대 초였다면, 그도 고전을 면치 못했을 것이다. 실제로 그의 스승이었던 벤저민 그레이엄은 1929년 공황 시절, 자신이 운용하던 펀드에서 엄청난 손실을 기록했다.

셋째, 버핏은 엄연히 말하면 주식 투자자라기보다는 기업 M&A 전문가에 더 가깝다. 그는 주식으로 인한 주가 차익을 목표로 하지 않았다. 말인즉슨, 그가 가지고 있는 재산은 현금이 아니라 주식 평가이익이라는 사실이다. 그는 주식을 가능한 한 많이 취득하여 그 회사의 오너owner가 되고자 했다는 점을 기억해야 한다. 애초에 처음부터 주식을 사는 의도가 다르단 말이다. 그는 그렇게 기업을 사들인 뒤, 그 기업의 성장과 함께한다. 따라서 그는 실질적인 자기의 '현금'은 없다. 주주에겐 주식만이 있을 뿐인 것이다. 이 말은 곧 주식 투자로 현금을 벌려는 일반 투자자들과는 이미 다른 길이란 것이다. 물론 누군가 어떤 회사에 대해서 오너가 되려는 의도로 주식을 산다면 난 적극적으로 가치 투자를 권할 것이다. 그러나 투자자의 목적이 주식을 통해 '돈을 만지려는' 의도라면, 아마 가치 투자는 그렇게 좋은 방안은 아닐 것이다. 반영구적으로 팔지 않아야 하니 말이다. 버핏의 집에는 호화스런 가구도 없고, 고급 승용차도 없다. 집도 몇십 년째 같은 곳에서 산다고 한다. 그러나 투자자가 주가 차익을 통해 현금을 벌려 한다는 것은 그 돈을 자기를 위해 쓰려는 이유일 것이다. 이건 분명 상반되는 점이다.

넷째, 만약 그의 천문학적인 재산을 보고서 그의 투자 비법이 궁금해진 것이라면, 당장 그의 재산을 잊으라는 사실이다. 다시 말하지만, 그의 재산은 그가 최대주주로 있는 버크셔 해서웨이의 지분이라는 점이다. 따라서 그 재산을 현금으로 처분하려 한다면, 분명 버크셔의 주가는 초대형 폭락을 할 것이다(물론 그런 일은 없겠지만)! 아마 제값을 받아내지 못할 것이다. 그리고 그가 그 정도로 벌기 위해서 평생토록 자길 위해 돈을 잘 쓰지 않았다는 점을 기억해야 한다. 분명 과소비를 하지 않고 아껴 쓰며, 번 돈을 주식에 재투자하는 일은 고결하고 멋지다. 그 점에서 버핏은 존경의 대상일 수 있다. 그러나 그 일을 50년간 해내는 건 아무나 할 수 있는 일이 아니다. 버핏은 해냈다. 그렇기에 천문학적인 재산을 모을 수 있었다. 따라서 만약 버핏의 천문학적 재산을 보고서 가치 투자를 생각한 투자자라면, 먼저 그의 고결한 평소 행동을 본받아야 한다. 그는 복리의 마법을 위해 그처럼 투자에서 번 돈을 자기를 위해 쓰지 않고 재투자했기에 거부巨富가 될 수 있었다.

워런 버핏은 모든 투자자들의 우상이며 존경의 대상이다.

또한 가치 투자는 매우 좋은 투자 방식이며 결국은 추세 추종의 한 방식이라고 생각한다. 단순히 방식의 차이이며, 중요한 것은 자신에게 가장 맞는 투자 방식의 설정 여부이다. 절대 그 이상도 이하도 아니다. 문제는 생각 없이 그의 투자 스타일을 좇으려는 대중들의 행동이다. 모든 상황을 꼼꼼히 따져보고 자기만의 투자 스타일을 결정짓길 바란다. 난 한국에 있으면서 너도나도 자기 자신에 대해 알아보지도 않고서 무턱대고 가치 투자를 외치는 게 너무 안타까웠다. 꼭 자기 자신을 이해하고, 거기에 맞게 투자 방식을 정립해야 돈을 벌 수 있을 것이다.

그러나 애석하게도 객장에 있던 그 오십대의 증권맨은 무턱대고 가치 투자자 행세를 하고 있었다. 딱 보기에 버핏과 관련된 책을 몇 권 읽은 듯했는데, 나중에는 주변 사람들에게 자기의 투자 이유를 설명하고 설득하기 시작했다. 지금의 하락은 상당히 건전하다는 둥, 최저점을 찍었으니 이제 상승의 시작이라는 둥, 버핏이라면 지금처럼 저평가되어 있을 때 투자를 시작한다는 등의 말로 대중을 유혹했다. 안타깝게도 당시 버핏은 신문상에서 '미국의 경제는 지금 최악의 위기에 직면했다'고 직접 입으로 말했던 상황이었다. 가치 투자를 할 만한 상황이 아니었다. 물론 시장은 상승하고 있었지만 거래량의 상승은 없었다. 또한 내 공매도 계좌는 약간이나마 수익이 난 상황이었다. 난 수익이 나 있는 상황이었기에 여전히 내 약세장 포지션을 바꾸지 않았다. 난 좀 더 기다렸다. 조급해하지 않기 위해 일부러 음악회와 화랑을 매일같이 다녔다. 그러면서 여유를 찾으며 시장을 주목하고자 했다. 시장은 확실히 약세장에 저항하는 대중들의 빗나간 희망으로 움츠러들고 있었다. 그러나 시장에서는 매일같이 악재를 띄워 보냈고, 점차 대중이 만들어가던 무리한 지지선은 그 힘이 다해가고 있었다. 결국 일주일 뒤, 미국의 5대 투자회사 중 하나인 베어스턴스가 파산 선고를 하게 되면서 지지선은 드디어 파괴되었다. 이제 대중들에겐 실낱같은 희망도 사라져버리게 된 것이었다!

베어스턴스의 파산은 월가에 특히 강한 충격을 가했다. 그 덕분에 다우 지수는 드디어 죽음의 롤러코스터에 탑승했다. 다우 지수는 하루가 다르게, 아니 초 단위로 낮아지고 있었다. 당연히 당사자인 미국에선 다른 국가의 하락보다 훨씬 더 심하게 낮아지고 있었다. 다우의 개들(다우 지수 산출 기업)은 힘없이 주저앉기 시작했다. 이제 댄스장 속의 대중들이 비로소 음악이 꺼졌다는 사실을 인지하기 시작한 것이었다!

대중들이 상황을 인식하자, 롤러코스터는 가동되기 시작하였다. 그와 함께 나의 매도 공세 역시 가동되었다. 난 대중의 공포와 함께 맞물리면서 지지선을 깨뜨리는 코스피 지수를 확인함과 동시에 매도 포지션을 취했다. 다만 이때의 매도 공세는 이전에 비해 좀 더 약하게 했다. 당시 그렇게 약하게 공매도를 때린 까닭은 중국의 올림픽 특수가 두려웠기 때문이었다. 대개 올림픽을 개최한 국가는 그해 경기상승이 매우 큰 폭으로 일어났다. 난 그 사실로 인해 추가적인 대규모 공매도를 펼치는 게 좋지 않다고 판단했다. 하지만 코스피와 다우 지수는 말이 달랐다. 그들은 내 선물 매도와 함께 신저가를 갱신하기 시작했다. 시장의 심리가 매우 좋지 않다는 사실을 알려주는 데 있어 신저가만큼 좋은 것도 없었다.

이 같은 내 거래에 있어 한 가지 두려웠던 점은 바로 베이징 올림픽이었다. 올림픽이 일어나면 경기상승이 되었기에 내 공매도 계좌에서 막대한 손실이 날 수도 있었다. 하지만 약세장의 가장 큰 특징은 바로 아무리 좋은 호재가 있어도 시장이 반등하지 않는다는 사실이었다. 이미 사람들의 심리가 호재에 둔감해지기 시작했다는 방증이었다. 그리고 그건 2008년 베이징 올림픽에서도 유효했다. 난 처음엔 올림픽 특수를 두려워했지만, 사람들은 이미 마음이 떠나 있었다. 중국이 베이징 올림픽을 개최하면서 상승할 것만 같았던 증시는 어이없게도 당일 더 큰 하락을 가져왔다. 이는 대다수의 증권전문가들의 예상을 완전히 뒤엎는 일이었다. 난 이 사실을 보고서 작게 진입했던 거래 규모를 늘려야 한다고 판단했다. 사람들은 호재에 반응하지 않고 있는 것이다!

난 평가이익을 보며 다시금 오게 될 반등을 기다렸다. 그런데 이번에는 특이하게도 다우 지수가 이상했다. 코스피나 항셍 지수에 비해서 더욱 급격하게 떨어지기 시작했다. 난 즉각 월스트리트 내에서 어떤 악재가 일어났음을 느꼈다. 뭔가 불길했다. 항상 이럴 때 거대한 스캔들이 터지곤 했었다.

아니나 다를까. 다음 날 정말 엄청난 뉴스가 나오기 시작했다. 월스트리트를 호령하던 양대 산맥인 리먼브라더스와 메릴린치가 파산했다는 소식이었다! 월가를 호령했던 쌍두마차가 파산했다는 뉴스 속보가 초 단위로 나왔다. 이건 정말 상상도 못할 만큼 엄청난 뉴스거리였다. 무려 100년이나 월스트리트에서 정상의 자리에 있던 투자은행이 둘씩이나 파산했다니! 신문과 뉴스는 이를 대서특필하기 시작했다. 난 직감적으로 때가 왔다고 느꼈다. 아니, 투자에 대한 감각이 없는 일반인이라도 이건 분명히 시장에 위기를 줄 만한 사태임을 알 수 있었을 것이다. 시장은 정말 밑바닥을 모르게 고꾸라지고 있었다.

난 포지션을 계속 유지했다. 내 포지션은 반등 시 바로 청산할 수 있게 준비하고 있었지만, 반등은 기미도 보이지 않았다. 내 심리적 우위는 최고조에 달했다. 그리고 그런 심리적 우위는 나에게 현명한 용기를 가져다주었다. 난 1989년과 1997년 이후 근 10년 만에 새롭게 약세장을 다시 보고 있는 중이었다. 이건 계절과 다름없었다. 그리고 약세장의 계절은 항상 높은 변동폭을 가지고 찾아왔다. 난 그래서 약세장이 좋았다. 벌 때

화끈하게 벌어들일 수 있다는 사실이 언제나 날 설레게 했다. 크게 벌 수 있는 상황이 생겼다는 사실만큼 투자자를 기쁘게 하는 것도 없다. 난 마치 눈앞의 솜사탕을 보고 활짝 웃는 어린아이의 마음과 다를 바가 없었다. 난 나도 모르게 회심의 미소가 피어오르는 것을 느낄 수 있었다. 약세장이야말로 날 갑부로 만들어준 진정한 '시장의 말씀'이었다!

23

투자자는 태초부터 존재했던
멋진 예술가이자 훌륭한 정신적 트레이너이다

　포지션을 계속 유지하며 난 세계 각국의 증시 동향을 주목했다. 이번 금융 공황의 근원지였던 미국은 말할 것도 없이 떨어졌다. 과거 14,000포인트에 육박하던 다우 지수는 2008년도 9월에는 7,000포인트도 채 되지 않았다. 코스피 지수 또한 과거 2,100포인트에서 1,000포인트로 떨어져 힘겨운 공방을 하고 있었다. 항셍 지수는 과거 32,000에서 현재 16,000을 하회하고 있었다.

　난 승리의 축배를 들 자격이 있었다. 레버리지가 5.6배라는 사실을 감안한다면, 난 많은 양의 돈을 벌어들이고 있었다. 이제 여유롭게 시장을 관망하다가 반등의 모습에서 포지션을 정리하면 되었다. 그리고 다시 지지선 파괴의 모습에서 포지션을 진입하면 되었다. 이건 하나의 메커니즘이었다. 나의 게릴라 같은 투자는 계속 수익을 안겨주었다. 나는 칸나에 전투를 성공적으로 이끈 한니발과 다름없었다.

난 9월에 다시 증권 객장을 들렀다. 사람들의 표정은 침울했고 생기가 없었다. 흡사 좀비들을 보는 것 같았다. 이렇게 빠르게 사람들을 희망에서 공포로 몰아넣는 사실이 신기했다. 난 그때 만났던 오십대의 증권맨을 보고 싶었다. 그렇게 자신만만해하던 그가 어떻게 되었는지가 정말 궁금했다. 떠도는 소문들을 모아보며 난 깜짝 놀랐다. 그는 계속되는 하락에 분노했고, 무리한 희망을 가지고서 계속적으로 물타기를 했다고 한다. 그러다가 나중에는 위험한 채무를 지면서 자금을 빌린 뒤, 또다시 물타기를 하면서 완벽하게 망가졌단다. 그리고 지금은 빌린 돈을 갚기 위해 주식을 모두 팔고 근근이 살아가고 있다고 했다. 너무 안타까웠다. 시장과 다른 길을 걸은 자의 비참한 최후를 보는 느낌이었다. 그는 결코 해선 안 될 금기를 모두 어긴 사례에 속했다. 그는 이번 사태로 인해 많은 것을 배웠을 것이다. 그러고는 좀 더 성숙하게 주식 투자를 하게 될 것이었다. 언제나 약세장에선 크게 돈을 버는 자와 크게 수업료를 내는 자, 이 둘만이 존재하니 말이다.

내 거래는 계속되었다. 하지만 시장은 여전히 멈출 줄 몰랐다. 그런데 9월이 지나고 10월이 되자 이상하게 꽤나 강한 반등이 찾아왔다. 난 슬슬 위화감을 가지기 시작했다. 끊임없이 수직 활강을 하던 증시가 그 추세를 바꾸려는 시도를 하고 있었다. 하지만 그보다 더 중요한 것은 그러한 시도 끝에 진정으로 추세가 바뀌었냐는 사실이었다. 애석하게도 4주간 관찰한 결과, 그렇질 못했다. FRB가 천문학적인 공적자금을 퍼부었는데도 경기는 살아나지 않았다. 월가의 젊은 부자들은 이제 허드슨 강의 물귀신이 되어 있었다. 전 세계 헤지펀드의 70%가 이번 사태 이후 파산한 것이다. 게다가 베이징 올림픽은 경기부양의 단초를 보여주지도 않은 채 막을 내렸고, 아이슬란드는 국가 파산을 신청했다. 그 덕분에 상승의 추세를 만들려는 몇몇 대중들의 노력은 새로운 하락으로 물거품이 되었다.

그런데 며칠 뒤 이상한 일이 일어났다. 다시 한 번 새로운 상승을 하고 있는 모습이 발견된 것이다. 뭔가 확실히 이상했다. 경기는 불황이었으나 또다시 사람들의 마음에 용기와 희망이 차오르기 시작한 것일까? 난 혼란스러웠다. 좀 더 관찰해봐야 했다.

난 주도면밀해지기 시작했다. 주가와 거래량을 끊임없이 관찰했고, 거시적인 세계의 경제 상황도 시시각각으로 파악했다. 그러자 정말 놀라운 사실을 발견할 수 있었다. 내가 공매도를 위해 연구했던 세 곳의 증시가 약속이라도 한 듯이 모두 아주 강렬한 지지선을 형성하고 있었던 것이었다! 내가 이상한 조짐을 느꼈던 반등과 하락, 또다시 반등, 그리고 하락이 있었는데, 이때의 특징은 바로 하락이 있을 때 신저가를 갱신하지 못한다는 사실이었다. 언제나 그렇듯이 새로운 가격이야말로 대중의 심리를 파악할 수 있는 최고의 도구이다. 굳게 성문을 걸어 잠그고 공방을 펼치고 있는 듯했다. 난 조급해지기 시작했다. 자칫 잘못하면 수익을 잃을 수도 있었다. 조급함은 결코 좋지 못한 마음가짐이었다. 난 그게 좋지 않다는 것을 인식하면서도 조급해했다. 심지어 이익을 계속 내고 있었는데도 말이다. 대관절 왜 조급함을 가지고 있었을까? 난 조용히 집에서 내가 왜 조급해하는지 분석해 보기 시작했다. 내면과의 대화를 시작했다. 그러자 한 가지 마음에 걸리는 게 있었다. 바로 이전에는 보여주지 않았던 지수의 움직임이었다. 그 반등은 선례를 모두 깨뜨리는 움직임을 계속 연출했고, 나는 그 행동 패턴에서 위화감을 느꼈던 것이었다.

여기까지 생각이 미치자, 난 내 심리적 불안감을 해소하기 위해 내 공매도 물량을 점차 축소해 나가기 시작했다. 지금 수익에 연연할 때가 아니었다. 심리에서 진다면 주식시장에서는 백전백패였다. 난 10년 만에 찾아온 약세장에서 질 수 없었다. 매매 규모를 절반으로 줄이자, 그제야 비로소 심리적으로 안정되어 다시 맑은 정신으로 시장에 집중할 수 있었다. 언제나 심리적으로 불안정할 때는 물량을 축소하는 게 옳았다.

그 이후 시장은 정말 추세가 이상하게 되어갔다. 신저가를 갱신한 일은 이제 과거의 역사가 되어버렸다. 지금은 그보다 좀 더 위쪽에서 박스권을 만들려 하는 듯했다. 특히 코스피가 그 움직임이 두드러졌다. 박스권이라는 사실 자체가 이제 대중들의 심리가 반반이 되었다는 뜻이었다. 확실히 좋지 않은 상황이었다. 약세장이 끝나가고 있었다. 하지만 그건 두고 봐야 알 일이었다. 난 시장의 움직임을 추종할 뿐이다. 지금 중요한 것은 박스권을 어떤 식으로 돌파하느냐였다.

그런데 애석하게도 박스권은 위로 탈출하기 시작했다. 이제 정말로 하락의 추세는 꺾인 듯했다. 난 뒤도 돌아보지 않고 나머지 공매도 물량을 모조리 거두어들였다. 여전히 시장에선 악재 뉴스가 뜨고 있었지만, 정말 신기하게도 3개국의 지수는 더 이상의 하락을 만들어가지 않았다.

언제나 그렇듯이 자신의 물량을 거두어들인 뒤에는 어딘가 아쉬움이 남는다. 솔직히 이번에도 그러했다. 내가 혹시나 잘못된 판단으로 수익의 극대화를 실현시키지 못한 게 아닌가, 남들은 더 짭짤하게 벌고 있는데 나만 그러지 못하고 있나 등의 상념이 끊이질 않았다. 그러나 이 생각을 반드시 떨쳐버려야 진정한 투자자가 될 수 있다. 투자자의 마음속에 욕심이 끼어들기 시작한다면, 일반 대중들과 다를 바가 없다. 나의 수많은 경험에 의하면 일반 대중과는 반대로 마음을 가져야 투자에서 수익을 낼 수 있었다. 만약 대중들처럼 욕심에 빠져 고결한 마음을 망각한다면, 거금의 수업료를 다시 한 번 주식시장이라는 교육기관에 납부해야 했다.

이렇게 난 모든 평가 수익을 현금화했다. 조용히 숫자 단위를 세어보았다. 내가 공매도를 시작하기 전보다 자릿수가 하나 더 늘어나 있는 모습을 볼 수 있었다. 난 담담하게 다시 은행 계좌에 그 돈들을 넣었다. 난 분명 크게 돈을 벌었다. 뿌듯하고 보람찼지만 솔직히 말해, 기쁘진 않았다. 그렇게 돈을 번 게 무덤덤했다. 왜냐하면 난 내가 정당하게 받아야 할 돈을 받았다는 생각이 들었기 때문이었다. 이건 모범생의 사고방식과 다를 바가 없었다. 실제로 내가 중학교 때 반에서 항상 1등을 하던 녀석이 있었다. 그 녀석은 절대 1등을 놓치지 않았다. 그런데 놀라운 건 그렇게 매번 1등을 하면서도 그 녀석은 한 번도 기뻐하는 모습을 보이지 않았다는 거다. 나는 그 모습을 보고 물었다.

"넌 왜 1등을 해도 기뻐하지 않는 거야? 이제 1등이 지겨운 거야?"

그러자 그 녀석은 담담하게 대꾸했다.

"아니, 난 1등 할 만큼 공부했기 때문이야. 그게 다야."

지금의 나도 그러했다. 난 과거 일본에서처럼 큰돈을 강렬하게 한 번에 벌어들였지만, 이건 결코 우연이 아니었다. 이날을 위해 지난날 나는 남들보다 열심히 증시를 관찰했고 열심히 공부를 했다. 더 나은 투자자가 되기 위해 해야 할 일을 성실하게 했다. 나는 투자라는 행동에 누구보다 진지하게 임했다. 그리고 그 열정은 내게 수익에 대해 당연하게 생각하게 만들었다. 이건 정당한 보수일 뿐이었다. 그 무렵 내가 적었던 일기는 이러한 내용이었다.

2008년 11월 14일. 맑음.
세상에서 가장 힘든 일 중 하나가 자신의 욕심을 버리는 일이라고 한다. 인간이야말로 끝없는 욕심으로 역사를 만들어가는 특이한 종족이라는 한 인류학자의 말이 강렬한 음성으로 내게 들려온다.
어쩌면 지금껏 내가 살아오면서 해왔던 이 투자 활동 역시 큰돈을 벌고 싶다는 나의 이기적 욕심에서 출발한 활동이었음을 고백하고 싶다. 이제 어느덧 삶의 중반을 넘긴 나이가 되었건만, 여전히 내 안의 마음은 이십대 청년의 순수한 바람으로 가득 차 있다.
어쩌면 그 당시 이루어내고 싶었던 꿈을 지금 이루어냈다고 볼 수 있다. 다시 말해, 난 적어도 내가 원했던 '성공'의 모습에 지금 가까이 다가섰다고 할 수 있다. 언제나 난 성공이란, 현명한 투자 활동이 어리석은 투자 활동보다 더 많았을 때 주어지는 영광이라 본다. 그렇기에 내 나름대로 인생에 있어서 올바른 투자 활동을 하며 살아왔다고 생각한다. 처음으로 아버지에게 건의했던 일, 도자기를 팔아 돈을 벌었던 일, 남들이 뜯어말려도 기어코 시작했던 주식 투자의 세계, 일본으로 건너가 투자 활동을 했던 날들, 그리고 대한민국의 외환 위기 당시 강세장 투자자로 활약했던 날, 서브프라임에서 공매도를 통해 돈을 벌었던 날들까지. 모두 너무나도 소중했던 투자의 세계였다.

2008년 12월 14일. 쌀쌀함.
회상해 보면 내가 보기에 투자를 하면서 배운 가장 중요한 지식은 바로 진실로 투자를 중요하게 생각하고 사랑하느냐의 여부였다. 단순히 돈을 벌고 싶다는 마음으로는 한계가 있었다. 돈에 집착하면 할수록 돈은 멀어졌던 것 같다.
난 투자 활동을 사랑했다. 내 평생의 사랑은 오로지 투자를 위해 고민했던 시간과 직접 투자 활동을 시작한 날들로 채워진 시간들이었던 것 같다. 그 순간만큼은 내가 살아 있었다. 내 온 정신을 또렷이 모았던 바로 그 순간, 적어도 그 순간은 나에게 있어서만큼은 숭고한 애정의 순간이라 감히 고백할 수 있었다.
그렇기에 난 나아가 이 세상에서 가장 어렵고 숭고한 투자가 바로 '시간에 관한 투자'라고 생각한다. '시간은 금'이라는 만고불변의 격언이 말해 주듯이, 우리는 평생토록 우리에게 주어진 시간이란 존재를 가지고서 현명하게 운용해야 하는 업業을 가지고 살아가는 것이다. 따라서 투자가 애정의 순간이라는 내 말은 곧 시간에 대한 현명한 투자를 할 줄 아는 사람이야말로 자기를 사랑할 줄 아는 자기애의 표상이라는 뜻이었다. 오스카 와일드는 "자기를 사랑하는 것은 일생 동안 지속될 로맨스의 시작이다"라고 말했다. 어쩌면 우리는 우리의 인생을 위한 시간의 투자를 시작하게 되면서부터 자기를 사랑하게 되고, 그로 인해 일생의 로맨스를 시작하게 된다고 볼 수도 있지 않을까?

2009년이 되고, 난 나의 투자 활동에 잠시간 휴식기를 가지게 되었다. 언제나 그렇듯이 내 휴식은 그동안의 투자 활동에 대한 보상과 다음 추세를 위한 재충전의 기간으로 활용되었다. 휴식기간 동안 난 지난날 나의 활동들을 되짚어보는 시간을 가졌다. 투자자라는 삶이 과연 내게 어떤 영향을 주었고, 날 어떻게 변화시켰는지 말이다. 그러자 나온 답은 하나였다. 이건 앙드레 코스톨라니의 말과도 일치했다. 그는 투자자를 이렇게 표현했다.

투자자는 태초부터 존재했던 멋진 예술가이자 훌륭한 정신적 트레이너이다.

나 역시 투자자를 예술가라고 생각한다. 적어도 내겐 투자의 세계란 결코 수학이나 과학적 움직임, 그리고 계량적으로 분석되어 전해지는 가치들로만 표현될 수 없는 예술의 세계로 보이기 때문이다. 그렇기에 난 투자자들이야말로 가장 부유한 예술가라고 본다.

대개 사람들을 만날 때, 그들이 내게 직업을 물어보면 난 이렇게 대답한다. "투자 활동을 하는 투자자입니다." 그러면 사람들은 크게 놀라워하거나 날 신비하게 바라보았다. 실제로 투자자라는 직업은 따로 정해진 이름이 아니기 때문이었다. 하지만 난 분명 투자자라는 직업을 가지고 지금껏 활동해 왔다. 그리고 그 사실이 너무나 자랑스러웠다.

일기에서처럼, 난 투자야말로 인간이 태초부터 가지고 있던 사고와 행동의 총체라고 생각했다. 우리는 모두 우리 인생을 가지고서 투자를 시작하게 된다. 밥을 먹는 행위, 어려운 공부를 하는 행위, 편지를 쓰는 행위, 운동을 하는 행위, 사랑을 고백하는 행위 모두 중요한 투자 활동이었다. 그렇기에 난 우리 모두가 투자자라는 직업을 가지고 살아간다고 본다. 나처럼 투자를 더욱 전문화시켜 돈을 버는 사람들에겐 이 사실이 더욱 실감나게 다가올 것이다.

그런 의미에서 난 투자자라는 직업에 대단한 자부심을 느끼며 살아간다. 난 가장 원초적이고 회귀적인 기능을 활용하는 일을 직업으로 삼았다고 생각한다. 언제나 이 활동은 그 어떠한 기술의 발전이나 산업의 혁명을 통해서도 보완하기 어려운 일이며, 순수하게 인간의 두뇌와 심리만이 설명할 수 있는 영역의 것이다. 그리고 그러한 사실이 항상 날 흥분시킨다. 끊임없이 날 투자의 세계로 인도한다. 투자라는 활동, 그 자체의 매력에 이끌려서 말이다!

나아가 투자에 있어서 돈을 가지고서 투자를 하는 행위는 우리의 인생을 위해 투자하는 모든 활동들에 비해 훨씬 까다로우나 안정적이라고 생각한다. 우리의 인생은 아주 사소한 투자 활동에 의해서도 수없이 많은 다양한 경우로 변해가게 된다. 이 말은 적어도 내가 보기에 가장 위험하고 어려운 투자는 바로 우리 인생이라는 것이다. 거기에 비하면 돈을 가지고 투자를 하는 행위는 정말 안정적이고 여유로우며, 간단하기 짝이 없는 행위이다. 생각해 보라. 돈을 가지고 하는 투자 행위는 돈을 벌거나 잃는 일로 끝나지만, 인생을 가지고 하는 투자 행위는 인생을 성공으로 이끌거나 파멸로 이끈다. 과연 어느게 더 신중하고 중요하게 고려해야 하는 투자일까? 그건 여러분 스스로에게 답을 맡기겠다.

난 휴식을 취하면서 인생의 투자에 관련된 생각을 하게 되었다. 이건 전적으로 내 생각이며 투자를 하면서 깨달은 몇 가지 사실들을 인생이라는 화폭에 그린 그림으로 이해해 주면 좋을 것 같다. 인생은 처음부터 훌륭한 가치를 가지고 시작하는 게 아니라 정점에 치달을수록 가치가 빛나는 법. 난 거기에 초점을 맞추어 정리해 보았다.

나의 주식 투자 원칙과는 상반될지 몰라도, 인생이라는 기다란 레이스에서는 가치 투자야말로 필승의 전략이 될 것이라는 데에는 의심의 여지가 없다고 본다.

첫째, 나를 상장된 기업으로 여기고 지금 현재의 나는 수많은 시장 속 상장된 주식회사 중 하나란 사실이다.

둘째, 그 어떤 재화도 사용이 가능하며, 가장 소중하고도 고품격인 재화는 다름 아닌 시간이다.

셋째, '나'라는 기업의 최대주주는 나의 자아이며, 아직까진 100%의 지분을 손에 쥐고 있다.

넷째, 이미 처음부터 난 나라는 기업을 산 주주이므로, 이윤 창출을 위한 수단은 바로 '나'라는 기업의 순가치를 높이는 수밖에 없다.

다섯째, 물론 지금은 내가 100%의 지분율을 쥐고 있지만, 기업의 성장이 더뎌지고 낮아질수록, 다른 모르는 이에게 나의 지분을 차츰차츰 빼앗길 수가 있다. 특히 가장 소중한 재화(시간)를 남에게 빼앗길 수도 있다. 거의 대부분의 기업들이 그런 현실을 겪고 있다. 결국 '나'라는 기업의 최대주주 자리에 내가 아닌 다른 사람이 앉아 있을 수도 있다.

여섯째, 시간이란 재화는 언제나 나에게 쓰일 수 있다. 따라서 시간이란 재화를 기업의 좋은 방향으로 쓰기만 한다면 좋게 성장하지만, 주주가 멍청해서 나쁜 방향으로 사용하기 시작한다면, 기업의 몰락은 불 보듯 뻔하다.

일곱째, 어차피 처음부터 '나'라는 기업을 산 존재이므로, 다른 기업을 부러워하지 말자. 이미 평생을 투자하기로 마음먹은 만큼, 딴 기업의 형태를 부러워할 시간에 본인 기업의 내실을 추구하는 것이 훨씬 현명한 선택일 것이다.

여덟째, 기업의 훌륭한 성장은 독점 기업일수록 빠르게 이뤄진다. 마찬가지로 '나'라는 기업이 자기만의 특수한 블루오션의 아이템과 브랜드를 가지고 있을 때, 비로소 가치의 성장이 이루어진다. 결국 나만의 분야에선 내 기업이 일등이어야 한다. 모두가 많이 하는 비슷비슷한 종류의 기업에선 살아남을 수 없다.

아홉째, 주가 그래프는 언제나 상승하기만 하는 것은 아니다. 꾸준한 미래를 보고 투자한다면 결국 오르는 게 주식이다. 즉, 지금 현재 '나'라는 기업의 주가가 상승하지 않는다고 해서 시간이란 재화를 딴 곳으로 빼내지 말자. 몇 번의 조정 상황은 곧 더 큰 반등을 향한 재충전의 기간일 뿐이다. 결국 상승한다. 그 정도도 참지 못하고서 어찌 투자자가 되고 싶어 하는가?

열째, 기업의 성장은 투명하게도, 검게도 가능하다. 만약 검게 기업을 성장시킨다면 성장은 쉽게 할 수 있으나 기업이 우량화되고 완숙해졌을 때, 직격탄을 맞을 가능성이 높다. 반면에 투명하게 기업을 성장시킨다면 성장할 때에는 힘들고 괴롭지만, 그걸 바탕으로 기업이 우량화되면 될수록 기업이 점점 강해질 수 있다. 어차피 '나'라는 기업은 나이를 먹을수록 육체적으로 정신적으로 약해진다. 따라서 나이 들어서 강해지려면 투명한 기업으로 발전되는 편이 막판 기업 가치에 가장 큰 힘을 발휘할 것이다.

열한째, 주가는 다양한 상황들로 변화되지만, 변치 않는 진리는 바로 저평가된 주식을 사서 기업의 내재가치를 평가하고 고평가될 순간까지 기다리는 것이 가장 현명하다고 알려져 있다. 마찬가지다. 지금 막 상장된 '나'라는 주식이 저평가되어 있다고 생각하자. 아직도 발전할 일들이 많이 남았다고 여기자. 자신의 주가가 딱 알맞게 평가되었다고, 더 이상 성장가능성이 없다고 본인의 주식을 폄하하지 않아야 한다. 그건 최대주주에 대한 욕됨일 뿐만 아니라 기업에 대한 욕됨이다. 결국 나 자신이 바보라고 천명하는 일이다. 아직도, 아직도 나의 가치는 그 끝을 모르고 상승해야 한다고 생각해야 한다.

이제 난 다시 새롭게 투자 활동을 시작하려 한다. 그렇다고 특별한 무언가를 한다는 건 아니다. 언제나 아침에 눈을 뜨면 시작하는 게 투자 활동이니까. 그렇기에 난 이제 이 글을 마치고 또다시 새로운 투자 활동을 해나갈 것이다. 난 점차 깨달아가고 있었다. 투자자가 가지고 있어야 할 정신. 그건 돈을 어떻게 하면 크게 벌 수 있을까가 아니었다. 어떻게 하면 인생을 더욱 행복하게 살 수 있을까에 대한 생각과 그에 따른 투자 활동이야말로 중요했다. 난 더 나은 투자 활동을 통해 내 인생을 책임질 준비가 되어 있다. 그리고 지금, 난 다시 한 발짝 앞으로 걸어가며 새로운 투자를 위해 일어서고 있었다.

La Dolce Vita!(달콤한 인생!)

고백하건대, 이게 바로 투자자의 영원한 숙명인 것이다!

참고서적

아이작 뉴턴의 말이 떠오른다. 그는 자신의 평생의 역작 〈프린키피아 Principia〉를 저술한 뒤 사람들에게 이렇게 말했다.
"만약 내가 다른 이들보다 더 멀리 볼 수 있었다면, 그것은 바로 내가 거인들의 어깨 위에 올라섰기 때문입니다."
이 소설의 집필에 도움이 된 위대한 투자 거인들의 어깨를 이곳에 밝혀 놓는다.

귀스타브 르 봉, 〈군중심리〉, 김성균 역, 이레미디어, 2008년.
로버트 허만, 〈존 템플턴, 월가의 신화에서 삶의 법칙으로〉, 박정태 역, 굿모닝북스, 2004년.
리오 멜라메드, 〈영원한 트레이더, 리오 멜라메드〉, 김홍식 역, 굿모닝북스, 2007년.
리처드 스미튼, 〈월스트리트 최고의 투기꾼 이야기〉, 김병록 역, 새빛인베스트먼트, 2006년.
마이클 코벨, 〈추세추종전략〉, 이광희 역, 더난출판, 2005년.
마이클 코벨, 〈터틀 트레이딩〉, 정명수 역, 위즈덤하우스, 2008년.
앙드레 코스톨라니, 〈돈, 사랑한다면 투자하라〉, 서순승 역, 더난출판, 2005년.
에드윈 르페브르, 〈어느 주식투자자의 회상〉, 박성환 역, 이레미디어, 2007년.
잭 슈웨거, 〈시장의 마법사들: 세계최고의 트레이더들과 나눈 대화〉, 임기홍 역, 이레미디어, 2008년.
제럴드 로브, 〈목숨을 걸고 투자하라〉, 박정태 역, 굿모닝북스, 2008년.
제시 리버모어, 〈주식 매매하는 법〉, 박성환 역, 이레미디어, 2006년.
조지 소로스, 〈금융의 연금술〉, 김국우 역, 국일증권경제연구소, 1995년.
짐 로저스, 〈어드벤처 캐피털리스트〉, 박정태 역, 굿모닝북스, 2004년.
짐 로저스, 〈불인 차이나〉, 김태훈 역, 에버리치홀딩스, 2008년.
찰스. P. 킨들버거, 〈광기, 패닉, 붕괴, 금융위기의 역사〉, 김홍식 역, 굿모닝북스, 2006년.